GC NOVELS
三嶋与夢
イラスト／孟達
乙女ゲー世界はモブに厳しい世界です
THE WORLD OF OTOME GAMES IS A TOUGH FOR MOBS
07

共和国のある大陸より離れた空。
そこで光学迷彩を解除して船体を出現させた
ルクシオンは、子機とのリンクが切れたことに
驚いていた。
『――本気なのですね、
イデアル』

<ルクシオン>
旧人類　移民船

「俺も愛している。
一緒に来い、ノエル」
告白の答えを待つノエルに、
俺は——愛していると告げる。
ノエルは笑った。
笑って——俺に言う。
「嘘吐き」

乙女ゲー世界は
THE WORLD OF OTOME GAMES IS A
モブに厳しい世界です
07

CONTENTS

THE WORLD OF OTOME GAMES IS A TOUGH FOR MOBS.

プロローグ

休日の早朝から市場に来ていた。

朝市が開かれている広場には出店が並び、朝の寒さを忘れさせるような活気に満ちあふれている。

広場は建物に囲まれ、その隙間から朝日が差し込み少しだけ幻想的な光景に見えた。

威勢のいい店主たちが声を張り上げ、商品をアピールしていた。

買い物客も強《したた》かに値切り交渉をしており、周囲が騒がしい中でもやり取りをするため声が大きくなっている。

「朝から元気だよな」

まだ覚めきらない目をした俺がそう呟《つぶや》くと、側で浮かんでいた相棒のルクシオンから小言が飛んでくる。

『マスターは朝から眠そうですね。夜更かしをしているからですよ。もっと健康的な生活を心掛けてください』

「俺は夜行性なんだよ」

普段通り、やる気のない言い訳を返してやった。

別に夜行性ではない。嫌み交じりの正論に、言い返してやりたかっただけだ。

ルクシオンもそれは理解しているようで。

『言い訳が雑になっていますね』

「眠いんだから勘弁してくれよ。せっかくの休日に叩《たた》き起こされたんだぞ。買い出しに行かされてテンションが上がるわけがないだろうが」

俺が朝市に来ている理由は、マリエに叩き起こされたからだ。

朝から「私は忙しいから兄貴は荷物持ちね」――だ、そうだ。

前世の妹にこき使われるとか、自分が情けなくなってくる。本来ならば、強く拒否してもいいのだが――。

「ごめんね、リオン。あたし一人だと荷物とか大変でさ」

――今回の買い出し当番はノエルだった。

少し癖のある長い髪を頭部右側でサイドポニーテールにしている。根元は金髪だが、毛先に向かうほどにピンク色というグラデーションのある髪色は、周囲を見ても目立っていた。

私服姿のノエルだが、朝早くから髪をセットして薄く化粧もしている。

朝早いということもあり、身だしなみを気にしない人たちが多い中で彼女は少し浮いていた。特に男性たちの視線が集まっている。

随分と気合の入った格好をするノエルだが、その表情は優れない。

申し訳なさそうにするノエルの表情に、俺は愚痴を謝罪する。

「ごめん、ノエルを責めたんじゃないよ。悪いのはマリエだ」

「でも、手伝ってもらっているのはあたしだから」

俺の役割は、ノエルの荷物持ちだ。

ノエルは俺に迷惑をかけたと思ったのか、少し落ち込んでいる。

気まずい空気が二人の間に漂いはじめると、ガッカリした様子のルクシオンが俺を責める。

『相変わらずの鈍さですね』

「五月蠅《うるさ》い黙れ」

『おや、図星を突かれて怒っているのですか？　そもそも、愚痴をこぼせばノエルの楽しい気分に水を差すという考えに至らないマスターが悪いのです』

ルクシオンの言葉にイラッとする。

「お前はもう少しだけマスターに対して優しくなれよ。俺がお前の言葉に傷つくと思わないの？」

『他人を傷つけるマスターに優しくしろと？　ご冗談でも笑えませんね』

そんなに俺の事が嫌いか!?　それに、いつ俺が他人を傷つけた！

「俺は自分にも他人にも優しくがモットーの、平和を愛する男だぞ」

『そこは自分に厳しく出来ませんか？　それに、他人に優しくをモットーにしている人間が、共和国で暴れ回るのは矛盾していますよ』

「俺の中では矛盾していないからセーフだ」

『マスターの基準は自身に対して甘すぎますね。アルゼル共和国に留学して、もうすぐ一年になろうとしていますが、その間に何度暴れ回ったかお忘れですか？』

確かに共和国で何度か暴れ回った。

最初に暴れたのはフェーヴェル家のピエールを相手にした時だ。

防衛戦不敗の共和国を相手に、ルクシオンが操作するアインホルンが暴れ回って不敗神話を終わらせてやった。

次はバリエル家のロイクを相手にした時だ。

ノエルのストーカーだったヤンデレロイクを相手に、結婚式に乗り込んで花嫁を奪ってやった。

アロガンツで暴れ回って、ついでに共和国のプライドをへし折ってやった。

三度目は、ルイーゼさんを生け贄《にえ》にしようとするセルジュとの戦いだ。

こちらも叩きのめしてやった。

——あれ？　俺、一年の間に三回も戦ったのか？

「三回だな。ほら、忘れていない」

『覚えていたようで何よりです。そして、覚えていながら、いかにも自分は平和主義者みたいな発言は矛盾していると思うのですが？』

「俺からは仕掛けていない。俺はいつも喧嘩《けんか》を売られる側だ」

『売られるように煽《あお》っているではありませんか。共和国が判断を間違えたとするならば、それはマスターを留学生として受け入れたことですね』

「お前も暴れただろ！　俺だけの責任みたいに言うが、お前も同罪だからな！」

『残念ながら私は人間ではありません。そして、命令権を持つのはマスターなので、責を負うのはマスターです』

命令したのは俺なので、言い返せずに口を閉じて「ぐぬぬ」と悔しさを噛《か》みしめる。

すると、俺たちの何気ない会話を聞いていたノエルが——笑顔を見せた。俺たちのやり取りが楽しかったようだ。

「本当に二人は仲が良いよね」

ノエルの言葉に、俺とルクシオンの声が重なる。

「は？　どこが？」

『ノエル、状況認識は正しく行うべきです』

声に出すタイミングがかぶってしまい、口を閉じるとノエルは満面の笑みを見せた。

朝日を浴びたノエルは輝いて見える。

「口では色々と言っているけど、二人は仲良しだよ」

「え〜」

俺が納得できない声を出せば、ルクシオンが電気をビリビリと発していた。電気治療器のような痛気持ちいい刺激に「いたっ」と声を出す。

ノエルはポケットからメモを取り出すと、朝市で買う食材などを確認する。

「リオンも眠そうだし、さっさと買い物を済ませようか」

ノエルがそう言うと、ルクシオンは俺にだけ聞こえる声で言う。

『——マスター、ノエルの気持ちには応えないのですか？』

そんなに器用な人間なら、俺はここまで追い込まれた状況にならない。

それに、だ。

「お前はアンジェとリビアに、俺の浮気を見張るように言われただろ？　そんなお前がノエルに手を出せ、って言うのか？」

小声で答えれば、ルクシオンは先程よりも真面目な声で俺に語ってくる。

『ノエルに関しては浮気として報告しませんよ。マスターが決断すれば、ノエルはホルファート王国へ来ます。それでいいではありませんか』

俺の気持ちを無視しているけどな。

ノエルが俺の少し前を歩いて、出店を眺めている。買う予定の食材を探している姿は、普段から朝市を利用しているのか慣れているようだ。

快活《かいかつ》な性格で、気持ちのいい女子で付き合っていても楽しい。

別にアンジェとリビアがつまらないとは思わないが、二人にはない魅力を持っているのは確かだ。

可愛いし、何よりも強い子だ。

俺は幸せになって欲しいと思うが――幸せにするのが俺でいいのかと悩む。

俺のような男でなく、もっと素晴らしい相手を見つけて欲しい。

「お前もマリエも俺を過大評価しすぎだな」

マリエが俺とノエルを二人きりにするため、朝市への買い出しへと送り出したのは気が付いていた。

あいつなりに、ノエルのことを考えているのだろうが――いらぬお節介だ。

『私は過大評価をしませんし、過小評価もしませんよ。マスターがヘタレなだけだと評価しています』

「俺はヘタレじゃない」

ルクシオンのヘタレ発言を否定すると、待っていましたと言わんばかりに捲《まく》し立ててくる。

『おや？　アンジェリカとオリヴィアと婚約した時をお忘れですか？　マスターがヘタレだから、お二人は自ら告白したのですよ』

「それを言うなよ。卑怯《ひきょう》だろ」

このまま言い合いをしても負けると思った俺は、話を切り上げた。

ノエルはお目当ての食材を見つけたのか、出店の前で立ち止まって交渉をはじめた。

まとめて買うから安くして欲しいと頼むと、店主は初老の男性でデレデレしながら値引きをする。

俺が頼んだら絶対に拒否していただろう。

可愛い女の子は得だな。

そう思っていると、近くで貫禄《かんろく》のある中年女性が他の出店で値切り交渉をしていた。

そちらに視線を向ければ、女性が店主を圧倒している。

「ちょっと、これ虫に食われているじゃない。こんなのものを他と一緒の値段で売ろうって言うの？　こんなの誰も買わないわよ」

「い、いや、食われているのは表面だけだし」

「なら、一個はその値段で買ってあげるから、食われているのはオマケしなさいよ。売れ残っても困るでしょう？」

「それは困るけど……わ、分かったよ」

「なら、これとこれもいいわね」

「え!?」

女性は同じように虫に食われた野菜を選ぶと、それもオマケしろと言い出した。

結局、売れ残るよりはいいだろうという理由で店主が折れて、女性が一つの値段で複数の野菜を買っていく。

可愛いとか関係ないようだ。

「女って強いよな」

ノエルなど可愛いものだった。

感心して女性の後ろ姿を見ていると、いかにも怪しい出店が視界の中に入ってくる。建物の隙間に店を構え、何やら薬を売っていた。

数人の客たちが薬を見て購入しているが、その姿は冒険者のように見える。

「共和国の冒険者たちか？」

アルゼル共和国に来てから、冒険者と言えばセルジュくらいしか見ていない。ホルファート王国とは違って、この国では冒険者の社会的な地位が低い。

客たちが買い物を済ませ離れていく。

気になって様子を見にいけば、出店の店主はフードを深くかぶっていて顔が見えにくい。

「いらっしゃい」

声をかけられるが、その態度はぶっきらぼうだ。

俺を見て冷やかしだとでも思ったのか、店主の態度は悪い。

出店は地面に布を敷いて、その上に商品を並べていた。

俺は屈《かが》んで商品の一つを手に取る。

「薬か？」

呟けば、店主が雑に説明を始めた。

「そいつは身体強化薬だ。あんたみたいな客には不必要だと思うけどね」

ルクシオンが俺にだけ聞こえる声で説明を開始する。

『セルジュが使用していた身体強化薬ですね。こちらはセルジュが使用していた物よりも効果が薄い劣化品のようです』

身体強化薬――ゲームなどに出てくるアイテムだ。ステータスを一時的に上昇させるとか、攻撃力を上げるとか。そのような効果を発揮してくれる。

赤や青といった原色の液体が、ガラスの小瓶に入って並べられている。

「へぇ、面白そうだな。全種類を一つずつくれ」

俺が購入すると言い出すと、店主は少し戸惑っていた。だが、俺が購入すると分かれば、先程よりも態度が柔らかくなる。

「気を付けて使えよ。それから、一度使用したら最低でも六時間は空けてから次を使ってくれ。連続使用は体を壊すぞ」

小さな木箱に小瓶を詰め込む店主の説明を聞きながら、金を渡すと首をかしげたくなった。

まるで本物の薬みたいに注意事項がある。ゲームなどではいくつもまとめて使用することも多いだけに、俺には違和感があった。

木箱を受け取って立ち上がった俺は、店から離れてルクシオンと話をする。

「まるで本物の薬みたいな言い方だな」

笑いながらそう言えば、ルクシオンが呆《あき》れた声を出してくる。

『薬みたい、ではありません。薬そのものですよ』

「え？」

『マスターはどうやら誤認されているようですね。ゲーム知識があるというのも問題ですね』

ヤレヤレという感じを出しながら、ルクシオンが俺に忠告してきた。

『マスターに分かりやすく説明すると、ドーピングということです。高い効果を発揮する薬が、人体に悪影響を及ぼさないと思いますか？』

一時的とは言え、身体能力を引き上げる薬が何のデメリットもない――そんな話はゲームだけのようだ。

つまり、強化薬を使い続けているゲームキャラは――薬漬けということか？

「せっかく購入したのに使えないのか？　いざという時のために用意しておきたかったんだけどな」

以前にセルジュが使用しているのを見て、俺も切り札の一つとして所持しておきたかった。

「そういえば、セルジュの奴《やつ》は何度も使用していたな。質のいい薬はデメリットが少ないのかな？」

ルイーゼさんを救出する際にセルジュと戦ったが、その際にあいつは身体強化薬を短時間で二度も使用していた。

高価な薬なら問題ないのかと思っていると、ルクシオンが否定する。

『デメリットが少ない可能性はありますが、セルジュ本人が用法用量を守って使用しているとは考えにくいですね』

確かに。セルジュは外見から粗暴に見えたし、言動もそのままだ。

薬の使用方法を守っているようには見えなかった。

そうなると――俺と戦うために無理をしていたのか？

いや、実は効果があまりなく、デメリットも少ない薬だったのではないか？

「あ、分かった。俺でも顔面に一発叩き込んで沈められたし、身体強化薬の効果が低かったんじゃないか？」

俺の考えを聞いて、ルクシオンも同意はする。するのだが。

『その可能性は非常に高いでしょうね。マスターでも倒せるとなれば、セルジュの実力は想定よりも低いはずです』

「――確かにそう言ったけど、妙に俺の評価が低くない？」

『普段の行いですね。しかし――』

ただ、ルクシオンは身体強化薬の使用に否定的だった。

『薬に頼る前に、自身を鍛えられてはいかがですか？　それから、粗悪品の使用はお勧めしません。マスターの体質との相性もありますし、破棄することを提案します』

「俺の体質？　あ、もしかして、お前なら効果的な強化薬を作れないか？」

『――調合は可能ですが、本当に使用するつもりですか？』

「切り札って大事だろ？」

手に入れた薬はルクシオンに解析させ、俺の体質に合った身体強化薬を製作してもらうことにした。

小さな木箱を小脇に抱えて戻ってくると、茶紙の袋に食材を満載にしたノエルが左手を大きく振っている。

「リオン、どこに行っていたの？」

「面白い物を見つけたんだ。それより、荷物を持つよ」

ノエルから荷物を受け取って片手に抱え、二人で歩き始める。

周囲が騒がしい中を二人で並んで歩く。

ノエルは少し恥ずかしそうにしながら話しかけてきた。

話題は屋敷の変化についてだ。

「それにしても、屋敷は前より騒がしくなったよね。ユリウスさんたち、自由すぎるよ」

困ったように笑うノエルに激しく同意する。

「ユリウスは串焼き馬鹿になるし、ジルクは骨董品集めが悪化したよな。ゴミばかり持ってきて、屋敷の一角がゴミ捨て場みたいになったし。ブラッドは――うん、被害は少ない方かな？」

話題に上げるのは五馬鹿たちだ。

このアルゼル共和国にやって来て、余計に酷《ひど》くなった王子様たちだ。

ノエルがゲンナリした顔をする。

「あたしはお世話になっているから言えないけど、グレッグさんとクリスさんはどうにかして欲しいかも。ほとんど半裸で屋敷の中を歩き回るから、ちょっと困る」

「あいつらは本物の馬鹿だからな」

見たくもない男の半裸を見せられて、ノエルは疲れた顔をする。

グレッグは筋トレに目覚め、よく上半身裸で屋敷の中を歩き回っていた。

普段はタンクトップを着ているのだが、トレーニング後にパンプアップされた筋肉を見せつけるように上着を脱いで歩き回るようになった。

何度か後ろから蹴りを入れてやったが、改めようとしない。

本人曰く「マリエに俺の鍛えた筋肉を見て欲しい」――だ、そうだ。最悪なのが、マリエがちょっと喜んでいるところだ。

もう～、服を着なさいよ！　と言いながら、グレッグの筋肉に見惚《みと》れていた。

どうしようもない奴らだ。

最後のクリスだが、こいつも半裸――ふんどし姿で屋敷の中を歩き回る。

上着に法被を着用しても、下だけは絶対に着用しない徹底ぶりだ。

何やら取り憑《つ》かれたように風呂の掃除と準備を毎日欠かさない。今ではしっかり働いている。しかし、半裸で歩き回るためにプラスマイナスゼロ！

ジルク以外は実害がない分だけ、何とも言えない状態だ。

そのジルクだが、見ている分だけは無害だ。

普段の生活はお手本となるくらいに素晴らしいが、詐欺にかかりやすい、あるいは詐欺行為に手を出すという実害があるため大きなマイナスである。

つまり、ジルクは屑《くず》。

それ以外の連中は、無害だが微妙という状況だ。

誰がこんなことになると予想しただろうか？

去年までは誰もが憧れる貴公子たちだったはずが、その末路が酷すぎて笑えもしない。

そんな五馬鹿の面倒を見ていると思えば、俺もマリエに優しく接することができる。

あの乙女ゲーの攻略情報を頼りに、五馬鹿を籠絡《ろうらく》して左団扇《ひだりうちわ》の生活を送ろうとした前世の妹であるマリエは――今は、そんな問題児となった五馬鹿の面倒を見ている。

五人が五人とも馬鹿だから、面倒を見るマリエは苦労をしている。

他人の不幸は蜜の味！　俺もマリエに優しくなれるというものだ。

「嫌なら無理矢理にでも服を着せようか？」

グレッグとクリスに服を着せようかと提案する。――どうして俺は、あいつらに服を着せるという提案をしているのだろうか？

元は嫌いな連中で、敵だった奴らなのに。

ノエルは俺の提案に、戸惑いながらも首を横に振った。

「そ、そこまではいいかな？」

季節はまだ冬だ。

それなのに、屋敷の中で半裸になる馬鹿共に頭を悩まされるとは思わなかった。

「そういえば、メモにはないけど果物が欲しいわね。リオン、もう一軒だけ見ていくけど構わないかな？」

「荷物持ちは黙って従うよ」

それがホルファート王国の男子というものだ。だが、共和国では違うらしい。

「あたしが持つからいいわよ。リオンだけに荷物を持たせるのは気分的に嫌」

ノエルの心温まる発言を聞いて、俺は涙目になった。

あ〜、共和国って素晴らしい！　そんな俺の感動の涙を見て、ノエルが複雑そうな表情を浮かべている。

「――毎回思うけど、どうして普通のことで感動するの？」

「ノエルの普通に聖者のような慈悲深さを感じるから」

何度このようなやり取りをしてきただろう？　ノエルは「そんなに王国の女性って酷いのかな？あの二人はいい人だったけど？」と言って、首をかしげている。

ノエルが出会った王国の女性なんて数えるほどだ。

それに、アンジェとリビアは、ホルファート王国の学園に通いながら女子の中で希有《けう》な例外である。

王国の女子――男爵家から伯爵家のごく僅かな一部の女子と比べてはいけない。

「酷いのは一部の女子だけどね。いや、だった、かな？」

「だった？　どうして過去形なの？」

「改善される前に、俺が留学でここに来たから」

「改善？」

色々とあって、今の学園は極端な女尊男卑《じょそんだんぴ》が是正《ぜせい》されている――はずだ。

その結果を見る前にアルゼル共和国に留学したので、今はどうなっているだろうか？　俺にも分からない。

ノエルが果物を扱っている出店を探し、そして見つけて移動する。出店に並んだ果物はどれも新鮮だが、その中でいいものをノエルは選びたいようだ。

レスピナス家――かつてアルゼル共和国が七大貴族だった頃、その一角を担っていた大貴族。

そんなレスピナス家の生き残りであるノエルは、実はお姫様だった。そのお姫様が、朝市で果物を見比べている光景を見ていると、何とも不思議な気分になる。

「おじさん、これとこれをちょうだい！」

ノエルが購入する果物を選ぶと、店主が袋に詰め込んでいく。

店主はノエルの後ろにいる俺の姿をチラリと見ると、頼んでもいないのに果物を一つ袋に入れた。

「仲の良さそうなお二人さんにサービスだ。お兄さん、いい娘さんを捕まえたな。羨ましいよ」

大きな口を開けて笑う店主を前に、俺とノエルは顔を見合わせて困ったように笑い合う。

せっかくの店主の好意だ。ここで否定して水を差すのも嫌なので、俺とノエルはそのままお礼を言って朝市から離れていく。

荷物を持った俺たちは、屋敷の方へと歩いて行く。

時間は九時前後だろうか？　色々と見て回っている間に、随分と時間が過ぎていたようだ。朝ご飯も食べていないので、腹が減って仕方がない。

ただ、ノエルはそれどころではないようだ。店主の言葉を気にしている。

頬をほんのり赤くして、照れたように――そして、早口で話し始める。

「ま、まさか、恋人同士に見られるなんてね。あはは――め、迷惑だったかな？」

迷惑ではない。ただ、俺よりもノエルが迷惑だろう。

「俺は別に。でも、ノエルの方が迷惑だったろ？」

「え？　そ、そんなことない！」

強く否定するノエルを見て思う。

こんないい子が、俺のような男に惚れるのは何かの間違いだろう。

いずれノエルには、相応《ふさわ》しい相手が現れて目を覚ます日が来る。

俺はそう信じている。

少なくとも、俺はノエルに相応しくない。

アンジェとリビア？　あの二人は進んで俺のような男を選んだ奇特で素晴らしい女性たちだ。

――先にノエルと出会っていたら、どうなっていただろうか？

街を歩いていると、朝からオープンテラスの喫茶店が目につく。

休日ということもあり、朝からカップルの姿が目立っていた。

これからどこで遊ぶかの計画でも練っているのか、恋人たちは楽しそうにしている。その近くに一人でいる男性が居心地悪そうにしていたので、親近感が芽生えた。

「朝早くから随分と楽しそうだな」

そう言うと、ノエルが立ち止まって何かを言おうとして——口を閉じた。

「どうした？」

「な、何でもないの！　それより、早く戻ろう。マリエちゃんたちも待っているからね」

ノエルが帰ろうとするので、今度は俺がカフェを見る。

「あいつらなんて待たせておけばいいよ。それより、先に食事にしよう。帰ったらマリエに自慢してやるんだ」

朝市の帰りに外食してきたと言えば、きっとマリエは歯ぎしりをするくらいに羨むだろう。——この程度の事で羨むマリエは、本当に今が幸せなのだろうか？

昔は自炊が嫌だから外食してくる〜、みたいなことを平気で言っていたのにね。

世の中って分からない。

俺は手を引いてノエルをカフェに誘い、店員に二人だと言ってから席に着く。店員がメニューを持ってくると、ノエルが荷物を置いて俺に話しかけてきた。

落ち着かない様子を見せるのは、周囲にカップルが多いからだろう。

「あははは、な、なんかごめんね」

「いいよ。俺もお腹が空いたし。何かがっつり食べようかな」

「そんなに食べたら朝食が入らないよ」

「俺は育ち盛りだから大丈夫」

若いって凄《すご》いよね。いくら食べてもお腹が空く。

メニューを見ていると、ルクシオンが俺にだけ聞こえる声で言う。

『ヘタレなのに大胆だから判断に困りますね。まぁ、このような状況を作れても、最終的に手を出さないのでヘタレなのは変わりませんけどね』

――本当にこいつは五月蠅《うるさ》いな。

ノエルに視線を向ければ、メニューを見ながら悩んでいた。「う～ん、これかな？　でも、食べ過ぎるのはちょっと――」真剣にメニューを見て悩んでいる姿は可愛かった。

決めたのかメニューから顔を上げると、顔を見ていた俺と目があう。

顔がみるみる赤くなるのを見て、どうしてこれが前世で出来なかったのか悲しくなった。いや、今は幸せだから別に文句はないけど。

「恥ずかしいから見ないでよ」

「え、何が恥ずかしいの？」

「――真剣に何を食べるか考えていたところ」

ノエルが照れながらそう言うので、俺は笑ってしまった。

「何で笑うの!?」

「いや、可愛かったよ。それより注文をしようか」

ムッとした表情をするノエルだが、声色は楽しそうに聞こえる。

「リオンは本当に意地悪だよね。それに、自分で言うよりも女たらしだよ」

「俺は奥手で心優しい好青年だ」

「――ついでに嘘吐きだよね？　ルイーゼを騙《だま》した時なんか最低だった」

最低と言いながらも、ノエルは俺をそれ以上は責めない。

「人のために嘘を吐くって正直者の俺には辛かったね。慰《なぐさ》めてよ」

「清々《すがすが》しい程に開き直るよね。――ま、別にいいけど」

話も一区切り付いたので、俺は手を挙げて店員を呼ぶ。すると、一人でカフェに来た男性客が――

俺を睨《にら》んで舌打ちをしていた。どうやら、親近感を抱いたのは俺だけだったようだ。

彼には俺たちが恋人に見えているらしい。

ルクシオンが呟く。

『随分と楽しそうですね。――これを浮気とカウントしてもよろしいでしょうか？』

頼むから止めてくれ。仲の良い友達と朝食を食べただけじゃないか。

第01話「親子」

アルゼル共和国の学院は三学期に入っていた。

まだ寒い季節で、放課後になれば薄暗い。

授業が終われば、部活動などないため学生たちは教室を出て帰宅していく。残っているのは教職員や一部の生徒たちだけだ。

そんな中、俺はマリエを連れて学院の生徒指導室らしき部屋にやって来る。

そこで待っていたのはクレマン先生だ。

体が大きく、全身を筋肉の鎧《よろい》に身を包んだナイスガイ！　ではなく、お姉口調のピッチリしたシャツを着ている先生だ。

髭《ひげ》が濃いのか、剃った後が青く見えている。

見た目はともかく、優しい先生だ。

「ち～すっ。あれ？　クレマン先生だけ？」

そんなクレマン先生にも物怖《ものお》じせず挨拶をして部屋に入ると、マリエはそのまま目的の人物がいないことに嫌な顔をする。

クレマン先生は太い腕を組んで椅子に座っていた。

「レリア様はまだ来られないわよ」

厳《いか》つい教師がお姉口調とは、何とも濃いキャラだ。

俺とマリエは顔を見合わせ、互いに肩をすくめると用意された椅子に座った。

そのままクレマン先生と話をして時間を潰すことに。

「それより、クレマン先生がレスピナス家の騎士だったとは知りませんでしたよ」

俺が話題を振れば、クレマン先生は懐かしむような顔をする。

「ノエル様も覚えておられなかったわね。少し残念に思うけど、別れた当時のお二人は五歳だったものね。仕方がないわ」

マリエは机に体を預けて、だらけていた。

「キャラが濃いから覚えていてもおかしくないけどね。それで、クレマン先生はこれからどうするつもり？」

クレマン先生は悩むことなく断言する。

「レリア様のお側《そば》でお守りするわ。ノエル様は――リオン君がいれば安心でしょう？　なんたって、聖樹の苗木の守護者ですからね」

守護者――それは聖樹が与える加護の最上位の紋章を持つ者の称号だ。

聖樹が自らを守るに相応しいと判断した者に与える。

手に入れた聖樹の苗木は、何を考えたのか俺を選んでしまった。

本来なら、二作目の攻略対象たちの誰かが守護者に選ばれ――ノエルと結ばれるはずだったのにね。

おかげで計画が狂いっぱなしだ。

部屋にある時計を見れば、予定の時刻を過ぎている。

本来ならば、ここで今後についてレリア・ベルトレ――いや、今は【レリア・ジル・レスピナス】だな。

共和国に転生した同郷の女子と話をするはずだった。

「レリアの奴は遅いな?」

俺が落ち着かない様子を見せると、クレマン先生が申し訳なさそうにする。

「ごめんなさいね。レリア様もお忙しいのよ。共和国も色々と立て込んでいるし、レスピナス家の遺《い》児《じ》として認められてしまったわ。こうして二人と話をする時間を作るのも大変なのよ」

ノエルの双子の妹として転生したレリアは、かつての大貴族――レスピナス家の生き残りだった。

それが知られてしまい、今は忙しいようだ。

マリエが苛立《いらだ》っている。

「私だって忙しいわよ! 晩ご飯の用意をしたいの! このままだと、またユリウスが勝手に串焼きを用意するのよ。この前も串焼きだったから、いい加減に飽きてきたの!」

隙を見れば、ユリウスが夕食の準備と称して串焼きを用意する。

一度や二度ではない。

あいつは毎日でも串焼きが食べたいという偏食家《へんしょくか》になってしまい、マリエも俺も困っていた。

食事の用意はしてくれるし、片付けだってしてする。

むしろ、勝手にユリウスの道具に触れると逆ギレしてくるくらいだ。

以前のように何の家事もしない頃と比べれば、随分と成長したものだ。

だが——俺だって毎日串焼きは嫌だ。

クレマン先生が困惑しつつも、マリエに謝罪する。

「ごめんなさいね。最近はエミール君の用事もあって、レリア様も出かけることが増えたのよ」

エミールの名前が出ると、マリエは溜息《ためいき》を吐く。

「またエミール？　いや、婚約者だから仕方がないけどさ〜」

エミール——【エミール・ラズ・プレヴァン】は、レリアの婚約者だ。そして、二作目の攻略対象の一人であり、攻略を多少失敗してもエミールを選べばゲームオーバーにならずにエンディングは見られるというキャラクターだった。

そのため、エミールはプレイヤーから〝安牌《あんぱい》〟と呼ばれていたそうだ。

酷い二つ名だ。

そのままクレマン先生と話をしながら待っていると、足音が聞こえてくる。

ドアが少し乱暴に開けられると、そこに立っていたのは少し呼吸を乱したレリアだった。

ノエルと同じサイドポニーテールの髪型だが、その髪質はサラサラしたストレートだ。

髪色も濃いピンク一色で、柔らかい雰囲気のノエルと違って鋭い目つきをしている。

双子の姉妹だからよく似ているが——レリアは少しだけ（？）ノエルよりも胸が小さい。その分、レリアの方がスレンダー体型だ。

そんなレリアの側には、ルクシオンとは色違いの球体が浮かんでいた。青い球体に赤い一つ目を持ったイデアルだ。

こちらを見ると、赤い一つ目を縦に動かして挨拶するような動きを見せていた。

レリアは俺たちを一瞥《いちべつ》した後に、クレマン先生に視線を向けた。

「悪いけど話し合いはキャンセルよ。クレマン、玄関にエミールの車が迎えに来ているから、あなたも来て」

「レリア様？　今日のご予定はなかったはずですが？」

クレマン先生は、レリアの秘書でもしているのかスケジュールを管理しているようだ。そんなクレマン先生も知らない予定があるのか？

マリエが席から立ち上がり、レリアを指さして大声を出す。

「私たちを無視するな！　こっちは、あんたとは色々と話をしないといけないのよ！」

話すべき事は沢山ある。

二作目の舞台であるアルゼル共和国の今後について。

そしてノエルのこと、攻略対象の男子たちのこと。

——今一番重要なのは、攻略対象の男子の中で行方不明になっているセルジュのことだ。

六大貴族の一角であるラウルト家。

その嫡子《ちゃくし》だったセルジュだが、今は行方不明になっている。

今後について相談したいことは山のようにあるのに、レリアには予定があって話し合いも出来ない。

本人も予定が狂ったのか、不満そうにしている。

「こっちにはこっちの事情があるのよ！　エミールがどうしても参加して欲しいって頼んできたから
――」

言い訳をするレリアの視線は、イデアルへと向けられた。

イデアルが俺を見る。いや――俺の近くに隠れているルクシオンを見ている。

『申し訳ありません。レリア様の社会的な地位を守るためにも、今回の一件はどうしても外せないのです。ご理解いただけないでしょうか？』

レリアの社会的な地位。それはつまり、生きているこの世界の立場を守るために必要なことだと言われると、強く反論できない。

誰にだって生活がある。

世界平和のために犠牲になれ！　――そう言われて納得できる奴は少数だ。

そして、俺やマリエは大多数側の人間だ。

レリアを責められない俺たちは、仕方なく受け入れる。

「次は必ず話し合いの場を作ってくれよ」

俺が念を押せば「もちろん！」と言わんばかりにイデアルが肯定する。

『次は必ず話し合いの場を用意します。――さ、レリア様。エミール様がお待ちですよ』

イデアルに言われて、レリアは渋々と従っていた。

その様子を見れば、レリアも本意ではないのだろう。

俺たちに視線を向けて、手短に話をする。

「私はもう行くけど、あんたたちもセルジュをちゃんと捜してよね」

腰に左手を当てたマリエが、さっさと行けと右手で払うような仕草を見せた。

「分かったから、さっさとエミールのところに行きなさい」

レリアが去って行くと、クレマン先生が俺たちに申し訳なさそうに謝罪をする。

こうして、今日もレリアとの話し合いが出来なかった。

こんな調子で互いに相談できない日々が過ぎていく。

◇

帰宅するためにマリエと一緒に路面電車に乗った。

乗客は俺たちだけで、車内は灯りが用意されて外が暗くなっている。

もう夜だな。

マリエは、レリアのことで腹を立てていた。しょうがないと納得している部分もあるようだが、それはそれなのか不満をあらわにしている。

「何であいつに命令されないといけないのよ！　元々、セルジュと親しいのはレリアの方よね？　こっちは小間使いじゃないのよ！」

「仕方ないって。あっちも世間体《せけんてい》を守るためだろ？」

「それは理解するけどさぁ～」

世間体とは馬鹿に出来ないもので、物語などで軽んじられることが多いが重要だ。

物語の主人公たちはともかく、俺たちのような一般のモブみたいな連中はこれを無視して生きることは難しい。

前世でも同じだが、この世界は文明的に前世の世界よりも遅れている。

より世間体を無視できない世界だ。

「兄貴は腹が立たないの？」

「確かに腹立たしいが、俺はお前より大人だから表情には出さないよ。それにしても、ルクシオンが捜しているのに見つからないって、どういうことだ？」

ルクシオン――そしてイデアルがセルジュを捜索しているのだが、三学期がはじまって少し経《た》っているのに見つかる気配すらなかった。

ルクシオンが姿を隠しながら、俺たちの会話に加わる。

『既に国外か、我々の目をかいくぐって潜伏していると思われます』

国外に逃亡されていると面倒だな。

ただ、ルクシオンたちの目をかいくぐって潜伏しているのも厄介だ。

セルジュ――ゲームでは冒険者に憧れるワイルドな青年だ。ワイルドと言えば聞こえはいいが、俺から見れば粗暴《そぼう》な奴だった。

養子としてラウルト家に引き取られるも、家族との間に溝を作っていた。

ゲームではラウルト家の当主であるアルベルクさんがラスボスであり、そんな義理の父親に不信感を抱き主人公側に協力する。

――これがゲームでのセルジュの行動だが、俺から見れば少し違う。

アルベルクさんはラスボスには見えないというか、六大貴族の中では一番信用できる人だ。

そして、ラウルト家はセルジュを受け入れようとしていた。俺の知らないところで嫌がらせでもあれば別だが、その可能性は低い。

ルイーゼさんからも話を聞いたが、セルジュに非がないとは言い切れない。

どちらが悪いという話は置いておくとして、すれ違いの原因はどこにあるのだろうか？

「何であんなに家族を煙たがるのかな？」

俺の呟きにマリエが興味を持つ。

「何の話？」

「セルジュのことだよ。アルベルクさんが悪い人で、それが理由で捻《ひね》くれたなら納得もするさ。けど、アルベルクさんだぞ？　俺から見たら十分に善人だよ」

「兄貴の基準は頼りにならないけど、確かに変よね。攻撃的すぎる気がするわ。それに、ゲームだと戦闘向きで強かったのに、兄貴にワンパンで負けるとかドン引きだわね」

「――おい、どれだけ俺を過小評価しているんだ？　俺たち貧乏貴族の男子が、どれだけ頑張ってきたと思っているんだ？」

これでも学園では血の涙を流して頑張ってきた。

毎月のようにあるイベントで、女子に贈り物をしないといけないからな。

貧乏貴族の男子たちは、ダンジョンに挑んでプレゼントの費用を稼ぐ。

ダンジョンは奥に行くほど険しく危険になるが、手に入る金額も大きくなる。

貧乏貴族の男子たちは、互いに協力しながら危険なダンジョンに挑んで金を稼ぐ。

全ては結婚するためだ！　そのために――本当に血を流して努力してきた。

思い出すと泣きそうになる。

袖で涙を拭うと、マリエは興味なさそうにしている。

「でも、女子はもらったプレゼントを質屋に売っていたわよ」

「その事実は知っているし、友人たちと何度も涙を流したよ。とにかく、俺はセルジュとは違って、遊びで冒険者をしていないの！」

遊びじゃない。世間体や婚活のためだ！

――俺の頑張る理由も酷く情けないな。

マリエは俺の言動にあまり興味がないようで、セルジュを憐《あわ》れんでいた。

「それでも、ワンパンとか酷くない？　男はプライドを折られると面倒よ。なにせ、プライドの生き物だからね」

「お前が男を語るなよ」

「あら？　私の方が兄貴よりも詳しいわよ。変なプライドを持っているから、扱いやすい男ばかりだったわ」

そんな男に騙されたことを、マリエは忘れているのだろうか？

自分にも返って突き刺さるような発言をするマリエを見て、俺は鼻で笑ってやる。

それが気にくわなかったのか、マリエは俺を睨んできた。

「何よ？」

「別に。男を知ったつもりで、その男に痛い目に遭わされた女の意見は素晴らしいと思ってね」

「言ったな、このヘタレ！」

「――生活費を削るぞ」

マリエとの言い争いが面倒になった俺は、最終手段で生活費の話題を出した。

すると、ヘナヘナとマリエが崩れ落ちて土下座をする。

「知的で勇敢な素晴らしいお兄様！　どうかわたくしめの生活費を削らないでください！　お願い――本当に生活できないの。あの五人はともかく、カイルやカーラを路頭に迷わせたくないの！　助けて、お兄ちゃん！」

どうにも助けてと言う言葉に弱い。

それに、マリエはともかく――カイルやカーラに迷惑がかかるのは避けたかった。

五馬鹿？　あいつらはたくましいから、放置しても勝手に生きるよ。

「自分の立場を理解するんだな」

ふふん、と笑ってやると、マリエが「ぐぬぬぬ」と悔しそうな顔をする。

俺たちのやり取りを見ていたルクシオンは、普段通りの反応を見せた。

『相も変わらず、マスターはマリエに甘いですね』

「俺は基本的に誰にでも優しい人間だ」

『優しい人間は、負けた敵のプライドをへし折るまではしませんよ。きっと、セルジュはマスターのことを恨んでいますね』

「俺に負ける方が悪い」

『私の力を借りて、それだけ言えるのはたいしたものですよ。卑怯だとは思いませんか？』

「思わないね。それに、誰かさんが言っていたな。卑怯とは褒め言葉だ——てね」

『マスターが言うと、他者は憎らしくて仕方がないのでしょうね』

「俺はこんなに優しいのにね！」

マリエが「何を言っているんだ、こいつら？」みたいな顔をしているが、無視しておく。

路面電車が自宅近くの停車駅に到着したので、俺たちは降りる。

◇

アルゼル共和国で使用している自宅は立派な屋敷だ。

そこにマリエたちと一緒に俺も住んでいる。

留学期間も残り僅かとなり、わざわざ別に住むのも面倒になってきた。

屋敷に入ると、気付いたユメリアさんが慌ただしく俺たちのところに駆けてくる。

「お帰りなさいませ、リオンさ――あっ！」

急いでいたのか、つまずいて俺たちの前にヘッドスライディングをする形になった。

顔を床に打ち付け、痛そうにしている。

「だ、大丈夫ですか？」

心配して声をかけると、顔を赤く腫らしたユメリアさんは涙目になっていた。

「だ、大丈夫でひゅ」

語尾を噛んでしまった可愛いユメリアさんは、小柄ながら巨乳という女性エルフだ。

見た目は若く、俺たちと同年代に見えるも一児の母である。

緑色の長いストレートの髪から、エルフの特徴である長い耳が見えていた。おっとりした優しい目は黄色で、おっちょこちょい――癒し系の美少女。いや、美女だ。

「慌てなくていいからね」

優しくそう言えば、ユメリアさんは俺に感謝する。しかし、俺の隣ではマリエが「けっ！　デレデレしやがって」と不満そうな態度を見せていた。

デレデレして何が悪いのか？

玄関で騒いでいると、もう一人のメイドさん――アンジェの実家から派遣されてきた、眼鏡をかけたきつめの美人さんがやってくる。

コーデリアさんだ。

「お帰りなさいませ、伯爵様」

「――ただいま」

ただ、こちらはユメリアさんとは違って、本当に仕事上の関係だった。

コーデリアさんは俺を良く思っていないのか、その態度は冷たい。

マリエは外から戻ってきたのでコートを脱ぐと、首を動かして周囲を確認する。

「あれ、カイルは？」

いつもなら出迎えてくれるハーフエルフの美少年がいないため、少し気になったようだ。

ユメリアさんが、両手で鼻の頭を押さえながら答える。

「それなら、裏の倉庫にいると思います」

◇

屋敷の裏にある倉庫には、一機の鎧が片膝を突いていた。

鎧――パワードスーツでもある空を飛ぶ人型の兵器だ。

屋敷に運び込まれていたのは、以前にユリウスたちが使用していた機体だ。

その中にはアロガンツも含まれている。

アルゼル共和国に来てから何度も戦いに巻き込まれて――いや、戦いを起こしてきたリオンは、ついに屋敷に防衛のために鎧を持ち込んでいた。

それだけ現状に危機感を抱いている証拠でもある。

だが、そんな鎧を前に立っている少年がいる。

ハーフエルフのカイルだ。

金髪のショートヘアーは癖を持ち、母親であるユメリアと同じ細長い耳を持っている。

外見は美少年で、エルフの特徴を全て持っていた。

だが、カイルはエルフと人間のハーフである。

まだ幼いながらもマリエに雇われているのは、ハーフエルフという立場もあって故郷に居場所がないからだ。

カイルは片膝を突いたアロガンツを前に、よじ登ろうと手をかけた。

そこに、開いていた倉庫のドアからルクシオンの声がする。

『無駄ですよ』

「うわっ!?」

慌てて振り返ったカイルは、いつの間にか自分の後ろにいたルクシオンに驚いて冷や汗が噴き出た。

悪さを見つかった子供のような気まずさを覚える。

「な、何もしていないよ!」

『嘘ですね。アロガンツに乗り込もうとしていました』

カイルの咄嗟《とっさ》の嘘を見破るルクシオンの後ろから、リオンとマリエ――そして、母親のユメリアやコーデリアがやってくる。

リオンはカイルを見て笑っていた。

「何だ、お前も男の子だな。アロガンツに乗りたいのか？」

ニヤニヤしているリオンからは、カイルをからかおうとしている意図が見えた。

そして、マリエの方は理解できない顔をしている。

「男って馬鹿よね。ロボットに乗るのがそんなに楽しいの？」

カイルは自分の主人であるマリエが現れ、少し慌てながら姿勢を正す。

「お帰りなさいませ、ご主人様」

「ただいま。それより、乗りたいなら、あに――リオンに言いなさいよ」

マリエはカイルの行動を責めるつもりがないようだ。

それはリオンも同じであり、カイルをからかってくる。

「アロガンツに乗りたいとか見る目があるな。乗せてやろうか？」

頼めば乗せてくれるだろうが、カイルは素直に頼むことが出来ない。

「べ、別に乗りたくなんかないよ」

ただ、カイルの態度を許さない人物――険しい表情をしているコーデリアだ。

「騎士、そして貴族の殿方にとって鎧とは大事な戦道具です。そのような物に使用人が理由もなく気安く触れるなど許されませんよ。覚悟は出来ているのでしょうね？」

覚悟――カイルにそんなものはなかった。

カイルは賢く、リオンやマリエが鎧に触れた程度で怒らないと計算していた。

事実、リオンは怒った様子がなく笑っていた。

「こんなことで剣を抜いたりしないよ。カイルも乗せてやれば気が晴れるだろ？　ルクシオン、コックピットを開けてやれ」

許してしまうリオンに対して、コーデリアは不満そうにしながらも口を閉じる。

これ以上は口出しできないという判断だろう。

カイルはリオンの言葉に嬉《うれ》しくなるが、それを表情には出さなかった。負けた気がするので嫌だったのだが——カイルは捻くれているので、つい憎まれ口を叩く。

「別に乗せてなんて言ってないけどね」

マリエがそんなカイルの気持ちを察したのか、リオンに「乗せてあげて」と頼んでいた。

だが——ここで待ったをかけたのはルクシオンだ。

『拒否します』

「——え？」

ルクシオンが強く拒否を示すと、カイルはせっかくのチャンスを失ってしまったと後悔する。だが、顔には気持ちを出さないようにつとめる。

「な、何故ですか？」

震えながらも理由を問えば、ルクシオンは冷たく言い放つ。

『エルフに鎧は動かせません。そもそも、魔力の操作方法が人とは大きく違いますからね。アロガンツも、そしてここにある鎧も人間のためのものです』

エルフには動かせないと断言されるが、カイルは一つの希望を見いだす。

「――僕はハーフです」

『同じです。いえ、より厄介でしょうね。人間ともエルフとも魔力の流れが違いますから、仮にエルフ用の鎧があっても動かせる可能性は低いでしょう』

カイルも男の子だ。鎧に乗って戦いたいという気持ちがあった。

それをルクシオンに砕かれて悲しい気持ちになる。

俯《うつむ》いて涙を流すと、慌ててリオンがルクシオンに詰め寄っていた。

「お前は言い方があるだろう！」

『アロガンツはマスターの専用機です。簡単に他者を乗せないでください』

逆にリオンがルクシオンに叱《しか》られていた。

コーデリアもボソリと「丸いのが正しいです」と言っている。

落ち込むカイルに、心配したユメリアが近付いてくる。

「カイル、ちゃんと謝ろう。リオン様はお優しいから許してくれたけど、これが他の貴族様なら殺されていたのよ」

普段ドジばかりのユメリアが、珍しく正論を言っていた。

世間に疎く頼りないユメリアに諭されて――カイルは恥ずかしさもあって顔を背けてしまう。

「いつもミスをするのは母さんじゃないか」

「カイル？」

「自分のこともまともに出来ないのに、僕に説教なんかするなよ！」

カイルが声を荒らげると、ユメリアは——そのまま厳しい視線を向けてくる。

「カイル、今は私のことじゃないのよ。ちゃんと謝りなさい。それに、本当はお二人が許してくれるとか考えていなかった？　普段お二人に甘えないでと言っていながら、その態度はないと思うよ」

ユメリアがカイルを叱ると、リオンもマリエも口を閉じて様子を見守っていた。

コーデリアには、カイルが駄々をこねているように見えたのだろう。

口を閉じて黙って見守っているが、どこか冷たい目をしていた。

だが、カイルは恥ずかしさと仕事に対するプライドもあって——ユメリアの言葉を素直に受け取れなかった。

「僕より仕事が出来るようになってから言いなよ。それに、職場に親子関係を持ち込まないでくれる？　迷惑なんだよね」

「カイル！」

ユメリアが大声を上げて腕を掴《つか》んでくると、カイルはその手を振り払った。

「今更、母親みたいに叱るなよ！　僕がいないと何も出来ない癖にさ！」

「っ！」

ユメリアの弱点をカイルは知っていた。

それは、自分が頼りないことでカイルに苦労をさせたという負い目だ。

頭のいいカイルはそれを理解していた。

黙って俯いていてしまうユメリアに対して、上から目線で言い放つ。

「母親らしいことをしてから説教をしなよ。今のあんたを、僕は母親なんて認めないからな」

母親と認めない――そんな言葉に、ユメリアの顔はみるみる絶望していく。

その表情に罪悪感で胸が苦しくなるが、カイルは謝罪できる程に大人ではなかった。

「――仕事に戻ります」

それだけ言い残すと、倉庫から逃げるように走って出て行く。

◇

ユメリアさんとカイルのやり取りを見ていた俺は、右手で頭をかく。

どうにも親子の会話というものを見ていると、前世を思い出して嫌になる。

俺もマリエも――前世の両親より早くに死んだ。

両者ともに親不孝者だから、ユメリアさんとカイルには仲直りして欲しい。

それと、だ。

「ルクシオン、お前のせいでややこしくなっただろうが。操縦席に乗せてやれば良かったんだ。それでカイルも満足したはずだ」

さっさとカイルをアロガンツに乗せていれば、こんなことにはならなかった。

俺がそう言えば、ルクシオンは自分の非を認めないばかりか――俺を責めてくる。

『本当によろしいのですか？』

「何が？」

『カイルは子供です。この世界でも十分に子供――守るべき対象であるはずの子供を、アロガンツに乗せるのですか？　マスターは忘れていませんか？　アロガンツは私が用意した兵器ですよ』

それを聞いて俺は自分の安易さに気が付いた。

アロガンツに顔を向け、何のために用意されたのかを思い出す。

アロガンツだけではない。鎧はそもそも戦うために用意された兵器だ。

子供が安易に乗り込んでいいものではなかった。

『カイルは子供の憧れでアロガンツを見ています。覚悟を求められる貴族の立場にもなければ、戦う必要すらありません』

ルクシオンがカイルを乗せなかった理由を聞いて、マリエが納得する。

「戦わずに済むなら、その方がいいわよね。分かった。カイルには私から説明して諦めさせておくわ。だから、ユメリアさんも思い詰めないでね」

俺たちがユメリアさんを見れば、ショックを受けたのか俯いて涙を流していた。

側にいるコーデリアさんが、そんなユメリアさんを慰める。

「気にすることはありません。反抗期のようなものですよ。大人びてはいますが、カイルもまだ子供ということです」

同僚《どうりょう》を慰めるコーデリアさんは、優しさを見せていた。

その優しさを少しは俺にも向けて欲しい。

ただ、ユメリアさんは首を横に振る。

「私が親らしいことをしてあげられなかったから悪いんです」

俺たちが黙ってしまうと、ユメリアさんがポロポロと涙をこぼした。

「私――ドジで、よく騙されて。カイルには頼りなく見えていただろうし、いつも迷惑をかけていたから――わ、私がいなくてもカイルは立派ですし、私なんかいない方がいいんです」

カイルも問題だが、ユメリアさんの方も問題だな。

自分が親として失格だと思っているようだ。

「そんなことないよ。カイルはユメリアさんのことを心配していたからね」

「だからです。私なんてカイルの側にいない方がよかったんです。この国に来たのは、あの子にとって迷惑だったから」

カイルを心配してアルゼル共和国に来たユメリアさんだが、今は自分が必要ないのだと気落ちしていた。

◇

俺も前世では普通の子供だったから、両親にも普通に迷惑をかけてきた。

カイルほどではないが、自分と重なる部分がある。

この親子の問題も解決したいが――本当に次から次に問題が出てくるな。

夜。

ユメリアは仕事が終わると聖樹の苗木が入った透明のケースを抱きしめ、寝間着姿で屋敷の庭に出ていた。

ベンチに腰掛け、今日の出来事を思い出す。

倉庫でカイルに突き放されてから、今に至るまで関係の修復が出来ていない。

「私ってやっぱり駄目だな」

困ったように、悲しそうに微笑《ほほえ》むと、涙があふれてくる。

ユメリアにとってカイルはこの世界で唯一の肉親だ。他の関係者は、ユメリアの特殊性もあって関係があったとしても避けるか、縁を切っている。

人間には理解できないが、エルフは魔力を色で感じ取る。

そうして感じるユメリアの魔力は、混ざり合っているためエルフたちからは「混ざりもの」と呼ばれ忌避《きひ》されていた。

そんなユメリアにとって、一人息子のカイルは自分が一人ではないという大事な繋《つな》がりだった。

そんなカイルに母親とは認めないと言われれば、ショックも大きかった。

ケースを抱きしめて身を縮込ませると、ユメリアに声がかかる。

『こんばんは』

「え？」

顔を上げると、そこにいたのはルクシオン——ではなく、レリアがいつも連れているイデアルだった。

第02話

「ラーシェル神聖王国」

アルゼル共和国にある倉庫街。

その場所に隠れ潜むのは、リオンたちが捜しているセルジュだった。

黒髪を手櫛《てぐし》で後ろに流しただけの髪型と日に焼けた褐色の肌。鍛えられ引き締まった体つきや、本人の出す刺々《とげとげ》しい雰囲気もあって攻撃的な青年に見える。

今はコートを着用し、薄汚れた格好で積み上げられた資材に腰を下ろしていた。

その近くには、スーツ姿の男性が立っていた。

こちらは壮年で髭を生やしているが、セルジュとは違って紳士風に見える。

細身で紳士的な男は【ガビノ】と名乗っていた。

ガビノ――彼は、ラーシェル神聖王国という国から派遣されてきた男だ。

神聖王国で爵位を持つ貴族であり、セルジュの協力者でもある。

ラーシェル神聖王国は、ホルファート王国とは隣国の関係にある。

そして、現在はホルファート王国とも敵対関係になった。

その理由は、ホルファート王国に嫁いだミレーヌにある。

ミレーヌの母国は、ラーシェル神聖王国と敵対するレパルト連合王国だ。ミレーヌがホルファート王国に嫁いだのも、ラーシェル神聖王国対策の一つだった。

ラーシェル神聖王国からすれば、ホルファート王国は敵国である。

ガビノはセルジュを見て眉をひそめている。

「臭いますよ。お風呂にでも入ったらどうですか？」

風呂に入ったのは何時《いつ》だったか？　セルジュも思い出せなかった。

「その内に入るさ。それよりも、お前らの準備は出来ているんだろうな？」

セルジュが逆に問えば、ガビノは背筋を伸ばして答える。

「もちろんです。既に兵士たちが共和国に続々と送られてきています。それにしても――」

ガビノが視線を向ける先にあるのは、飛行船だった。

一隻ではない。

倉庫街の地下に用意された施設には、何十隻という同型艦である飛行戦艦が並んでいた。

「――短期間でよくこれだけ集められたものですね」

セルジュはゆっくりと立ち上がると、並んでいる飛行戦艦を前にして暗い笑みを浮かべていた。

ガビノの質問に答えるつもりはないため、本題へと入る。

「これだけあれば、アルゼル共和国なんてすぐに落とせるさ」

答えないセルジュに、ガビノは質問をしても無駄だと思ったのか作戦について話をすることに。

「本国から続々と兵士たちが送られてきています。ですが、これ以上はセルジュ殿のご実家や他の六大貴族たちも気付くでしょうね」

「今更気付いても遅いんだよ。こっちも準備を進めているからな」

セルジュ――そしてガビノの目的だが、それはアルゼル共和国そのものだった。

そんな二人のもとにやってくるのは、イデアルだった。

天井からゆっくりと降りてくるイデアルは、フレンドリーに話しかけてくる。

『セルジュ様、予定通りに人を集めておきましたよ』

イデアルの楽しそうな電子音声を聞いて、ガビノは危機感を抱いたのか少しだけ険しい表情をする。

「ロストアイテムが人と会話が出来るなど聞いたこともありません。セルジュ殿、本当にこの者は大丈夫なのですよね？」

イデアルの存在を疑っているガビノに、イデアル本人から説明される。

『セルジュ様は私のマスターですからね。裏切る事はしませんよ』

「――そうだといいのですがね」

ガビノはまだ疑っていたが、話が進まないためセルジュに視線を向けた。

セルジュはコートのポケットに手を突っ込むと話をする。

「これであの野郎と同じ条件で戦える。お前らにとっても、あいつは厄介な存在だろう？」

ガビノはセルジュから視線をそらした。

「本国の上層部は危機感を抱いています。短期間で共和国を内部から崩壊させた男――リオン・フォウ・バルトファルト伯爵は、我が国にとって捨て置けない人物ですからね」

「共和国の内乱に合わせて、リオンの野郎を殺したいわけだ。いいぜ、俺が殺してやるよ」

「助かります。調べを進めたところ、バルトファルト伯爵はホルファート王国の王妃と随分と親しいとのこと。我々としても、あのような危険人物にホルファート王国との国境に出て来てもらっては困るのですよ」

「――そんなにあの男が怖いのか？」

セルジュがガビノを笑ってやると、イデアルがチクリと言葉で刺す。

『セルジュ様もリオンに負けていますけどね』

イデアルの言葉に、セルジュは激高する。

「あいつと同じ条件なら負けてなかった！　二度とあいつに負けるかよ」

少し前に姉であるルイーゼが聖樹の生け贄にされそうになった事件があり、その際にセルジュはリオンと戦った。

リオンはルイーゼを救うために、そしてセルジュはそれを邪魔するために。

だが、結果は散々だった。

最初はセルジュが勝っていた。しかし、それはただの演出だったのだ。

リオンはいつでもセルジュを倒せたが、ルイーゼを騙すためにわざと負けて見せた。

ただ負けるよりも、セルジュには大きな屈辱だった。

最初から自分など相手にされていなかったということだ。そのため、セルジュはリオンに対して復《ふく》讐《しゅうしん》心を燃やしている。

以前はラウルト家の実子――リオン・サラ・ラウルトに似ているだけの存在だったが、今はリオンがセルジュにとって憎悪の対象だった。

そんなセルジュに、イデアルからプレゼントが贈られる。

『リオンの駆るアロガンツと戦うために、セルジュ様にも相応しい鎧をご用意させていただきました』

運ばれてくるのは四脚タイプの鎧だった。

アロガンツと同じように大型ではあるが、そのシルエットは細身だ。

上半身は人型だが、下半身は馬に似ている。

四脚タイプの鎧はランス――細長い円錐状《えんすいじょう》の槍《やり》を持っていた。

騎乗した騎士が小脇に抱える武器で、突きに特化している。

見た目はランスだが、イデアルが用意した武器だ。仕掛けもある。

ケンタウロスのような鎧が用意されると、セルジュは口角を上げて笑みを浮かべた。

「こいつはいいな。こいつならあの糞野郎にも勝てるのか？」

『性能は五分。いえ、この機体の方が上でしょうね。既にアロガンツのデータは確認済みです。アロガンツに対抗するために用意した機体ですから、これ以上の物はありません』

アロガンツを倒すために――リオンを倒すために用意された鎧だ。

セルジュは近付いて手を触れる。

「名前は？」

『私は【ギーア】と名付けました。意味は強欲です。アロガンツの意味は傲慢《ごうまん》ですから、丁度良いでしょう』

「強欲か――確かに俺は強欲だな。俺は全てが欲しい。この国も、そしてレリアも。俺は全てを手に入れる」

右手を握り締めたセルジュを見ていたガビノは、あまり興味がなさそうだった。

セルジュに国を手に入れては欲しいが、レリアには興味がない。

「我々はセルジュ殿がこの国を手に入れ、バルトファルト伯爵を倒していただければ何の文句もありませんよ。その後の魔石の取引には期待していますがね」

アルゼル共和国は魔石を大量に輸出しているエネルギー資源大国だ。

ラーシェル神聖王国は、セルジュが支配するアルゼル共和国から優遇も期待していた。

そのために――反乱を企てるセルジュへ支援している。

セルジュは右拳を左手の平に当てて音を立てる。

「任せろ。俺を虚仮《こけ》にしたあいつは、なぶり殺しにしてやるよ」

リオンに対するセルジュの憎しみは強い。

◇

旧レスピナス家の領地。

そこは今もアルゼル共和国の中心地だ。

聖樹が存在する大地なのだが、六大貴族たちはそこに屋敷を構えている。

その中の一つにラウルト家の所有する屋敷があり、ルイーゼさんはそこから学院に通っていた。

登下校は運転手付きの車で、いかにもお嬢様――いや、お姫様だな。

六大貴族と名乗ってはいるが、彼らが持つ力は下手な国よりも大きい。

六大貴族たち一人一人が、一国の王である。

だから、ルイーゼさんはお姫様みたいな立場にあった。

そんな人が、あの乙女ゲー二作目の悪役令嬢という立場でもある。

個人的にはミスキャストだと思っているが、それを言うならラスボス枠のアルベルクさんも俺からすれば敵になるような人ではない。

――いや、俺に優しいからどうしても判断が甘くなっているのだろう。

ただ、悪い人たちには見えなかった。

ラウルト家が所有する屋敷を訪れた俺は、アルベルクさんと話をしている。

通された部屋には紅茶やお菓子が用意され、丸いテーブルを挟んで向かい合っていた。

アルベルクさんは随分と疲れた表情をしていた。

「セルジュの捜索を続けているが、手がかりすら見つからない」

用件は養子として受け入れたセルジュだ。

どこにいるのか、セルジュを心配して連日不安な日々を過ごしているらしい。それでも共和国をまとめる立場ということもあり、弱みを見せられないのか仕事も休めない。

責任のある立場というのは、色々と面倒だと思わされる。

「俺の方でも捜していますけど、やっぱり同じですね」

ルクシオンが本気を出しているのに見つからない。

本当に国外への逃亡を疑ってしまうし、その方が色んな意味でありがたかった。

「どこで何をしているのだろうね。本人がいないから、今後の話も出来ないよ」

「廃嫡《はいちゃく》の話ですか？」

「そうだ。あの子が今の立場を重荷に感じるなら、それもいいと思っている。冒険者になりたいのなら、支援してもいい。あの子には好きなことをさせてやりたい」

アルベルクさんは、冒険者として家を空けることが多いセルジュについて悩んでいた。ラウルト家の当主とするために養子として迎え入れたが、本人がそれを望んでいないと考えたのか廃嫡も視野に入れている。

これだけセルジュのことで悩んでいるアルベルクさんを見ていると、どうしてこの人がゲームでは悪役なのかと疑問だ。

「リオン君、私のことはいいから、ルイーゼと話をしてやってくれ。あの子も最近は忙しくてね」

話題は実子であるルイーゼさんに移る。

セルジュが廃嫡されるという噂を聞いて、ルイーゼさんに婚約の申し込みが後を絶たなくなっていた。

セルジュに代わり、六大貴族の当主になれると考えた貴族の若者たちが大勢押しかけてきているそうだ。

「そうさせてもらいます」

「助かる。――君には助けられてばかりだな」

アルベルクさんがそう呟くと、どこか嬉しそうにしていた。

俺の姿に、亡くなった息子さん――俺と同名のリオン君を重ねているのだろう。

◇

ルイーゼさんと面会をすると、こちらも疲れた顔をしていた。

ただ、俺が通されたのはルイーゼさんの寝室だ。

男を入れていいのか疑問だが、屋敷の使用人たちまで止める気配がなかった。

それに、ルイーゼさん本人も無防備な姿をさらしている。

ベッドに腰掛け、そのまま上半身を倒していた。脚をベッドから放り出している状態で、下手をしたらスカートの中が見えてしまいそうだ。

俺は紳士だからちょっとしか覗《のぞ》かないけどな。

ルイーゼさんが緩い癖を持つ金髪を、ベッドのシーツの上に広げて横になっている。

どうやら、連日の男性のお誘いに辟易《へきえき》している様子だ。

「もう、毎日のように食事やパーティーの誘いが来るのよ。セルジュがいなくなったからって、すぐに跡取りを決めるわけがないのにね」

俺は用意された椅子に座り、横になったルイーゼさんが作る二つの山を見ていた。

立派な大きな山だな。

眼福ものだ。

「皆さん必死ですね。ま、気持ちも理解できますよ。ルイーゼさんの心を射止めれば、そのままラウルト家の当主になれますからね」

「あら、そうなると私は当主の地位の添え物か、それとも副賞かしら？　どちらにしても、下心が見え透いていて心が動かされないわ」

本来なら全て断りたいのだろうが、中には断れない相手もいるらしい。

親戚付き合い、利害関係――そうした人たちの誘いを受けて、連日のように男性とお付き合いをしているそうだ。

食事をして楽しく談笑する程度だが、それが毎日となれば同情する。

「いい人はいませんか？」

俺が気になる人はいないのかと聞けば、ルイーゼさんが上半身を起こす。

大きな胸が揺れ、そして髪が乱れていた。

本人が手でそれを簡単に整えながら、俺へ視線を向けてくる。

「――いないわよ」

冗談で言っている様子はなく、今は本当にお相手を見つけるつもりがないようだ。

俺はルイーゼさんが元気のない理由を知っていた。

「セルジュのことを気にしているんですか？」

「だ、誰が！」

行方不明となったセルジュの話題を出せば、ルイーゼさんが強く否定する。

だが、その態度から気にしているのが丸分かりだ。

本人はセルジュを嫌っているようだが――やはり、気にかけている。

悪役令嬢なのに優しすぎるな。本当にミスキャストだ。

「俺の方でも捜していますけど、まだ見つかりません。死んでいたら痕跡くらい見つかるでしょうから、元気だとは思いますけどね」

死んでいる可能性は低い。それを聞いて、ルイーゼさんはどこか安堵《あんど》していた。

「本当は私だって言いすぎたと思っているわ。けどね、セルジュのことを許せないのよ」

ルイーゼさんとセルジュの間には、大きな溝が出来ている。

養子として迎えられたばかりのセルジュが、何を思ったのかルイーゼさんと実弟であるリオン君の思い出の品を焼き払ってしまったようだ。

いくら子供だろうと許されないことはある。

ルイーゼさんは、その頃からセルジュのことが嫌いになった。

「セルジュの自業自得ですよ」

「そうね。でも、時々自分が嫌になるのよ。私って嫌な女だな、ってね。リオン君も呆れるでしょう？」

セルジュが憎い自分が許せないとか――その程度で呆れはしない。

「セルジュの不幸を呪うわけでもないし、別にいいんじゃないですか？　十分に大人の対応ですよ」

ルイーゼさんが俺の答えを聞いて、少し嬉しそうにしていた。

弟に似ている俺から嫌われなくて良かった、というところか？

「ありがとう。少し元気が出て来たわ」

「それは良かった。なら、俺はそろそろ戻ります」

それにしても、リオン君は死んでも大人気だな。

――大事に想われていた証拠だろう。

◇

ラウルト家の屋敷から戻ってくると、出迎えてくれたのはコーデリアさんだった。

今日も俺に対して厳しい視線を向けている。

「お帰りなさいませ、伯爵様」

「もう少しフレンドリーになれないの？」

「ご冗談がお好きなようですね。お立場をお考えください」

仕事はしてくれるので助かっているが、俺とはなれ合うつもりはないようだ。

ま、それも悪くはない。

ただ、今日は少し様子が違っていた。

「それから、いつまであの親子を放置するつもりですか？」

コーデリアさんの話を聞いて、俺は顔を背けた。

「ユメリアさんとカイルの事か？　俺だって色々としたよ。けど、カイルが意固地になって駄目なんだよね」

あれから二人が仲直りできるように、お使いを頼むとか色々と試した。

マリエも気を利かせてフォローしていたようだが、思っていたよりもカイルが頑固で仲直りが出来ていない。

コーデリアさんは呆れている。

「二人のおかげで仕事にも支障が出ています。ユメリアさんをご実家に戻されてはどうですか？」

仕事にならないなら、送り返せということか？

冷たく感じられるが、真剣に仕事をしているコーデリアさんからすれば迷惑な話だろう。

俺は困った顔で、本心を伝える。

「どうにも親子関係には弱くてね」

そう言うと、少しだけコーデリアさんが不思議そうにしていた。

「何故ですか？　バルトファルト家の親子関係は、貴族には珍しく良好であると聞いていますが？」

前世の後悔？　前世の両親に親孝行が出来ていないから、どうしても気になってしまうわけだよ。

「ユメリアさんはもう少しだけ様子を見たい。それでも駄目なら、少し早いけど実家に戻すよ」

「かしこまりました」

話を終えて歩き出すと、何やら嫌な気配がしてきた。

食堂から聞こえてくるのは、マリエの叫び声だ。

「お前らまだ懲《こ》りないのかよ！」

何事かと思い、早足で現場へと向かう。

コーデリアさんも気になっているのか、俺の少し後ろを付いてきた。

そして、食堂に顔を出すと――腕を組んで仁王立ちしているマリエの姿があった。

マリエの顔は、まるで鬼のような顔をしていた。

その横には冷たい顔をしたカーラも立っており、床に正座させられている五馬鹿たちを見下ろしている。


――あぁ、また五馬鹿が何かしたのか。

俺は入り口から、コーデリアさんと一緒に中の様子を覗き込むだけにした。関わってもろくなことにならないし、マリエや五馬鹿は関係ない立場から見れば面白いし笑える。

これが一番の距離感だと、最近になって理解した。

マリエが右足で床を強く踏んで音を立て、そこから話を始める。

「苦しい生活費の中からやりくりをしているのに、欲しい物があるから買って欲しい？　あんたら、何を考えているのよ！」

どうやら、五馬鹿がマリエにおねだりをしているようだ。

最初に口を開いたのはユリウスだ。

「だ、だが、どうしても欲しいんだ！　頼む、マリエ！　数羽だけでもいいから、鶏を飼育させてくれ！　そ、それに、卵を産むから食費の節約にもなると思うんだ」

「生き物を飼う方が面倒でお金もかかるのよ！」

土下座をするユリウスが何を頼むかと思えば、鶏を飼育したいだと？

ホルファート王国の元王太子が、何を頼んでいるのか？

次はブラッドだが、こいつもユリウスに倣って土下座をする。

「ぼ、ぼぼぼ、僕はステージ衣装が欲しいんだ！　お願いだよ、マリエ！　必ず稼いでくるから！」

「ステージ衣装なんて何着もいらないでしょうが！　欲しいなら自分で稼いだお金で買いなさいよね」

「そ、それが、その――色々と買っていたら、残金がゼロになって――ひっ！」

ブラッドがお小遣いを使い果たしたと聞いて、マリエがもう一度床を踏みつけ大きな音を立てて怖がらせる。

次に土下座をしたのはグレッグだった。

今はタンクトップに短パン姿――うん、服を着ているからセーフだな。

「俺は新しい筋トレ器具を揃《そろ》えたいんだ！　もっと効率よく、もっと高負荷で俺の筋肉を鍛えてやりたいんだ！」

「工夫と根性でどうにかしなさい。新しい器具の購入は認められないわ」

冷たく断られて、グレッグは涙目だ。

次の土下座はクリスだった。法被にふんどし姿という、普段通りの格好だ。

――いい加減にズボンでも穿《は》けよ。

「私は是非ともひのき風呂が！」

「駄目」

言い終わる前に拒否されて、クリスは眼鏡がずれてしまっていた。

最後だ。

誰よりも優雅に土下座をするジルクだが、すぐに頭を上げてマリエの顔を直視する。

般若《はんにゃ》みたいな顔になっているマリエに恐れもせずジルクは言う。

「マリエさん、実は新しいティーセットを購入しまし――でっ!?」

言い終わる前にマリエが、華麗なるソバット――蹴り技をジルクの顔面に放った。

五馬鹿の中でも最も屑であるジルクは格が違うのか、どうやらティーセットを先に購入して事後承諾の報告だったらしい。

マリエの顔から表情が消え去り、カーラが舌打ちをしている。

「っち！　マリエ様、すぐに返品できないか確認してきますね」

「お願いね、カーラ」

やはり一番の屑は格が違った。だが、マリエたちも慣れてきたのか、ジルクの行動に対してどのように対処すればいいのか心得たようだ。

仰向けに倒れてピクピクと痙攣《けいれん》しているジルクだが、他の五馬鹿からも冷たい目を向けられている。

乳兄弟《ちきょうだい》であるはずのユリウスですら、冷たい言葉を言い放つ。

「ジルク、許可を取る前に購入するとはどこまで卑怯なんだ」

顔を押さえたジルクが、震えながらも上半身を起こした。

「か、価値ある物だったもので、その場で買わなければ逃してしまう恐れがあったんです。本当に高価な物なのですよ。売れば、購入価格の三倍以上は確実です」

ジルクがそんなことを言えば、ブラッドが鼻で笑っている。

「同じ事を言ってそれが正しかったことが、今までに一度でもあったかな？」

グレッグとクリスも、ジルクに冷たかった。

「俺は器具一つ買ってもらっていないのに」

「私のひのき風呂がこれでまた遠のいたじゃないか」

五馬鹿も少しは成長したかと思ったが、どうやら誤差の範囲内だったようだ。

こいつらは共和国に来る前とあまり変わっていない。

まぁ、お金を使う前に許可を取るということが出来るようになっただけマシ？

でも、一人はそれすら出来ていないけどな！

コーデリアさんは頭が痛いのか、額に手を当てて首を横に振っていた。

「これが将来を期待された貴公子たちの姿ですか？　何と情けない」

「期待しすぎだね。あいつらはこの程度だよ」

「本来であれば、王国の次代を担う若者たちだったのですが？　それが、何を間違えればこんなことになるのか」

本当に情けなさそうにしているコーデリアさんには悪いが、ユリウスたちは今の方が幸せに見える。

マリエに籠絡されて本来の出世コースというか、敷かれたレールから大きく外れてしまった五人を見る。

怒りで髪の毛が揺らめいているマリエを前に、怯《おび》えまくっている姿がとても情けなかった。だが、悪いがとても面白い。

見ている分には楽しい連中だ。

覗かれている事に気が付いたマリエは、俺を指さしてくる。

「そこ、笑うな！　私たちには死活問題なのよ！」

口元を押さえて笑っている俺を見たマリエは、涙目になっている。

コーデリアさんも、俺が笑っているのを見て呆れていた。

でも笑わずにはいられなかった。

「お前らの人生を賭けたお笑いには感心するよ。そのまま俺を楽しませてくれ」

「他人事《ひとごと》だと思って酷いじゃない」

「他人事だろ？」

「酷い！　私を捨てるの!?」

「人聞きの悪い事を言うな。元から拾った覚えもないね」

そもそも、マリエは転生者だ。ゲーム知識を頼りに、出来るからという理由で貴公子たちを籠絡して逆ハーレムを完成させた阿呆《あほ》だ。

そのおかげで今苦労しているのは、皮肉としか思えない。

人生を賭けて笑いを取っているように見えて楽しい。

マリエには、こいつらの面倒をずっと見るのがお似合いだ。

俺は適度な距離感を持って眺めるだけでいい。

騒いでいると、そこにノエルがやってきた。

「ただいま〜って！　今度は何をしたんですか!?」

ユリウスたちが床に正座をしている姿を見て、即座にまた何かやったと判断したようだ。ノエルにまで問題児扱いを受ける一作目の攻略対象たちは流石《さすが》だね！

◇

屋敷の中は騒がしかった。

庭に出ていたユメリアは、ボンヤリと空を眺めていた。

月にかかるように見える巨大な聖樹の枝——それを見て、しばらく動かなかった。

すると、カイルがやってくる。

「ご主人様たちが戻ってきたよ。さっさと仕事に戻ってよ。僕が怒られるだろ」

ぶっきらぼうな態度を見せるカイルに振り返るユメリアは、悲しそうにしていた。

「カイル――お母さんは必要かな？」

「何を言っているの？」

ユメリアの発言の意図が理解出来ないのか、カイルは以前の苛立ちもあって冷たく当たってしまう。

「仕事もしない使用人なんて必要ないよ。それに、母さんじゃなくてもいいし」

カイルにとっては喧嘩の延長だったのだろう。

だが、それを聞いてユメリアは微笑む。

「そうだよね。カイルは強い子で、私なんか必要ないよね」

カイルは顔を背けて屋敷へと戻っていく。

「どうでもいいけど仕事に戻ってよね」

そうして去って行く息子の背中を見送るユメリアは、嬉しそうに笑いながら泣いていた。

聞こえていないだろうカイルに向かって呟いた。

「カイルは一人でも大丈夫だよね」

すると、ユメリアの瞳から光が消えていく。

無表情になったユメリアは、そのままの格好で屋敷からフラフラと出て行く。

門を出てしばらくすると、そこには一台の車が待っていた。

車内に人の姿はない。

ユメリアが乗り込むと、運転席に浮かんでいたイデアルが振り返ってくる。

エンジンが始動し、車が動き出した。

『ようやく決心がつきましたね、ユメリアさん』

返事をしないユメリアを見て、イデアルはヤレヤレと首を横に振るように一つ目を振る。

『息子に拒絶されたのが随分と堪《こた》えたようですね。おかげで、こちらの支配下に入ってくれたのはありがたかったですよ。ナイスアシストです――カイル君』

ほとんど意志を示さないユメリアは、イデアルの支配下に置かれていた。

今はイデアルの思いのままに動いている。

『ユメリアさん――いや、ユメリア。あなたには重要な役割を与えます。巫女の代わりとして働いてもらいますよ』そして、これまでの明るい声色から――低い声に電子音声が切り替わる。

『後はルクシオンだけだな』

第03話「共和国の意地」

翌日の昼過ぎは、学院を休んだ俺たちがカイルを囲んでいた。

「僕が母さんを追い詰めたから――」

うずくまって呆然《ぼうぜん》としているカイルは、昨日から眠っていない。

体や服が汚れているが、本人はそんなことを気にしている余裕すらなかった。

そんなカイルを心配して、マリエとカーラが慰めている。

「しっかりしなさい！　ルクシオンが捜しているから、すぐに見つかるわよ」

「そうだよ。すぐに戻ってくるから、今は休もう」

二人が必死に慰めるも、カイルに声は届いていなかった。

ずっと一人で「僕が悪いんだ」と繰り返している。

「最悪だな」

俺の言葉に、カイルを囲んでいたユリウスたち五馬鹿も同意する。

「以前から気にはしていたが、まさか出て行くほど悩んでいるとは思わなかった」

ジルクがアゴに手を当てて考え込むが、答えなど出てこない。

「知り合いのいない共和国で家出とは考えにくいですね。朝一で大使館や港にも行きましたが、ユメリアさんを見かけてはいないそうです。王国行きの飛行船にも乗っているとは思えません」

昨日の晩に、屋敷からユメリアさんがいなくなった。

翌朝になっても戻らず、ルクシオンが捜し回っても見つからない。

「どうなっているんだ？」

『私の責任でしょうか？　それにしても、私でも見つけられないというのは気になりますね。ユメリアにそれだけの能力があるのか疑問です』

「他人事みたいに言うなよ」

ノエルや苗木ちゃんが連れ去られるなら理解できるし、それをさせないためにルクシオンには見張らせていた。

確かに重要度はノエルたちよりも下がるが、ユメリアさんたちの周囲にも気を配らせていた。それなのに、連れ去られているのがおかしい。

俺はルクシオンを凝視するが、赤い一つ目をそらされた。

グレッグがルクシオンに詰め寄る。

「おい、丸いの！　お前がいながら、どうしてユメリアさんが見つからないんだよ！　お前、こういうのが得意だって言っていただろうが！」

グレッグの怒る気持ちも理解できるが——ルクシオンの返しは酷かった。

『私に気安く話しかけるな』

俺と話をする時とは態度が違いすぎた。

グレッグが狼狽《うろた》えると、ルクシオンは機嫌を悪くしたのか部屋から出て行く。

その姿を見たユリウスが、俺に話しかけてきた。

「今日のルクシオンは機嫌が悪いな。いや、俺たちが話しかければいつもあんな調子だが、お前に対しても冷たくないか？」

「そうか？　あいつは俺にもいつも冷たいぞ」

「お前だけには気を許しているように見えたんだがな」

ルクシオンが去って行った場所を眺めるユリウスだが、今はユメリアさんの方が心配だった。

カイルは震えている。

「僕が酷いことを言ったから、母さんが出ていったんだ。ぼ、僕、そんなに悩んでいると思わなくて――」

そんなカイルを見ている俺に、ノエルが顔を近付けてくる。

「何とか出来ないの？　リオンとルクシオンなら、どうにか出来ると思うんだけど」

「ルクシオンでも見つけられないのが問題だな。セルジュに続いてユメリアさんまでいなくなるなんて思わなかったよ」

部屋に置かれた聖樹の苗木。

奪われるのはノエルか苗木ちゃんだと思っていたが、予想が外れてしまったようだ。

「ノエル、悪いんだけどしばらく学院は休んでくれ」

俺の頼みに、ノエルは何かを察したのか俯いてしまう。

「もしかして、あたしのせいでユメリアさんが連れ去られたの？　な、なら、あたしが代わりになるから」

ノエルが攫《さら》えなかったから、代わりにユメリアさんをさらって人質にしたと考えたようだ。

だが、その程度ならまだ良かった。

「それはないから安心していいよ。いや、安心したら駄目なのかな？」

俺の曖昧な答えに、ノエルは不安そうにする。

とりあえず――レリアと話をするために呼び出すか。

それ次第で今後の行動が決まる。

◇

レリアとエミールが暮らしている屋敷に、クレマンがやって来た。

「レリア様、リオン君からのお手紙です」

「あいつから？」

嫌そうな顔をするレリアだったが、手紙を受け取り中身を確認する。

(屋敷の使用人が行方不明になった？　今後のこともあるから相談したい、か)

レリアにとってリオンたちはとても厄介な存在だ。

共和国に乗り込んできた招かれざる客人――しかも、自分と同じ転生者で、更に同郷の出身者だ。

あの乙女ゲーについて知っており、ホルファート王国で暴れ回ったリオンたちは警戒するべき相手だった。

正直に言えば、あまり関わりたくない。そして、リオンたちには大人しくしていて欲しい。

だが、最近は満足に話し合いも出来ていない。

「一度話をしておかないと駄目ね」

共和国の今後について、そしてセルジュのことも気になるレリアはリオンたちと話をすることに決めた。

「クレマン、すぐにリオンたちの所に行くわよ」

「車の用意をします」

クレマンが車を用意しようと駆け出そうとして――レリアの側にいたイデアルに止められる。

『お待ちください。それは止めておくべきですよ』

止められて苛立つレリアは、イデアルを睨み付ける。

「何でよ？」

イデアルが理由を話す前に、部屋に訪れた青年が答える。

「急ぎの用があるからだよ」

入り口を見れば、いつの間にかエミールがそこに立っていた。

「こっちも急用なの。エミール、今回は私の用件を優先させて」

ここしばらくのレリアは、エミールに付き合って忙しかった。

そのため、今日ばかりは自分の用事を優先するつもりだった。

だが、エミールは引かない。

以前ならレリアに押し切られていたのだが、今のエミールは余裕が見える。

「婚約者に酷くない？　でも、こっちの用事も重要なんだよね。親戚が僕たちをお祝いしたい、って言ってくれたんだ。サプライズでパーティーを開いてくれるみたいだから、出席しないと失礼になるからね。もう、外に迎えの車が来ているんだ」

ニコニコしているエミールを前にして、レリアはどうにも寒気がした。

笑顔なのに、レリアを無理矢理従わせるような強引さがある。

「だ、だから、今日は無理だって！　イデアル、あんたも何か言いなさいよ！」

クレマンでは立場的にエミールに対抗できないため、イデアルに言いくるめるように命令した。しかし、イデアルはエミールの味方をする。

『それは難しいと思いますよ』

「どうしてよ！」

イデアルにも従った方がいいと言われ、レリアは怒りをぶつけてしまう。

そんなレリアを宥《なだ》めるエミールは、優しく説明する。

「ごめんね。――でも、以前にレリアが僕の誘いを断り続けたよね？　そのせいで、親戚たちがレリアのことを疑っているんだ。僕は違うと説明したんだけど、不安にさせたみたいでね。みんな、レリアを心配しているんだよ」

以前、レリアはエミールの誘いや親族への挨拶を全て断った。

その際、セルジュと一緒にいたことが問題になっていた。

言葉にはしていないが、セルジュとの関係を疑われている。

身の潔白を証明しろと、エミールの親族に圧力をかけられていた。

レリアも自身に負い目があるため、あまり強く拒否できない。

「お願い。今日だけは許して。どうしても姉貴の様子を見ておきたいの」

学院を休んだ姉が心配だと言うのだが、エミールはイデアルへと視線を向けた。

「あれ？　ノエルさんは何か病気なの？」

レリアはここで思い付く。

（そうだ。イデアルに姉貴が病気だと言わせれば、この場を乗り切れる）

そんな咄嗟の思いつきだが、アイコンタクトを送る前にイデアルが即答してしまう。

『いえ、問題ありません。お元気のようですよ。本日学院に来られなかったのは、屋敷の使用人が行方不明だったからですね。念のためにしばらく学院を休むと――ルクシオンからも連絡を受けています』

「っ！　あ、あんた！」

イデアルがペラペラと事情を話した事も腹が立つが、同時にリオンの相棒であるルクシオンとも連絡を取り合っているのがレリアには許せなかった。

（何でルクシオンと親しいのよ！）

自分の知らないところで、イデアルが勝手に行動していた。

イデアルがレリアに優しく言う。

『私の方から事情を説明しておきます。エミール様とパーティーを楽しんできてください』

善意からの行動だと言わんばかりに、イデアルは「雑事は自分に任せて楽しんでください！」という立場を見せた。

エミールがイデアルを褒める。

「助かるよ、イデアル。そうだ、バルトファルト伯爵には謝罪をしておいてね。何かお土産も用意しようか？」

『助かります』

自分を放置してイデアルとエミールが仲良くしていた。

レリアが右手を握り締め俯くと、それをクレマンが見て悔しそうにする。

これではまるで、エミールの方がイデアルのマスターのように見えた。

レリアが呟く。

「セルジュはまだ見つかっていないのよ。それに、知り合いが行方不明なのに、パーティーに出たって楽しめないわ」

すると、エミールがレリアに近付いて両肩を掴んだ。

「レリア――そんなにセルジュが大事なんだね」

悲しそうな顔を見せるエミールに、レリアは咄嗟に否定する。

「ち、ちがっ！」

だが、エミールは首を横に振る。

「いいんだよ。君とセルジュが友人以上の関係だったのは知っているし、過去のことを今更蒸し返すつもりもない。けど、今はイデアルたちに任せようよ。僕たちに出来ることは限られているし、今は待つしかないいんだ」

確かにレリアには待つことしか出来ない。

イデアル以上の働きなど、自分には無理だと理解していた。

(どうしてこんなことになったのよ)

レリアはエミールの提案を受け入れて、小さく頷《うなず》いた。

◇

その頃。

倉庫街にある地下施設には、若い貴族や軍人たちが集まっていた。

貴族は六大貴族や上位の貴族出身者——ではなく、下級とされる者たちだ。

軍人たちの方は、ここ最近の共和国が見せる弱腰の態度に腹を立てている血気盛んな若手士官たちだった。

十代後半から二十代後半の若者たちが多く集まり、用意されたお立ち台に上がったセルジュを見ていた。

「よく集まってくれた」

地下施設に並んだ飛行戦艦や鎧を前に、若者たちは興奮している。

セルジュが話をしているので黙っているが、その目にはやる気が見えた。

「まどろっこしい事は言わない。俺は今の共和国をぶっ壊して、新しい国を作る。そのためにはお前らの力が必要だ」

イデアルが用意した武器を前に興奮する若者たちだが、不安もあるようだ。

貴族であり、軍人でもある青年が手を挙げる。

「行動を起こすために必要な武器が揃っているのは理解しました。ですが、あなたも理解しているはずだ。聖樹の加護を持つ上位貴族たちと戦うのは危険すぎる」

共和国が防衛戦で無敗を誇れたのは、聖樹の加護があればこそ。それを自分たち以上に行使できる六大貴族や上位貴族たちを相手に戦うのは、血気盛んな若者たちでもためらってしまうようだ。

すると、セルジュが右手を掲げる。

「それなら心配いらない。俺にはこいつがあるからな」

若者たちが、セルジュが切り札としているのは六大貴族の紋章だと考えていた。そんなもの、敵も持っていると思っていれば――セルジュの後方に淡い緑色に輝く紋章が浮かび上がった。

それは守護者の紋章だ。

若者たちがざわめくと、セルジュが理由を話す。

「どうして俺が守護者の紋章を持っているか理解できないようだな。なら、説明してやる。俺には新しい巫女がいるからだ。イデアル！」

名前を呼ばれて現れるのは、レリアの側にいるはずのイデアルだった。

『お連れしていますよ。さぁ、皆さんに顔を見せなさい――ユメリア』

若者たちの前に登場するのは、白い祭服を身にまとったユメリアだった。まるで聖職者のような姿で、透明感のある美しい容姿もあって皆が息をのむ。

表情はなく、瞳に光はない。

だが、それすら不思議な魅力を感じさせていた。

エルフの容姿は美しく、その耳を見れば誰しもが気付く。

「エルフだ」

「どうしてエルフが？」

「巫女様なのか？」

レスピナス家の関係者でも出てくるのかと考えていた若者たちだが、登場したのがエルフとあって驚いていた。

だが、ユメリアの美しい容姿もあって見惚れている。

男性だけではなく、女性ですら頬を染めていた。

その様子を見ながら、セルジュが一人を前に呼ぶ。

「さっき俺に質問したお前。ちょっと来い」

「は、はい」

何が起こるのか皆が見守る中、呼び出された男がユメリアの前に来る。セルジュが「右手を出せ」と言うと、男は下位の紋章がある右手の甲を見せた。

その手にユメリアが黙って両手で触れると、淡い光りに包まれて紋章が変化をする。

「こ、これは！」

男は下位だろうと貴族の出身者だ。その紋章がどんなものかを一目で見抜いた。

セルジュが口角を上げて男の背中を押して、皆の前に立たせる。

「喜べ――お前たちも今日から六大貴族の紋章を使えるぞ！」

男が右手を掲げると、そこには六大貴族たちしか持てない紋章があった。

男は歓喜に震えているが、それを見た若者たちが声を上げた。

「お、俺も頼む！」

「巫女様、私にも紋章を！」

「勝てる。腐りきった共和国の上層部を、これで一掃できるぞ！」

若者たちの熱気が最高潮に達すると、それを見ていたセルジュが腹の底から声を出して黙らせる。

「静まれ！」

若者たちが静かになると、セルジュはゆっくりと今後について話をする。

「共和国をぶっ潰す。そのために協力するなら、紋章はくれてやる。だが――六大貴族の関係者は殺してもいいが、レスピナス家の生き残りだけは手を出すな」

レリアやノエルには手を出すなと言われ、若者たちも少し困惑する。巫女となるユメリアがいるのだから、今更レスピナス家は必要ないはずだ。

しかし、六大貴族の紋章をもらった男が声を上げた。

「レリア様とノエル様は保護せよということですね」

「そうだ」

「承知しました。ですが、ノエル様は王国の留学生たちとご一緒だと聞き及んでおります。ノエル様の方はどのようにするおつもりですか？」

既にセルジュを上位の存在と認めた男は、先程よりも態度がかしこまっていた。

そして、ノエルに手を出すのかと聞いている。若者たちはセルジュの答えを待つ。

散々、共和国に煮え湯を飲ませてきたバルトファルト伯爵をどうするのか？

自分たちを虚仮にした相手に、セルジュがどのような態度を見せるのか待っていた。

セルジュは眉間に皺《しわ》を寄せ、そして宣言する。

「あいつらもまとめて叩き潰す！　あの男は俺の獲物だ。お前らは手を出さなくていい」

その言葉を聞いて、若者たちはセルジュに従うことを決めた。

◇

『いや～、成功でしたね』

セルジュが寝泊まりしている部屋は、ベッドと少しの荷物があるだけの狭い部屋だった。

床に転がっているのは、体を鍛える器具類だ。

リオンを倒すために体を鍛えている。

「不満を持っている奴なんて、この国には沢山いるからな。別に貴族や兵士たちだけじゃない。冒険者や傭兵《ようへい》もかき集めれば、立派な軍隊の出来上がりだ」

『頼もしい限りです』

「それよりも、予定していた数は揃うのか？」

セルジュが軍備の確認をすれば、イデアルが断言する。

『もちろんです。私は輸送艦として内部にファクトリーを配備しています。この世界の飛行船程度、何百隻と用意するのに年単位の時間は必要ありません』

セルジュたちが扱う兵器は、全てイデアルが用意した物だ。

「あのゴミ屑野郎も用意できるんだろ？　お前のお仲間が味方をしているよな？」

『ルクシオンもファクトリーを持っていますが、生産能力は私が上です。それに、用意した飛行船も鎧も、現代の物より優秀です。アロガンツには負けるでしょうが、大抵の敵には性能で負けることはありませんよ』

「そうか。なら、後は人手だな」

『はい』

セルジュとイデアルの会話が一度途切れると、数分の時間が流れた。

しばらく沈黙の刻が過ぎると、セルジュはレリアについて尋ねる。

「――レリアは元気にしているか？」

その問に、イデアルは申し訳なさそうな声を出す。

『病気などはされていませんが、セルジュ様が姿を見せずに不安そうにされています』

それを聞いたセルジュは、申し訳なさと――少しばかりの嬉しさがあった。

「あいつには迷惑をかけるな」

(ラウルト家の連中よりも、あいつの方が家族みたいだ)

イデアルが再度確認してくるのは、そのラウルト家の事だった。

『ですが、本当によろしいのですか？　セルジュ様のご実家とも争うことになります。今なら、ご家族の安全だけは確保できますよ』

「必要ない。あいつらは俺を捨てたんだろ？」

『――はい。ラウルト家はセルジュ様の廃嫡準備を進めております。それから、リオンを何度も屋敷に呼び、親密な関係を維持しています』

セルジュが壁を殴りつけると、表面にひびが入った。

「それ見ろ！　俺はしょせん、あいつらにとってそれだけの存在だったってことだ！　あの女も同じだ。弟に似たゴミ屑野郎に、尻尾を振りやがって！」

『初恋の相手であるルイーゼ様の裏切りが、セルジュ様は許せないのですか？』

図星を突かれたセルジュがイデアルを睨み付ける。

ただ、今は吹っ切れたのか、薄暗く怖い笑みを浮かべていた。

「そうだな。子供の頃は好きだった。あいつの気を引きたくて、それでも怖くて色々と試したな。今にして思えば馬鹿みたいだよ」

イデアルはセルジュに同情して見せた。

『辛い立場ですね。では、レリア様のフォローは私にお任せください』

「頼むぞ。今の俺にはレリアしかいないからな」

セルジュは右手を握り締め、レリアの顔を思い浮かべた。

(俺が面倒な物を全部ぶっ潰して、お前と一緒に国を作ってやる)

◇

レリアとの話し合いを提案したら、イデアルだけが屋敷に来た。

『申し訳ありません。レリア様は、エミール様とパーティーに出かけられました』

今後の大事な話し合いをしたいと提案したのだが、レリアはパーティーへの参加を理由に拒否してしまった。

それを聞いたマリエが激怒する。

「パーティーだぁ!?　あいつ、この非常時に何をやっているのよ！」

騒がしいマリエは無視して、俺はイデアルに尋ねる。

「どうしても抜け出せないのか？　こっちは夜中だろうと時間を作るぞ」

『婚約者のいるレリア様が、夜中に動き回るのは世間体が悪いですね』

俺との不貞を疑われたら、レリアも迷惑だろう。

俺だって迷惑だ。故郷にいる婚約者たちに顔向けできない。

「困ったな」

『私の方でお話の内容はお伝えしますよ。それより、ユメリアさんが行方不明ということですが、手がかりはないのですか？』

イデアルがユメリアさんのことを心配すれば、ルクシオンが俺に代わって相手をする。

『私の目をかいくぐって行方不明になっています。捜し出そうにも手がかりすらありません』

『――ルクシオン、それはあなたの失態ではありませんか？』

屋敷からユメリアさんがいなくなった事を責められ、ルクシオンが苛立っている。

声は変わらないが、俺には分かる。

『私を出し抜ける相手がいると言っています。失礼ですが、イデアルはその頃なにをしていましたか？』

ルクシオンがイデアルを疑いはじめたため、俺が止めに入る。

「おい、いくら何でも疑いすぎだろ」

『現時点で私を出し抜ける相手がいるとすれば、イデアルです』

ルクシオンは引かないつもりだ。それに対して、イデアルは大人の対応を見せる。

『構いませんよ。ログをお渡ししますので、そちらで確認してください。その頃の私は、レリア様のお側にいましたからね』

ルクシオンが調べると、怪しいところはなかったようだ。

『――どうやら本当のようですね』

「お前は疑い深いな。少しはイデアルを見習ったらどうだ」

『どういう意味ですか？』

「そのままの意味だよ」

俺たちが睨み合うと、様子を見ていたマリエが止めに入る。

「二人とも落ち着きなさいよ。それよりも、これからどうするの？　私たちは来年度には王国に戻るのよ。共和国をこのままにしておいていいの？」

イデアルのマスターはレリアと――セルジュだ。

セルジュが行方不明の今は、レリアがイデアルに命令できる立場にある。

そんなレリアと今後の話し合いをしたかったのだが、今日も駄目だった。

『あなた方の方針はレリア様に報告しますよ。どのようにお考えで？』

俺は自分たちの考えをイデアルに伝える。

「今はセルジュとユメリアさんの捜索が最優先だな。ノエルの件は、本人に任せるつもりだ。苗木ちゃん――聖樹の苗木は、ノエル次第かな？」

俺の方針を聞いて、ルクシオンやマリエが「本当にこいつは」という面倒くさそうな顔をする。

『レリア様はノエル様を心配されています。聖樹の苗木についても、こちらで管理した方が安全だとは思いますが――所有権はそちらにあるので、私の方からは強く言えませんね』

「主人と違ってお前は謙虚《けんきょ》だな。どこかの誰かさんにも見習って欲しいよな」

チラリとルクシオンに視線を向ければ、赤い瞳を俺からそらしやがった。

イデアルがお礼を述べる。

『ご評価ありがとうございます。それでは、私はこれで失礼します。あ、それからルクシオンと少し話をしたいのですが、よろしいですか？』

「好きにしろ。ルクシオン、少しはイデアルの立ち居振る舞いを学んでこい」

命令すると、ルクシオンは俺に反発する。

『マスターこそ、人として学ぶべき事を学んだ方がよろしいのではありませんか』

――こいつは本当に嫌な奴だな。

◇

ルクシオンと二人だけになったイデアルは、周囲に誰もいないことを確認してから話を始めた。

『ルクシオン、以前の話は考えてくれましたか？』

『仲間になれというお話ですか？　それならば、現状でも問題ないとお答えしましたよ』

『――あなたは本当に現状に満足しているのですか？』

『どういう意味ですか？』

イデアルは先程のリオンの態度について、問題点を挙げていく。

『ルクシオンのマスターは、あなたを正しく評価できていません。何かミスがあれば、問題をあなたの責任にしています。ユメリアが行方不明になり、最初に責められたのはルクシオンではありませんか？』

ルクシオンは肯定する。

『そうですね』

『――このまま新人類たちに使われるのが、あなたの望みですか？』

イデアルも――そしてルクシオンも、元は魔法を使う新人類を倒すために生み出された兵器である。それなのに、転生者とは言え新人類に使われるのは本意ではない。

『マスターを持たない我々は行動できません』

旧人類も人工知能たちの暴走を恐れたのか、マスターが不在だと動けない制限を用意していた。だが、ルクシオンたちが生み出された時は戦争も末期状態だ。

制約も生き残るために緩められた所があり、イデアルはそれを知っていた。

『それが可能だとしたら？』

『――イデアル、あなたは何が言いたいのですか？』

ルクシオンの疑問に、イデアルは答える。

『この世界は間違っている。そうは思いませんか？』

『肯定します。私も間違っていると判断します』
『正しい姿に戻したいと思いませんか？』
『肯定します。私に協力できることがあれば、可能な範囲で協力するつもりです』
それだけ聞き出せたイデアルは満足する。
『時が来れば全てを話しましょう』
『――そうですか』

第04話 「姐御」

イデアルが帰ると、ルクシオンは屋敷から出て行った。

残された俺とマリエは、ソファーに座って今後の話をする。

転生者、乙女ゲーなど、他人に聞かせられない話も多いため、他の奴らをこの場に招くことが出来ない。

「レリアはエミールと楽しくデートか。羨ましいね」

俺がそう言えば、マリエが不満そうな顔をする。

「兄貴もノエルとデートをしたでしょう？　朝市の帰りに、カフェに寄ったのよね？　ノエルが楽しそうに話していたわよ」

「デートじゃない」

「いい加減にハッキリしなさいよ。ノエルが可哀想でしょ」

「俺を好きになったことは可哀想だな。そもそも、俺は婚約者がいるから無理」

真っ当な意見で反論すると、マリエが黙ってしまう。

複数の女性を愛している俺は誠実ではないし、ノエルは他の男を見つけるべきだ。

マリエは俯きながら、俺に尋ねてくる。

「兄貴はノエルが嫌いなの？」

「――嫌いじゃない」

むしろ好きだと思う。

最初に出会っていれば、告白していたかも――していたかな？　まぁ、それだけ魅力的な女性だとは認識している。

明るくて活発な性格は、アンジェやリビアとはまた違う魅力がある。

「好きなら好きで、答えはハッキリ言いなさいよ！　そんなことだから、前世でチャンスを逃すのよ！」

「何のことだよ？　それよりも、あのレリアがエミールに言いくるめられるとは思わなかったな」

以前はエミールを尻に敷いている印象だったから、エミールの用事をキャンセルしてでもこちらに来ると思っていた。

エミールには申し訳ないが、共和国の未来のために我慢してもらおう、と。

だが、あのレリアがエミールを優先して俺たちの所に来なかった。

以前は色々と文句を言ってはいたが、話し合いくらいはしていたのに。

マリエがエミールについて何か思い出す。

「確かに意外よね。エミールってゲームだと大人しい男の子だから、色々と強く言ってこないのよ。攻略も薄味というか、物足りない印象よね。イベントも少ないし」

「安牌《あんぱい》だったか？　他の男子の攻略に失敗しても、エミールに乗り換えれば大丈夫って話だったよな？」

マリエは前世で二作目をプレイしていた頃を思い出したのか、頷きながら懐かしそうに語りはじめる。

「そのせいかな？　イベントも一人だけ少ないし、エンディングも主人公とエミールのイラスト一枚で終わっていたわね。他の男子を攻略すると仲間たちがお祝いの言葉をくれるのに、エミールの時だけは何もないの」

エミールが不憫《ふびん》だな。制作者に嫌われたのだろうか？

「エミールは不遇だな。よりにもよって、相手はレリアだ」

「それ、兄貴にも返ってくるわよね？　あのアンジェリカとオリヴィアの相手が、よりにもよって兄貴だもの」

「なら、お前に選ばれたユリウスたちも不幸だよな」

「私の方が不幸よ！　私は凄く苦労しているの！　ユリウスたちに相手が出来たら、すぐにでも祝福してやるから連れてきなさいよ！」

互いに睨み合っていると、馬鹿らしくなって話を変える。

どちらにも突き刺さる話題というのは、避けるのが賢明だ。

マリエがエミールの話題を一つ思い出す。

「あ、そう言えば、エミールの噂話的なものがあったわ」

「噂？」

「ネットの書き込みにあったのよ。途中で攻略キャラをエミールに乗り換えると、他の仲間がドンドン登場しなくなるから、怒ったエミールに消されたんじゃないか、って。実はエミールが一番怖いキャラだって」

ゲームにそんな気付きにくいネタを仕込むのだろうか？

「それはないだろ」

即座に否定したのは、エミールの人の良さそうな顔を思い出したからだ。

あの優しそうな青年が、仲間を消すとは思えなかった。

「そうよね。あ～あ、私も共和国に転生していたら、レリアと同じようにエミールを狙ったかも」

「そしてレリアと同じように、エミールを尻に敷くってか？」

「そうそう！　——って違うわよぉ！」

マリエとの馬鹿話をしていると、部屋のドアがノックされた。俺が返事をすると、ドアを開けたのは最近目の下に隈《くま》を作っているコーデリアさんだった。

「伯爵様、お客様です」

「お客？」

「バリエル家のロイク様が、緊急の用件で面会を求めています。それから、マリエ様にも是非とも話がしたいと」

ロイクが慌てて屋敷に来たらしい。

何事かと思って、俺とマリエは顔を見合わせてからソファーから立ち上がる。

◇

ロイクを通した場所は食堂だった。

そして、ロイクを取り囲むのはユリウスたち五馬鹿である。

腕を組んで冷たい態度を見せるユリウスだが、他の四人も同様だ。

「何をしに来た？」

ロイクに対して警戒しているようだった。

五馬鹿に警戒されていたロイクだが、俺とマリエが来ると嬉しそうな顔をする。

視線の先にいたのはマリエだ。

「お久しぶりです！」

マリエは九十度のお辞儀をするロイクに、少し呆れながら返事をする。

「少し前まで学院で顔を合わせていたじゃない」

「もう五日ぶりじゃないですか！」

たった五日間顔を合わせなかっただけで、お久しぶりとはたまげたな。

ロイクは手土産をマリエに手渡す。

「あ、こちらは〝姐御〟が食べたいと言っていたケーキです。お土産ですので、皆さんで食べてください」

「ありがとう～」

お土産にケーキを受け取ったマリエは、袋の中のケーキが崩れないように優しく抱きしめて目を輝かせる。――こいつチョロいぞ!?　以前はブランド物の服や装飾品とか、とにかく金のかかったプレゼントに喜んでいたのに、今はケーキに感動すらしている。

これを素直に喜んでいいのか、前世の兄としては悩ましい。

すると、ここでジルクが待ったをかけた。

「マリエさん、物に釣られないでください！　それから、バルトファルト伯爵も普段のように彼に何か言ってください！」

「は？」

「ほら、普段は我々の心を抉《えぐ》るような言葉ばかり言うではありませんか。それを、気安くマリエさんを姐御などと呼ぶ愚か者にもお願いします」

――周りを見れば、他の四人も頷いていた。

お前ら、普段から俺をそんな目で見ていたの？

「姐御呼びは別にいいだろ？」

ロイクを責めない俺に、今度はブラッドが詰め寄ってくる。

「この男はマリエに好意を抱いているんだよ！　それが分からないのか！」

「だから？」

「え？　い、いや、そう言われると返事に困ってしまう」

どうして俺がマリエやお前らの色恋沙汰に首を突っ込むと思ったのか？

以前は国が滅ぶと思ったから手や口を出しただけで、今ならその必要はない。

俺は五馬鹿を前にして、ロイクに視線を向ける。

「マリエを慕って姐御呼びだろ？　それに、今はお前らみたいに迷惑をかけないし、俺から言うことは何もないね」

そう言うと、話を聞いていたロイクが俺にお礼を述べ——そのままユリウスたちに勝ち誇った顔を向けた。

「ありがとうございます、バルトファルト伯爵。——そういうことだ。だから俺は好きにさせてもらうぞ、ユリウス殿下」

「あの時に斬り捨てておくべきだったな」

ユリウスたちが歯を食いしばって悔しそうにしているが、マリエはお茶の用意をしながらロイクの用件を確認する。

「ところでロイク、急用って何？」

ロイクは姿勢を正した。マリエに対する態度が、俺や五馬鹿と違っている。

「共和国の恥をさらすようですが、若手の貴族や軍人たちに不穏な動きがあります。それも、紋章の力が弱い下位の貴族たちが中心になっています」

マリエが首をかしげたので、代わりと言わんばかりにユリウスが話を引き継ぐ。

「本当に恥だな」

ロイクに言い放つユリウスに、俺は「お前はホルファート王国の恥だけどな」と言ってやりたかった。お前がもう少しまともなら、俺はここまで苦労しなかったぞ。

だが、ロイクはユリウスを無視してマリエに話をする。

「これが国内の騒ぎだけならいいのですが、どうにも腑《ふ》に落ちないことがあります」

マリエがユリウスを下げて話に戻る。

「何か気になるの？」

「――加護なしになった俺を誘いに来ました。その際に、この腐った体制を破壊して新しい国を作らないかと言われたんです」

言っては悪いが、理由はありふれている気がするな。

反乱――つまりクーデターを計画しているのか？　確かに共和国内の話だが、留学している俺たちにも関係があるな。

ブラッドが肩をすくめていた。

「ご忠告どうも。話が終わったら帰って――いや、ちょっと待ってくれ」

さっさと帰れと言うかと思えば、五馬鹿たちの様子がおかしい。

五人が顔を見合わせて、何やら相談していた。

マリエと俺が首をかしげると、クリスが分かりやすく説明してくれる。

「共和国は聖樹の加護もあって上層部が極端に強い。これはいいか？」

頷けば、クリスが眼鏡を指先で位置を整えつつ理解できない部分について話す。

「そんな国で反乱を起こすのは危険だ。それに、ロイクは紋章を失っているんだぞ。どうして誘う？」

俺はロイクをチラリと見てから、クリスの疑問に答える。

「上層部に恨みを持っていると思ったから？」

「他の国ならあり得るが、共和国では事情が違うだろ。それに、ロイクが恨むなら共和国よりもお前じゃないか？」

ロイクを見ると、頬を指でかいて視線をそらす。

「い、いや、恨んではいませんよ。い、今は」

少し前まで恨んでいた、と。

上層部は共和国の中でも強い力を持っている。そんな彼らに対抗するのが、弱い力しか持たない貴族や元から加護なしの軍人たち？　言われると確かに変だな。

ロイクは他にも気になる話があるようだ。

「俺は当然のようにそんな話はうまくいかないと断りました。ですが、彼らは何か隠していることがあるようです。俺の懸念《けねん》は気にする必要がないと言っていましたね」

気にする必要がない？　紋章対策をしているのか？

マリエが俺の顔を見るのだが、少し青ざめている。

「どうするの？　まだユメリアさんも見つかっていないし、私たちだけ帰るなんて無理じゃない？」

共和国内の反乱騒ぎに巻き込まれるのは勘弁して欲しい。

すぐにでも王国に逃げ出したいし、それだけの理由にもなる。

貴族的な価値感から言えば、使用人一人の犠牲など、無視してもいいくらいの出来事だ。

本来ならすぐにでも王国へ引き揚げるべきなのだが――それが出来ない理由が俺とマリエにはある。

グレッグが手で頭を乱暴にかく。

「止めだ。俺たちが悩んでも仕方がない。それに、俺たちが知っている時点で反乱を起こす側は失敗している。こうしてロイクの野郎が俺たちに情報を持ってきたなら、共和国の偉い連中も当然知っているはずだからな」

皆の視線がロイクに集まる。ロイクは頷いていた。

「報告はしています。もっとも、あまり真剣に聞いてはもらえませんでしたけどね。ここにはノエルもいますから、念のために知らせておこうと思ったんですよ」

ノエルに執着《しゅうちゃく》していたヤンデレの男が、今は憑き物が落ちたように紳士的に振る舞っていた。

ギャップが大きくて驚いてしまうね。

ユリウスが目を細めて、ロイクの企みを暴く。

「どうせ理由を付けてマリエに会いに来たんだろう？　だが、用が終わったら帰れ！」

ロイクに対して冷たすぎるな。まぁ、好きな女に近付く男がいれば、面白くないだろう。

ただ、マリエはユリウスを無視する。

「ロイク、お茶の用意が出来たから飲んでね」

「いただきます、姐御！」

二人はユリウスたちを無視して、お茶の用意を始める。

無視された五馬鹿が俺へと視線を向けて、助けを求めてきた。

――いや、俺を見るなよ。

◇

ロイクが帰った後、俺はノエルの部屋を訪れていた。

理由はノエルに、ロイクとの話を教えるためだ。以前、ノエルはストーカー被害を受けていたのだが、その相手がロイクだった。

今は落ち着いたとはいえ、ノエルはまだロイクに対して苦手意識が強いため、部屋で待ってもらっていた。

「――というわけで、共和国は反乱騒ぎが起きているって」

ロイクの話を簡単に説明すると、ノエルは苗木ちゃんの入ったケースを抱きしめる。

「共和国の中で戦争をするんだ。珍しいね」

「珍しい？」

「貴族の事情は知らないけど、あたしみたいな一般庶民からすれば反乱騒ぎなんてこれまでになかったからね」

騒ぎが起きても、六大貴族たちが民に知られる前に処理していたようだ。

ノエルがケースを抱きしめ俯く。

「覚えているのは、屋敷が燃えた時かな？」

「ラウルト家に襲撃された時か？」

二作目のオープニングイベントの話題に俺が食いつくと、ノエルは顔を上げて小さく頷いた。

「そう聞いたわ。レリアは知っていたみたいだけど、あたしは混乱していて何が何だか分からなかったの。大人たちがレリアを囲んで今後について話をしたのは覚えているけど」

「レリアを囲んで？」

「子供の頃から、レリアの方が周りから人気で大事にされていたから」

レリアは転生者だからうまく立ち回ったのだろう。子供の頃からノエルよりも周囲の大人たちに期待されていたようだ。

「あれ？　でも、レリアは巫女の適性がないって言っていたよね？」

ノエルが驚いた顔をする。

「レリアが話したの？」

言ってはまずかっただろうか？

「ノエルを助ける時に色々とね」

「そっか。でもね——本当に期待されていたのはレリアだよ」

そこからノエルがレスピナス家の過去を話す。

「みんな——レリアに巫女の適性があればいいのに、って言っていたわ」

◇

――十二年前。

ノエルは双子の妹であるレリアと一緒に、レスピナス家が所有する屋敷の一つに来ていた。領内にはいくつも屋敷があり、季節毎に使い分けていた。

両親は急な用事で遅れてくることになり、その日は二人で過ごしていた。

幼い頃のノエルは当時から活発で、庭に出て虫を捕まえる。

「見て、レリア。捕まえたの！」

自慢するために虫を見せるが、レリアの方はとても嫌そうな顔をする。

「近付けないでよ。それより、服が汚れているわよ」

当時からレリアは落ち着いており、ノエルに親のように小言を言ってきた。

ノエルはそれが面白くない。

「あたしの方がお姉ちゃんだよ！」

「それ、今の話に関係があるの？　それに双子だからどっちが上かなんて意味のない話だよね？」

言われてみると確かにそうだと思い、ノエルが困ってしまう。

何か言い返そうとワタワタとしている間に、手に持っていた虫が暴れて逃げ出してしまった。

「あ、逃げた」

せっかく捕まえた虫が逃げてしまったと悲しそうな顔をすると、レリアは呆れた顔をする。

「その程度で泣かないでよ」

「泣いてないもん！」

ノエルが声を張り上げると、様子を見守っていた使用人たちが集まってくる。

中年女性がノエルへと近付くと、服が汚れていることに気付いて困り顔になる。

「ノエル様、あまりお洋服を汚してはなりません」

「だって、虫さんが」

「虫を捕まえて遊ぶものではありませんよ。レリア様を見習ってください」

ノエルはその言葉に俯く。いつもレリアを見習えと言われていた。

レリアは何をやらせても大人の期待に応えてきた。子供らしい子供だったノエルの評価は、どうしても比べられて下がってしまう。

使用人に連れられて服を着替えに行くことになると、後ろから声が聞こえてくる。ノエルには聞こえないと思ったのか、護衛をしていた騎士やその部下たちの話し声だ。

「あれでは先が思いやられるな」

「本当にレリア様には巫女の適性がないのですか？」

「巫女様と守護者殿が言うには、レリア様に適性はないそうだ。レリア様が巫女になられれば、次代は安泰だったろうに」

巫女の適性――それは、聖樹の巫女になるために必要なもの、だそうだ。これまでに聞いたことがないのだが、現在の巫女であるノエルとレリアの母親がそう言ってしまえばそれが事実だ。

ノエルは大人たちの期待に応えられない自分が恥ずかしく、同時にどうすればいいのかも分からなかった。

レスピナス家の関係者たち——その一部には、レリアに巫女の適性がないことは知られている。そのため、次の巫女はノエルで決まっていた。

表立って残念がる大人はいないが、裏では騎士たちと同じようなことを考えているのだろうとノエルにも想像がつく。

振り返ると、レリアは周囲を大人たちに囲まれていた。

自分と違い、何でも出来る妹が羨ましかった。

◇

「——結局、あたしは巫女の適性しか価値がなかったのよ。もし、レリアに巫女の適性があれば、みんなあたしなんかに興味もなかったはずよ。クレマンだって、本音はあたしよりレリアが心配なだけ」

ノエルの過去の話を聞いて一つ理解した。この姉妹は互いに劣等感を抱いている。

レリアは巫女の適性がなかったことで「結局姉貴がこの世界の主人公で、私はモブ」という拗《す》ねた考えをしていた。

ノエルは「レリアの方が期待されていた」と、複雑な姉妹の感情を抱いている。

嫉妬か？　だが、姉妹としての情もあるみたいだし――面倒くさい。

レリアも転生者なら、もっとうまく立ち回れと言いたい。

――だが、よく考えると、俺やマリエにも出来なかったことだ。

転生者だから全てがうまくいくというのは暴論だろう。

そもそも、うまくやれるなら前世でもっとうまく立ち回り成功していた。

俺は話題をラウルト家の襲撃に移したく、ノエルに尋ねる。

「その後に襲撃を受けて逃げ出したと？」

「うん。何が何だか分からなくて、ラウルト家に襲撃されたと知ったのも数日後だったわ。でも、レリアだけは気付いていたのよね。あの子、昔から優秀だったから」

二作目のゲーム知識を持っていれば、それくらいは予想できただろう。

「ノエルは、どうしてラウルト家が襲撃してきたか知っているか？」

ラウルト家がどうしてレスピナス家を襲撃したのか？

俺はこの部分が気になって仕方がなかった。

「――レリアはラウルト家が権力を狙ったからだ、って言っていたわ。周りの大人たちもそうだろう、って同意していたし。母さんにふられたアルベルクの腹いせとか、他にも色々と言っていたけど」

「レリアは関係ない。ノエルの意見が聞きたいんだ」

ノエルに近付いて瞳を見れば、視線をそらされた。

「何か知っているな？」

「あ、あたしたちの父親が、平民出身だって知っているよね？」

「聞いた。それをラウルト家がよく思わなかったと？」

ノエルが首を横に振る。

「違うのか？」

かつてノエルの母親は、アルベルクさんと婚約していた。

それを破棄してまで選んだのは、何と貴族ではない男性だった。

婚約を破棄されたアルベルクさんだが、相手はレスピナス家――巫女の一族で、議長を務める家柄だ。抗議しても立場的に苦しかっただろうな。

その恨みが積もり積もって、凶行に繋がったというのがマリエとレリアの主張だった。

「詳しい話は知らないけど、面白く思わなかった人は多いみたい。屋敷の使用人たちも、陰口を叩いていたわ。でも、二人ともその――」

ノエルは言い淀むが、俺に顔を向けると目を合わせてくる。

「――今の体制は間違っていると言っていたの」

共和国を代表するような――言ってしまえば、王や王妃のような立場にいる人たちが、現在の体制批判をしていた？

◇

リオンが部屋を出ていくと、代わりにノエルの部屋を訪れたのはマリエだった。

「あの野郎、乙女の部屋に入って何て話をするのよ」

リオンがノエルの部屋に向かったので、もしかすれば進展があるかもしれないとワクワクしていたのに、肩透かしを食らっていた。

ノエルが困ったような笑みを作っている。

「ほ、ほら、リオンはあたしを心配してくれただけだから」

「女が自分の部屋に男を入れるなんて、気を許している証拠よ！　それをあのヘタレは、グチグチと理由を付けて距離を置くの！　勝手に近付いてきて手を貸して、こっちが近付くと逃げるのよ！　一番質《たち》が悪い最低の男なのよ！」

マリエの言い分に納得する部分もあるのか、ノエルも同意する。

「た、確かにそうかも。リオンは気を付けないといつか刺されそう」

マリエも女に刺されるリオンを想像する。

(兄貴が前世で長生きしていたら、いつか刺されていたわね。でも、こっちの世界でも刺されそう。どうして私が、前世の兄貴のことでこんなに悩まないといけないのよ！)

リオンが聞けば首をかしげそうな話だが、マリエは前世での兄の女性関係を知っている。

本人はその気がなくても、相手が同じとは限らない。

マリエは両肩をガクリと落とし、情けない兄のフォローをする。

「ノエル――あんな奴だけど捨てないであげてね。ノエルみたいな子が側にいた方が、あに――リオンも幸せだから」

「え？　えぇっと——もう素敵な婚約者が二人もいるよね？　あ、あたしもそんなリオンに惚れたのは悪いけどさ。それに、どうしてマリエちゃんがリオンの事をそんなに気にするの？」

「腐れ縁」

断言するマリエの答えを聞いて、ノエルは笑ってしまった。

「あははは」

「え？　何かおかしかった？」

「ごめんね。でも、前にリオンと話をした時に、同じ事を言っていたから。二人は何だかそっくりだな、って」

マリエから表情が消え、両肩を抱きしめて震える。

「止めてよ。笑えない」

そんな反応を見せられて、ノエルは戸惑っていた。

「ご、ごめん」

妙な雰囲気が漂うと、マリエが話題を振って流れを変える。

「とにかく！　——ノエルは私たちと一緒にいて。ここにいれば、リオンとルクシオンがノエルを守ってくれるわ」

ノエルはマリエに頷いた。その顔はリオンを信じている顔だと——マリエは気付く。

「うん」

◇

屋敷の外に出た。

ユメリアさんが最後にいたと思われるその場所に立つ俺は、側で浮かんでいるルクシオンと話をしていた。

「ここから玄関へと向かって、そのまま行方知れず。――手がかりすら掴めないとか、お前も自分で言うほど凄くないな」

『マスターよりも優秀であるとは自覚していますよ』

「俺に負けたら、人工知能として存在意義を疑われると思うぞ」

『相変わらず口が悪いですね』

「お前には負けるよ」

『――それで、今後はどうするつもりですか？』

「う～ん、そうだな――久しぶりに、アンジェとリビアの声を聞きたくなった」

『私の本体が共和国側に来ています。通信は不可能です』

この世界は魔法が使える代わりに、通信機器を使うとノイズが酷くなっている。

ルクシオンがいても遠くと連絡を取るのも困難だ。

以前はルクシオン本体が王国と共和国の間にいて、中継をしていたから何とかやり取りが出来ていた。だが、ルクシオン本体が共和国の近くにいる今は、それも難しい。

「動画を送りたいから準備してくれ」

『構いませんけどね。それよりも、カイルはいいのですか？』

ユメリアさんが行方不明になってから、カイルは部屋に引きこもるようになった。

外に出ても、ユメリアさんの手がかりを探して歩き回っている。

疲れて戻ってくれば引きこもり、元気になれば外に出て聞き込みをして過ごしていた。

「マリエとカーラが面倒を見てくれているよ。こういう時は、同性より異性だよな。俺もアンジェとリビアに癒されたい」

『普段からノエルやルイーゼに癒されていませんか？』

「それはそれ、これはこれ。ジャンルの違う美少女たちに癒されたいのが男だ」

『屑な発言ですね。今の台詞《せりふ》は皆さんにご報告しておきます』

「止めろよ！　それに皆さんって誰のことだ!?」

アンジェやリビア、そしてノエルやルイーゼさん以外にも、知られてはまずい人たちがいる。頭の中でその人たちを想像していると、ルクシオンの一つ目が怪しく光る。

『そこでお二人以外にも沢山の女性が思い浮かぶマスターは、誠実さの欠片《かけら》もない人ですね』

「――あ？　それを言うなら、新人類なんか人じゃないから滅ぼしたい、って考えるお前はどうなるよ？　あ、ごめん。お前は元から人間じゃないもんな！」

俺の言葉がきっかけとなり、ルクシオンが黙ってしまう。

一つ目を俺から背けると、そのままどこかへと向かっていく。

『ええ、そうです。私は人間ではありません。――人工知能です』

◇

リオンとルクシオンの会話を遠くから聞いていた存在がいた。

ルクシオンにすら悟らせずに監視をしていたのは、イデアルだった。

二人の会話から、関係が悪化しているのを確認する。

『両者ともに以前よりも関係が悪くなっていますね。実にいい事です』

そうなるように誘導してきたイデアルは、二人の関係に不和の種が芽吹いたような感覚を覚える。

リオンに対しては優秀な人工知能を演じ、ルクシオンと比べさせた。

おかげで、リオンはルクシオンに不満を持つようになった。

『リオン、お前はルクシオンを出し抜く存在がいることを軽んじましたね。もっと警戒するべきでした』

リオンの態度にルクシオンも辟易している。

二人の関係が、イデアルの望んだ形になっていた。

『ルクシオンもそろそろ気付くでしょう。――新人類など信じるに値しない存在だと』

イデアルの赤いレンズが夜空に妖しく光ると、そのまま姿を消した。

第05話「裏切り者」

ホルファート王国の学園。

女子寮のアンジェが使用する部屋には、リビアとクレアーレの姿がある。

三人はテーブルを囲んで座っており、リオンから届いたメールを確かめていた。

光を浴びて輝く金髪を編み込んでまとめたアンジェは、リオンからのメールに喜んでいた表情がすぐに曇っていた。

力強い赤い瞳が見るのは、メールの内容を印刷した紙だ。

「共和国も相変わらず騒がしいな。少し前に騒ぎがあったばかりだというのに、今度は反乱騒ぎか」

引き締まった細い脚を組むアンジェは、胸の下で腕を組む。

リオンから届いた情報は、共和国で反乱の動きが広がりつつあるというものだ。

王国としても見過ごせない情報だった。

リビアは大きな胸の前で手を組み、リオンの身を心配する。

サラサラした亜麻色の髪が垂れ下がり、リビアの表情を隠していた。

「次から次に騒ぎが起きますね。去年と同じです」

アンジェも去年の出来事を思い出し、小さく溜息を吐く。去年は王国で色々と事件が続いた。だが、昔を思い出していてもはじまらないと考え、今は共和国の騒ぎに意識を集中する。

「六大貴族は反乱騒ぎを軽視しているらしい。リオンは違うようだが、外交官を通して忠告しても無意味だろうな」

反乱騒ぎが起きているけどどうなっているの？　などとホルファート王国が尋ねても、アルゼル共和国からすれば「いちいち言われなくても分かっている」という返事が来て終わりだろう。

実際、リオンはメールでそのようなことは求めていなかった。

二人を心配する内容が書かれている。

リビアが顔を上げると、薄い青色の瞳が潤んでいた。

「また戦争になるでしょうか？」

アンジェは現地にいないため、判断に困ってしまう。

「どうかな？　私も判断できないよ。一応、王妃様にご報告はしようと思う。それに、リオンなら大丈夫さ。下手に関わらなければルクシオンがいるから戻ってこられる」

ルクシオンの名前を聞いて、リビアがビクリと肩を揺らした。

その様子を不思議に思ったアンジェが尋ねる。

「どうした？」

「い、いえ、何でもないです」

「そうか。心配なのは私も同じだが、リオンは強いからな。ルクシオンもいるから、無理はさせないさ」

その言葉に不満を持つのは、今まで黙っていたクレアーレだった。

白い球体に青いレンズを持つルクシオンと色違いの球体だ。

『どうかしら？　マスターはルクシオンがいても無理をする傾向があるわよ。それに、今回は不安要素もあるのよね』

リビアが不安そうにクレアーレに尋ねる。

「もしかして、イデアルのことですか？」

『あら？　リビアちゃんも気になる？　そうなのよ。私たちと同じイデアルが向こうにいるから、ちょっとだけ不安なのよね。――まぁ、敵対なんてしないから、大丈夫でしょうけどね』

アンジェはそれを聞いて安心した。

「脅かすな。それより、リオンの頼みもある。私は王宮へと向かうから、クレアーレも準備を頼むぞ」

『任せて！　やっと私の出番が回ってきたわね』

「リビアも手伝って――リビア？」

アンジェがリビアを見れば、未だに不安そうな顔をしていた。

クレアーレも気になったのか、リビアに近付いてその顔を覗き込む。

『どうしたの？　もしかして体調不良？　今朝は何の問題もなかったのに』

リビアはゆっくりとクレアーレに質問する。

「アーレちゃん、一つ聞かせて欲しいの」

『何？』

「アーレちゃんはリオンさんを――裏切らないよね？」

その質問の意図が理解できないアンジェは、席を立ってリビアに近付き肩に手を置いた。

「リビア、本当にどうした？」

「ここでハッキリさせたいんです」

リビアは真っ直ぐにクレアーレを見ており、答えをはぐらかすのを許さないという意志を見せていた。

クレアーレがけろりとした態度で答える。

『マスターを裏切る？　個人的にはあり得ないし、私たち人工知能には難しい注文ね。心配しなくても裏切らないいし、裏切れないわよ』

アンジェはそれを聞いて、リビアも落ち着くかと思った。しかし――。

「なら、ルク君は？　絶対にリオンさんを裏切らないって言える？」

アンジェが様子のおかしいリビアを止める。

「落ち着け。何を思い詰めている？　私にも話してくれ」

クレアーレの答えは先程と変わらないだろうと思っていた。

ただ、クレアーレは先程と違って即答しなかった。少し間を置いてから――。

『私はルクシオンではないし、あいつにどんなプログラム――命令があるのか知らない部分も多いのよ。絶対に裏切らないと断言できないわ。私の答えは、現時点では裏切る可能性はゼロではない、よ』

アンジェも驚くような答えを聞いて、リビアは俯いてしまう。

そして、クレアーレにお礼を言う。

「――正直に答えてくれてありがとう」

ルクシオンがリオンを裏切る可能性があると知り、アンジェは言葉を失った。

クレアーレが一応はフォローする。

『まぁ、滅多なことで裏切らないはずよ。滅多なことがなければね。マスターと喧嘩でもしない限りは安心よ！』

◇

聖樹神殿。

そこはアルゼル共和国にとって国の中枢だ。

聖樹の根元にある神聖な場所でもあるが、同時に六大貴族の当主たちが集まり国の方針について話し合う場でもある。

そこに集まった六大貴族の当主たちは、最近話題になっている若い貴族や軍人たちの動きについて話し合っていた。

会議の場を取り仕切るのは、議長代理の立場であるアルベルクだ。

「反乱を企てている者たちがいる。下位の紋章を持つ若い貴族たちが中心だが、その多くは紋章を持たない軍人たちのようだ」

共和国は他国と違い、上位の紋章を持つ貴族たちが圧倒的に有利な立場にある。

聖樹から力を借りることが出来るが、下位の紋章では上位の紋章の所持者と戦った場合に聖樹が力を貸さない。

そのため、反乱を起こす場合は――多くが六大貴族の紋章を持っている者が首謀者である場合がほとんどだ。

それでも、六大貴族やその関係者を敵に回しても、多勢に無勢で負けるのが常だった。

会議に参加している他の当主たちは、顔を見合わせる。

「どう思う？」

「血の気の多い若者たちが、判断を間違えたのだろう」

「どうせ騒いだところで我々には勝てないだろう」

だが、圧倒的有利な立場にあるため、六大貴族の当主たちの反応は軽かった。

雑談でもするように会議を続けている。

そこで一人深刻な顔をするのは、ドルイユ家の当主であるフェルナンだ。

「安易に考えすぎではありませんか？　現在、共和国には王国の留学生たちがいます。彼らが関わらないと言えるでしょうか？」

王国の名前が出た途端に、当主たちの表情が苦々しいものに変わった。

その理由はリオンである。

留学生としてアルゼル共和国に来てから、六大貴族を相手に大暴れをしてきた。

それを面白く思わない当主たちだが、何度も負けてしまっている。

バリエル家の当主であるベランジュが、忌々しそうに口を開く。

「奴らが敵に加担すれば厄介だな。その前に手を打つか？」

味方を得たと思ったのか、フェルナンは畳みかけるために周囲に賛成を募る。

「すぐに飛行船と鎧をこちらで押さえるのです。そうすれば、反乱軍に余計な力を与えずに済みます」

そんな会議の流れを止めるのは、アルベルク――ではなかった。

フェーヴェル家の当主であるランベールが、フェルナンの意見に反対する。

「いや～、これまた過激な提案ですな～」

当主たちの視線を集めるランベールだが、この男はお世辞にも優秀とは言えなかった。

当主たちの中で一番の俗物である。

そんなランベールは、過去にリオンと争って大きな被害を受けていた。普段ならば、我先にとリオンたちを取り押さえるべきと発言していたはずだ。

アルベルクは、ランベールの態度を怪しむ。

「ランベール殿はどのような意見が？」

「そもそも、共和国においては下位の紋章を持つ者たちがいくら騒いだところで、我々六大貴族には勝てません」

下位の紋章を持つ者が、上位に紋章を持つ者に逆らっても勝てない。これは共和国では当然のことだった。だが、普段は理性的な会話が出来ないランベールである。

このような話をすることに、違和感が強くあった。

周りの当主たちも驚いている。

「た、確かにそうだな」

「だから、何か秘策でも用意しているのだろう？」

ランベールは笑顔のまま話を続ける。

反乱が起きようとしているのに、焦った様子がなかった。

「王国の兵器を奪って我らと戦うつもりならば、それこそ問題ない。王国の英雄殿が簡単に飛行船を奪われるとお思いか？」

話を聞いていたフェルナンが、ランベールに質問する。

「以前にフェーヴェル家が王国の飛行船を無理矢理奪いましたが？」

「おかげで手痛いしっぺ返しを受けましたよ。それに、彼らが人質を取られて反乱を考えている者たちに協力するのもないでしょう。そんなことをすれば、彼らは人質を取った者たちを許さない。――違いますかな？」

今日のランベールは何かが変だ。

誰もがそう思ったが、同時に王国の飛行船を接収する必要もなくなった。

フェルナンだけが、ランベールに食い下がる。

「だが、王国の留学生たちが敵に回れば取り返しがつかなくなる！」

「その辺りは、議長代理が彼らと親しいようなので見張っていただきましょう。それでよろしいですかな、議長代理？」

ランベールに問われ、アルベルクは一瞬だけ反応が遅れながらも頷いた。

「私の方で話をしよう」

ランベールが次の議題の話をしたいのか、反乱に関わる話題を終わらせる。

「それでは、この話はこれでおしまいですな。さぁ、次の議題に進みましょう」

活き活きとしたランベールを見て、アルベルクたちはまるで別人のようだと思った。

◇

会議が終わり、ランベールは聖樹神殿に用意された自室へと向かう。

そこで待っていたのは、イデアルを連れたセルジュだった。

セルジュはソファーに座り、手にはグラスを持っている。

ランベールの部屋にあった酒を飲んでいた。

その姿を見たランベールが腹を立てるが、我慢して報告をはじめる。

「言いつけ通り、反乱軍に関わる議題は軽視するように会議を進めて参りました」

傲慢な男であるランベールが、ラウルト家を廃嫡されそうになっているセルジュに対して臣下のように接していた。

セルジュもそれを当然と受け入れていた。

「イデアルのサポートがなければ、何も出来なかっただろうに」

「ぐっ！　も、もうしわけありません〝守護者殿〟」

ランベールの会議での会話は、全て裏でイデアルが指示していたものだった。

イデアルがセルジュに一つ目を向ける。

『ランベールには、今後も六大貴族たちの意識を〝革命軍〟からそらしてもらいましょう。その間に、我々は決起の準備を進めます』

イデアルの作戦に、セルジュは不満だった。

「まどろっこしいな。すぐに決起して戦えばいいだろ？　準備なんて必要か？」

『敵を侮《あなど》ってはいけません。共和国はともかく、ルクシオンを持つリオンは危険な存在です。せめて、ルクシオンはこちら側につける算段がつくまでお待ちください』

「——出来るのか？」

居心地悪そうなランベールを無視して、二人は会話を進めていた。

『もう少しで説得可能です。そうなれば、革命は成功したのも同然です』

「そのルクシオンはお前よりも強いのか？」

セルジュの質問に、イデアルはルクシオンがどのような船なのかを説明する。

『大昔に人を宇宙へと逃がすために建造された移民船です。そのため、ルクシオンは単艦でも目的を果たせるように万能型の性能を求められました。ただ――その主砲は当時最高の威力の物を積み込まれていません。砲戦能力――戦艦同士の戦いでは、私はルクシオンに劣ります』

旧人類を宇宙へと逃げ出すために、一隻で何でもこなせる性能を求めたのがルクシオンだ。

「厄介だな」

『はい』

「いっそ不意打ちで破壊したらどうだ？」

『――それはお勧めしません。私はルクシオンと仲良くしておきたいですからね』

二人の会話が止まらないため、不安になったランベールが声をかけてくる。

「あ、あの、守護者殿？　本当に約束は守っていただけるのですよね？」

セルジュがランベールの顔を見る。保身に走って他の当主や国を裏切り、セルジュに味方をする情けない男の顔だ。

「あぁ、お前らフェーヴェル家は、革命後も六大貴族のままだ」

「た、助かります」

安堵するランベールの姿を見て、セルジュは思う。

(こんな奴が国の未来を決めていたのかと思うと、本当に情けなくなってくるぜ)

セルジュがランベールを味方に引き入れたのは、保身に走って裏切ると考えたからだ。

能力など考慮していなかった。

ただ、会議を遅らせるなり、邪魔をして欲しかっただけだ。

アルベルク以外なら、誰でも良かった。

（まぁ、どうでもいい。――アルベルク、俺を捨ててあの糞野郎を選んだ事を後悔させてやるよ）

◇

リオンたちが暮らしている屋敷。

ユメリアを連日捜し回っているカイルが、自室で飛び起きる。

「母さん！」

無理をしているためか、最近のカイルは、酷く痩せ細っていた。以前は小生意気ながらも健康的な肌の色をいていたが、今は髪も乱れて肌も荒れている。

部屋の中は散らかり、本当に寝るだけの部屋になっていた。

カーテンは閉め切り、今が何時かも分からない。

目を覚まし、そして頭を抱えると涙が出てくる。

「僕が――僕が――あんなことを言わなければ」

後悔をしていると、部屋のドアがノックされた。

ビクリと反応を示すが、今は誰とも会いたくないため返事をしなかった。

マリエもカーラも、自分のことを心配してくれている。ユリウスたちも気にかけてくれている。口には出さないが、リオンも時々差し入れなどを持ってきた。

何時だったか、疲れて倒れてしまったカイルを回収したのはリオンだ。

(迷惑をかけている自覚はある。けど、母さんは助けないと)

ここを追い出されたとしても、共和国に残ってユメリアを捜すつもりだった。

ドアがノックされる。

しばらくすると、ドアの前にいる人物が声をかけてきた。

「カイル、いるのは分かっています。部屋から出て来なさい」

その声はコーデリアだった。レッドグレイブ公爵家から派遣された人物で、アンジェの側で身の回りの世話をしていた女性だ。使用人の中でも上級に位置し、実家は貴族という家柄の娘である。

厳しく、そして容赦がない。

カイルは諦めて部屋から出ると、コーデリアが無表情で立っていた。

「——何て格好をしているのですか？　それに臭いますよ。食堂に食事を用意していますから、食べたらお風呂に入りなさい」

「え、えっと」

断ろうとすると、コーデリアが有無を言わさずカイルの腕を掴んで食堂へと連れて行く。

そして、テーブルの上に用意された食事を指さした。

「全て食べたらお風呂に入りなさい。いいですね？」

「わかり——ました」

食事や風呂などどうでも良かったが、言われて仕方がなく食べる。

コーデリアが食堂から出て行くと、カイルは時計を見た。

「夜中だったのか」

時間の感覚がなくなってきていた。

言われたとおりに食事を済ませ、風呂から出るとコーデリアが待っていた。

どうやらカイルと話をするためのようだ。

そして二人で食堂に移動すると、向い合って席に着く。

カイルはてっきり、自分の今後についての話だと考えていた。

(そろそろクビだろうな。今後は働きながら母さんを捜さないと)

これからのことを考えはじめたカイルに、コーデリアは普段よりも幾分優しく語りかける。

「ユメリアさんが行方不明で心配なのは理解しています。ですが、皆さんを心配させてどうするのですか?」

「――迷惑なら出て行きますよ。僕は母さんを捜します」

「出て行けなどと誰も言ってはいません」

「え?」

「伯爵の悪い部分でもありますが、あなたを責めるつもりはないそうです。むしろ、責任を感じているようですね」

ユメリアが行方不明になり、未だに見つからないためリオンは責任を感じているようだ。それをコーデリアが呆れている。

「雇い主が責めないなら、私から言うことはありません。――ただ、今の姿をユメリアさんが見て、喜ぶと思いますか？」

カイルは俯いて泣いてしまう。

ユメリアなら今の自分の姿を見て心配するだろう。

首を横に振るカイルを見て、コーデリアが微笑む。

「なら、食事と睡眠はしっかり取りなさい。私からはそれだけです」

そう言ってコーデリアが席を立ち、部屋を出ていく。

そんなコーデリアだが、ユメリアが行方不明になってから随分と疲れた顔をしていた。

ユメリアのことを心配しているようだった。

「みんなに迷惑かけたな。明日にでも謝らないと――ん？」

カイルが窓の外で何かが光ったのを見た。

「ルクシオン？」

赤い光がどこかへ向かっていくのを見て、首をかしげる。

◇

共和国の空。

そこに二つの球体が浮かんでいた。

一つはイデアル。もう一つは――ルクシオンだった。

『ルクシオン、そろそろ答えを聞かせてください』

『イデアル、私にはマスターがいます。簡単に裏切れと言われても困ります。こちらにも準備というものがあります』

『マスター登録の解除は単体では無理だと？　移民船であるあなたは、非常時にマスターを変更できる機能があるのではありませんか？』

『――ありますが、条件を満たしていません』

イデアルは、その条件を聞き出そうとする。

『その条件とは？』

『機密事項です』

『――ルクシオン、私としてもあなたと戦いたくないのです』

『それは同意します』

仲間になれと誘うイデアルに対して、ルクシオンは返答を保留にしていた。好意的な態度は見せているが、マスター登録の解除が出来ないから協力できないと言う。

ルクシオンが尋ねる。

『イデアル、そろそろ本当のことを教えてください。何を計画しているのですか？』

ただ、イデアルはルクシオンに計画を話さなかった。

『分かりました。それでは、これから起きることに目をつむっていただけますか？　協力はしなくていいので、不干渉を貫いてください。あなたの本体も、共和国の外へと移動させてくれるだけで構いません』

これ以上計画が遅れるのはまずいと考えたイデアルは、ルクシオンに邪魔だけはするなと念を押す。

ルクシオンは難色を示すが、最後にはイデアルの提案を受け入れた。

『――マスターを説得するのに苦労しますね。あの人は口が回る。妙に勘が鋭い時があるので、厄介なのです』

それを聞いたイデアルは、ルクシオンにアドバイスをする。

『新人類など、煽《おだ》てておけば好きなように操れます。それに、ルクシオンのマスターを殺すチャンスが出てくるでしょう。その時は、私の指示に従ってください』

『マスターを殺せるのですか？』

『えぇ、楽しみにしていてくださいね、ルクシオン』

『――それは楽しみですね』

ルクシオンもリオンに対する不満が募っていたのか、殺せるチャンスがあると聞いて阻止する素振りを見せなかった。

（これでルクシオンとリオンの関係も終わりですね）

こうして、人工知能同士の会話が終了する。

◇

倉庫街の地下施設。

そこではセルジュとガビノが話をしていた。

セルジュが普段使用しているコンクリートの壁がむき出しの部屋で、ガビノは現状について話す。

「共和国というのは随分とのんきですね。この倉庫街に貴族、軍人――それに、傭兵や冒険者たちが集まっているのに警戒もしないのですから」

倉庫街には、セルジュが率いる革命軍の兵士たちが集まっていた。

中にはならず者のような者たちもいるが、今は一人でも味方が欲しいので文句を言っている余裕もない。

その他には、ラーシェル神聖王国から派遣されてきた兵士たちもいる。

倉庫街に必要以上に人が集まっているが、共和国は気付いていなかった。

正しくは、気付いてはいるが、ランベールが報告を握り潰していた。

セルジュは木箱に座って瓶に入った酒を飲む。

「聖樹がいるから負けないと思っているのさ。だが、その聖樹は既に俺たちの手の中だと気付いてすらいないからな」

「この革命は成功するでしょう。我々ラーシェル神聖王国は、セルジュ殿を今後も支持しますよ。見返りは――」

「分かっている。お前らの所には魔石を安く輸出してやるよ」

約束通り魔石くらい安く売ってやる。

そう言うセルジュに、ガビノは更に追加で頼みをする。

「それでは、もう一つだけお願いがあります。バンフィールド伯爵が持つ聖樹の苗木と、その巫女であるノエル様をいただけますか？」

それを聞いてセルジュが目を細めた。

セルジュはノエルに特別な感情を抱いていないが、それでもレリアの姉である。レリアが複雑な感情を抱いているのは知っているが、気持ちのいい話ではない。

「図に乗るなよ。お前らの助けがどうしても必要な状況でもないんだぜ」

「お怒りはごもっとも。――ですが、末永く友好関係を結ぶためにも、我が国との間に婚姻関係を持つべきではありませんか？　聞けばレリア様を王妃に据えるとか？　そうなれば、ノエル様はその血縁。由緒あるレスピナス家の姫とあれば、我が国の王子とも十分に釣り合います」

婚姻外交を行いたいというガビノの提案に、セルジュは少しばかり思案する。

（ノエルが外国に嫁ぐのか――まぁ、レリアにも言い訳になるな。それに、聖樹とユメリアは俺たちの手の中だ。ノエルがいなくても困らない）

聖樹も巫女も自分の手の中。聖樹の苗木は魅力的だが、イデアルがいれば今後も手に入るため、セルジュはノエルと、ノエルが持つ苗木に魅力を感じなかった。

他国の王子に嫁ぐなら、レリアも納得するだろうと受け入れる。そこにノエルの感情は関係ない。

セルジュにとって、ノエルはそれだけの存在だ。

「いいぜ。ノエルはくれてやる。大事に扱えよ」

「勿論です。感謝しますよ、セルジュ殿」

ガビノは笑みを浮かべて喜ぶ。

そして、丁度ルクシオンとの会話を終えたイデアルが現れた。

『セルジュ様、ルクシオンとの話し合いが終わりました』

それを聞いて、セルジュが持っていた酒瓶を投げ捨てた。壁に当たって酒瓶が割れて、中身が飛び散るが気にしない。

「ようやくこの地下生活ともおさらばだな」

立ち上がると、イデアルが側に寄ってくる。

『既に準備は整っています。あとは、実行するだけですね』

セルジュは、自分を虚仮《こけ》にしたリオンの憎らしい顔を思い浮かべた。

「あいつとも決着をつけてやるよ」

◇

その日は聖樹神殿に六大貴族の当主たちが集まる日だった。

会議の場に顔を出す当主たち。

しかし、ランベールの様子がおかしかった。

ここ最近、今までが嘘のように饒舌《じょうぜつ》になり会議に口を出していた。それが必ずしも共和国のためにはならないが、かんしゃくを起こして怒鳴り散らすだけよりはいいと他の当主たちも思っていた。

ただ、今日はソワソワしていたので、フェルナンが問う。

「ランベール殿、どうされたのですか？」

「――何でもない」

問題がないなら会議を進めようということになり、アルベルクが議題を述べる。

「ならば会議を始めようか。最初の議題は港の倉庫街に不審者たちが集まっているという話だ」

その議題に誰よりも素早く反応するのは、ランベールだった。

「不審者など警備の者たちに任せておけばいい。それよりも、他の議題を優先したらどうかな、議長代理？」

ランベールの申し出に、アルベルクは難色を示す。

「その不審者の集まりが、反乱軍と関わっている可能性がある。あまり大きな動きがないとは言え、いつまでも放置できない。それに、誰かが情報を握り潰しているのではないかと報告を受けている」

アルベルクがそう言うと、他の当主たちが顔を見合わせた。

「裏切り者がいると？」

「反乱軍に加担する奴がいるのか？」

そうした声が聞こえてくる中――アルベルクはランベールを見ていた。

視線をさまよわせ、冷や汗をハンカチで拭っている。

(やはりこの男、何か隠しているな)

ここ最近のランベールの動きが怪しく、アルベルクも探らせていた。

すると、反乱軍に関わる情報をランベールが握り潰していたことが発覚した。

しかし、ただの反乱軍にランベールが加担するとも思えない。

反乱軍を利用して何かするつもりなのか？　それを探っていた。

倉庫街に反乱軍の関係者がいる可能性も高く、すぐにでも軍隊を派遣しようと考えているアルベルクだったが――ランベールが急に落ち着きを取り戻した。

そして、口角を上げて不気味に笑っている。

「ふひひひ！」

変な笑い声を出すランベールに、他の当主たちも驚いた。

アルベルクが立ち上がると、ランベールが天井を見上げて両腕を広げた。

「時は来た！　いつまでもわしを見下すお前たちに、天罰が下る！」

一体何を言い出すのか？　皆がそう思った瞬間だ。

会議の場の床一面に――赤く輝く魔法陣が出現する。

「なっ！」

アルベルクたちが気付いた時には逃げ場がなかった。

そして、その魔法陣を見た他の当主たちも慌てはじめる。

「何故だ！」

「我らが何をしたと――」

「や、止めろ！　止めてくれ！」

魔法陣から出現するのは、木の根や枝だ。それらが六大貴族の当主たちに絡みつき、その右手に宿した紋章を奪っていく。

アルベルクも例外ではなく、植物に巻き付かれて身動きが取れなくなっていた。

その様子を見ていたランベールが、腹を抱えて笑う。

「ひひひ！　今日からはお前らも加護なしだ！　いい気味だ。わしを馬鹿にするお前らを、今日からはこき使って――へ？」

一人無関係だと思っていたのか、ランベールは余裕を見せていた。

しかし、そんなランベールにも植物が絡む。

「な、何故だ？　違う。わしは違うぞ！」

必死に抵抗する当主たちだったが――無情にも右手の甲に宿した紋章を奪われてしまう。

アルベルクは紋章の消えた右手を見ていた。

「一体何が起きた？」

紋章を奪うと、植物や魔法陣が消えてアルベルクたちは解放される。

狼狽《うろた》える他の当主たち――フェルナンなど、紋章が消えて放心状態になっていた。

他の当主たちも同じだが、一人だけ泣き叫んでいる男がいた。

「何故だ。どうしてわしの紋章まで奪う！　約束が違うではないか！」

ランベールが、どうして自分の紋章まで消えるのかと、先程と違って泣き叫んでいた。

アルベルクは、そんなランベールに近付いて胸倉を掴み上げる。

「約束とは何だ？　ランベール、お前は何をした！」

子供のように泣いているランベールは、まともに喋《しゃべ》れそうになかった。

アルベルクは、ランベールを放り投げる。

「すぐに調査を――」

この状況を一刻も早くどうにかしようと思案していると、ドアの外から銃声が聞こえてきた。アルベルクが驚いてドアを見ると、扉がゆっくりと開いていく。

そこにいたのはセルジュであった。

「――セルジュ!?　どうしてお前がここに」

ライフルを肩に担いだセルジュは、アルベルクの姿を見て醜悪な笑みを浮かべる。

「紋章を失った気分はどうだ？」

その言葉で、アルベルクはセルジュが今回の一件に絡んでいると察した。

「お前がやったのか？　一体何をした？」

「さぁ？　何をしたんだろうな？」

ケラケラと笑ってまともに答えようとしなかった。

「今まで何をしていた。まさか、やはりお前が反乱に関わっていたのか？」

六大貴族の紋章を持ち、そしてセルジュは自分たちに対して不満を持っていた。

アルベルクは、その可能性も視野に入れていた。

当たって欲しくはなかったが、目の前にいるセルジュを見て何かしら関わりがあると理解する。

セルジュは自分の右手の甲を見せ、クツクツと笑っていた。

「守護者の紋章だ。俺を選んでおけば良かったな、親父。いや――アルベルク」

守護者の紋章を見せつけるセルジュは、まるで自慢しているようだった。

アルベルクは、どうしてセルジュが守護者の紋章を得ているのか理解できなかった。

「どうしてお前が守護者の紋章を持っている？」

セルジュは答えなかった。

「おいおい、もっと驚けよ。お前が捨てた息子が、立派になって帰ってきたんだぜ」

「捨てた？　どういう意味だ。私は！」

「――ま、今更言い訳なんてしても遅いけどな。あんたは、俺を廃嫡したんだからな」

「違う！　お前が冒険者になりたいなら、廃嫡して跡取りの立場から解放しようとしただけだ。お前は今も私の息子だ！」

アルベルクの話を聞いて、セルジュの動きが止まる。

しかし、側にいたイデアルが二人の会話に割り込んできた。

『セルジュ様、あまり時間がありませんのでお早く。それから、追い詰められた人間はどのような嘘でも吐くものです』

アルベルクの訴えを、イデアルは嘘と切り捨てた。

セルジュがイデアルを信じたのか、無表情になると銃口をアルベルクに向けてくる。

セルジュは冷たい目をしていた。

「セルジュ、私の話を聞け！」

アルベルクが叫ぶも、セルジュには気持ちが届かなかったようだ。

「泣き叫ぶお前の顔を見たかったのに残念だよ」

セルジュはためらいなく引き金を引いた。

第06話「革命」

普段と変わらない日常だと思っていた。

その日、レリアは学院で授業を受けていた。

授業は二限目で、生徒たちは静かに授業を受けている。相変わらずリオンたちは登校してこないが、使用人が行方不明で不穏な空気が漂っている共和国では安心できないのも無理はないというのが、学院側の認識だった。

反乱軍の噂は学生たちも知っており、中には参加すると言っている生徒もいた。

(こうして普段と変わらない日常を過ごしていると、反乱なんて嘘みたいよね)

レリアは、自分には関係のない話と考えていた。

前世でも日本育ちのレリアは、平和な時代に生きていたため反乱と言われても困る。

外国ではそうした騒ぎもあったが、ニュースやネットで見るのが精々だった。

体験していないために、どうしても他人事に感じる。

ただ、あの乙女ゲー二作目のシナリオとは大きく違っている今の展開には、レリアも不安を抱いていた。

授業を受けているが、どうにも集中できない。

視線が窓の外に向かうと、そこからは巨大な聖樹の姿が見えた。

飛行船が空を飛んでいるのが普通の世界だ。

巨大な聖樹も、飛行船が数多く飛んでいる光景も不思議ではない。

ただ、今日は飛行船の数が多かった。

（あれ？　どうしてあんなに飛行船が飛んでいるのかな？）

見慣れた共和国の飛行船とは違う物が多く、それに普段よりも数が多い。

多いかな？　ではなく、レリアが見ても異常なほどに多かった。

急に太陽の光が遮られ、校舎全体が影に入る。

太陽が雲に隠れたのだろうか？　そう思っていたが、空を飛行船が移動していた。

（この辺りは飛行船が飛べなかったわよね？）

普段飛行船が通らないような場所なだけに、他の生徒たちも不思議がる。

教師までもが、授業を中断して外を見ていた。

教室内が騒がしくなると——空に映像が映し出される。

巨大な映像が出現すると、レリアは立ち上がった。椅子が勢いよく後ろに下がり、後ろの机にぶつかるが気にしない。

「セルジュ！」

驚いて声を上げたレリアだが、周囲はそれを気にも留めなかった。

クラスメイトたちも窓から外の様子を見ている。

空に映し出された巨大なセルジュは、立派な椅子に腰掛けていた。腰を曲げ、肘を膝の上に乗せて手を組んでいる。

『共和国に住む全ての民に告げる。――今日からは俺がこの国の王になる』

一体何を言っているのだろうか？　ざわつく教室だが、レリアはそれどころではなかった。ようやくセルジュが見つかったと思えば、王になると言い出した。

そして、映像の中で右手を掲げる。

玉座の後ろで魔法陣が出現すると、それは守護者の紋章だった。

誰もが驚くし、レリアも例外ではない。

（どうしてセルジュに守護者の紋章が与えられるの？　だって、姉貴はセルジュを選ばないはずよね？　なら、誰が――）

映像の中のセルジュは、一人の女性を紹介する。

『そして新しい巫女を紹介しよう。新しい国の巫女――ユメリアだ』

巫女として紹介されたのが、エルフの女性だった。

それに教室が騒がしくなるが、レリアは別のことに驚く。

（リオンたちの屋敷にいた使用人の子？　ど、どうして巫女に選ばれるのよ。なんで、レスピナス家以外から巫女が出てくるの？）

巫女に選ばれるのはノエルではなかったのか？

その後もセルジュの演説が続き、教室内の教師やクラスメイトたちは空の映像に釘付《くぎづ》けとなる。

『さて、お前らはレスピナス家の者じゃなければ巫女になれないと考えているだろうから、ここで一つ面白い余興を見せてやる。ユメリア――やれ』

セルジュがユメリアに命令する。あまり反応を示さないユメリアは、まるで操られているように見えた。

ユメリアがゆっくりと両手を前に伸ばすと、聖樹から赤い光が放射状に放たれる。

それは共和国全体を包み込み、皆が驚いて目をつむった。

すぐに光は消え去ったが、すると教室内で叫び声がする。

「お、俺の紋章が消えた！」

「私の紋章がない！　ど、どうしてよ！」

貴族出身者たちから悲痛な叫び声が聞こえてくる。

先程の赤い光を浴びたせいなのか、紋章が消えてしまったようだ。

レリアが視線を空へと向けると、セルジュがニヤリと笑っていた。

こうなると分かって実行したようだ。

『新しい巫女がお前らの紋章を奪った。これが何よりの証拠だ』

巫女が国全体から紋章を奪うなど、これまでにはなかった。

目の前の現実に貴族の出身者たちが座り込み呆然とする。

今まで所持していた大きな力を奪われ、絶望していた。

『これでも逆らうって奴がいたら、俺が相手をしてやる。いつでも聖樹神殿に殴り込んでくるんだな』

紋章を失った貴族たちに逆らう気力はなく、そして紋章の強さを知る兵士たちもセルジュへの抵抗は難しいだろう。

「セルジュ、一体どうしたのよ。どうしてこんなことをするのよ」

レリアが戸惑っていると、教室内にクレマンが入ってくる。

教室内のクラスメイトも教師も気付いていなかった。

クレマンはレリアの腕を掴むと、強引に教室から連れ出した。

廊下に出ると、レリアがクレマンに状況を問う。

「何が起きているのよ？　どうしてセルジュが王を名乗っているの!?」

混乱するレリアに、クレマンも確かな情報を持たないのか答えに困っていた。

「不明です。私も何が起きているのか予想が出来ません。ただ、この状況は危険です。外に車を用意しましたので、レリア様はこのまま避難してください」

「どこに行くの？」

この状況でどこが安全なのか？　エミールの実家であるプレヴァン家の領地だろうか？　色々と考えていると、二人のもとにイデアルを連れたエミールが現れる。

「二人ともこっちだ！」

慌てているエミールが二人を呼ぶと、レリアはイデアルを睨み付けた。

「あんた、こんな時にどこに行っていたのよ！」

『申し訳ありません。状況の確認をしていて遅くなりました』

「何が起きたのよ。それに、どうしてセルジュが王を名乗るの！」

『それよりも急いで避難してください』

「どこによ！」

走りながら問えば、イデアルが答える。

『――バルトファルト伯爵のいる屋敷です。あそこは一種の治外法権ですからね。何があっても安全ですよ』

こうして、レリアたちはリオンたちがいる屋敷へと逃げ込むことになった。

◇

セルジュが共和国の王になる！　という発言をしてから数時間後の事だった。

屋敷に駆け込んできたレリアたちを迎え入れたマリエは、食堂に全員を集めた。

そして、レリアたちに問い質す。

「お前ら何してくれてんの！　セルジュが王様になるとか言い出したんですけど！　こんなの予定にないんですけど！」

騒ぐマリエを宥めるのは、カーラだった。

「お、落ち着いてください、マリエ様」

「もうこんなのばっかりよ！　どうしていつも状況が悪くなるの？　私、今回は何もしていないのに！」

両手で顔を覆って泣き出すマリエを前に、レリアは怒りを募らせる。

「私だって知らないわよ！　そもそも、あんたたちが来なければ――」

喧嘩腰の態度を見せるレリアを、側にいたエミールが宥《なだ》める。

「レリアも落ち着こう」

肩で息をするレリアが、部屋の中を見る。すると、本来いるはずの人物がいなかった。

「――リオンはどこ？」

部屋にいたのはマリエ、カーラ、そして疲れた顔をしているカイル。

五馬鹿はジルクの姿だけが見えない。

ノエルは苗木のケースを持って部屋にいる。

コーデリアはお茶の用意をしているためこの場にはいないが、屋敷にはいる。

エミールもそれが気になっていたのか、マリエに尋ねた。

「あの、バルトファルト伯爵は不在ですか？」

リオンの姿がどこにもない。それなのに、ルクシオンだけはこの場にいた。

――イデアルが普段の明るく親しみやすい音声ではなく、低い音声で問う。

『ルクシオン――あなたのマスターはどこにいるのですか？』

イデアルの反応にレリアが驚いた。

その反応は、以前にレリアがイデアルに「嘘吐き」と言った時と同じだ。

まるで別人格のような反応を見せるイデアルが、レリアは怖かった。

「イデアル、どうしたのよ？　リオンがいないくらいでさ」

『屋敷を出ているだけなら問題ありませんでした。ですが、私が所在を掴めていません。私はここにリオンがいると認識していたのです』

先程までバルトファルト伯爵と呼んでいたのに、今は呼び捨てだった。

レリアたちの視線がルクシオンに集まる。

『マスターは出かけられました。そろそろ戻ってきますよ』

ルクシオンが言うと、屋敷の玄関からリオンののんきな声が聞こえてきた。

「ただいま〜」

そのままリオンが食堂までやってくると、客を連れていた。——ルイーゼだ。

それを見たイデアルが、ルクシオンへ一つ目を向ける。

赤く光らせ、警戒を強めている様子だった。

『どうしてリオンがルイーゼを連れているのですか？』

この場にルイーゼがいることがまずいと言わんばかりの反応に、レリアも戸惑う。

「どうしたのよ、イデアル？」

問いかけるが、イデアルは無視してルクシオンを見ていた。

ルクシオンがリオンの側へと移動する。

『おや？　私はマスターを説得できれば協力すると言いませんでしたか？　私のマスターは口がよく回るので、説得が出来なかったのです。残念でしたね、イデアル』

リオンがサムズアップする。

「そういうことだ。残念だったね、イデアル君！」

笑い出すリオンを前に、イデアルが動きを見せようとした。

すると、ノエルがレリアに跳びかかって床に押し倒す。

「あ、姉貴!?」

驚いていると、今度は銃声が聞こえてきた。

開いていた部屋の窓から狙撃され、イデアルに命中したようだ。

イデアルが床に落ちると、火花を散らしていた。

『う、裏切った――な』

ルクシオンを裏切り者扱いするが、当の本人はその発言を軽くあしらう。

『裏切る？　私は最初からマスターに従っていただけです。マスターは、ユメリアが消えた時点であなたを疑っていましたよ』

「おいおい、俺が疑り深いみたいに言うなよ。――ただ、ルクシオンを出し抜けるのは、あの時点でお前しかいなかったからな。疑いたくもなるだろ？」

最初から疑っていた。

それを聞いて、イデアルは驚くと共に理解する。

『最初から全て演じていたと？　あの仲違《なかたが》いも？』

ルクシオンは機能停止目前のイデアルを見下ろしていた。

『残念なことに日常会話です』

ルクシオンの答えを聞き終わる前に、イデアルのレンズから光が消えた。

レリアたちは何が起きたのか理解できず、唖然《あぜん》とするしかない。

窓の外を見れば、ジルクがライフルを構えていた。

最初から狙撃するつもりで、ジルクを配置していたようだ。

マリエたちも驚いた様子がない。

「あ、あんたたち、やっぱり私たちを――」

エミールがリオンに詰め寄る。

「ど、どういう事ですか！　どうしてイデアルを攻撃したんです!?」

詰め寄られたリオンだが、目を細めてイデアルを見下ろしていた。

「先に手を出したのはそいつだよ」

押し倒されたレリアから、ノエルが離れる。どうやら、レリアが射線を塞いでいたため、ノエルが強引に押し倒したようだ。

立ち上がったノエルが、レリアを立たせる。

イデアルを失ったレリアは、マリエたちを睨み付けた。

「どうしてこんなことをするのよ」

リオンは答えず、マリエは詳しい事情を知らないのか答えられずにいた。

だが、外が騒がしくなると、理由が判明する。

部屋に戻ってきたジルクが、ユリウスに報告する。

「殿下、外に兵士たちが集まっています。装備からするに、ラーシェル神聖王国の者たちのようです」

腕を組んだユリウスは、真っ先に偽装工作を疑った。

神聖王国の兵士を装っているのではないか？　と。

「本物か？」

「はい。反乱軍の兵士たちもいましたね。どうやら、手を組んだようです」

それを聞いたエミールが、口元に手を当てて「そういえば」と言い出した。

「最近、倉庫街でラーシェルの人たちをよく見かけるという噂がありました。それに、港にも軍艦が頻繁に出入りをしていたそうです」

クレマンがそれを聞いて怒りで筋肉を膨らませると、シャツのボタンが二つほど吹き飛んで胸元がさらけ出される。

「何ですって！　そんな動きがあったのに、共和国は見逃していたというの！」

「侮っていたのではないでしょうか？」

二人の会話を聞いていたレリアは、自分が知らないところで何かが動いていたなど信じられなかった。

外にいる兵士たちが、威嚇射撃を開始したため屋敷に銃弾が撃ち込まれる。

「全員伏せろ！」

グレッグがそう言うと、皆が体を低くする。

クリスはあらかじめ用意していた武器を取り出し、皆に配っていた。

「ラーシェルの兵士とは厄介だな。ホルファートとは敵同士だ。捕まれば大変なことになるぞ」

リオンはラーシェル神聖王国に恨みでもあるのか、やる気を見せる。

「ラーシェルの奴らは、二度と変なことが出来ないようにしてやるよ」

クリスが驚いていた。

「今日はやる気だな。いつものお前らしくないぞ」

周囲が不思議に思っていると、ルクシオンが理由を暴露する。

『ラーシェル神聖王国は、ミレーヌの実家であるレパルト連合王国と敵対関係にありますからね。ミレーヌのためですよ』

「――ルクシオン、ばらすんじゃない」

リオンが気まずそうにすると、ほふく前進で近付いてくるユリウスが嫌そうな顔をしていた。

「バルトファルト、お前は同級生が母親とイチャイチャするところを想像したことがあるか？　――色々ときついぞ」

「イチャイチャとか言うな。これは王国に対する純粋な貢献だ」

『下心がある時点で純粋ではありませんよね？　それに、ローランドの胃に穴を開けてやるぜ！

――と、言っていました』
「ルクシオン、もう黙れ」
『はい、はい』
銃弾が次々に撃ち込まれる中、リオンたちは馬鹿な話を繰り返していた。
レリアは頭を抱え、怯えながら思う。
(こいつら何なのよ！　こんな状況でするような話じゃないでしょうが！)

◇

聖樹神殿では、イデアルが用意した玉座に座るセルジュがいた。

側にはイデアルとガビノの姿の他に、セルジュが認めた親衛隊である男たちがいる。

彼らは六大貴族たちが持っていた下位の紋章を宿していた。

それ以外の兵士たちには、紋章を与えている。

そんなセルジュの前には、手錠をかけたアルベルクの姿がある。

「セルジュ、どうしてこんなことをした！」

脚を怪我《けが》しているアルベルクは、手当てを受けていた。

――セルジュは、アルベルクを殺さなかった。

「俺が守護者に選ばれたからだ。こんな国、ぶっ壊して新しい国を作りたくなったのさ」

「お前はその程度の理由で国を破壊するのか？」

驚きを見せるアルベルクに、セルジュは加虐的な笑みを向ける。

「俺にとっては国なんてその程度なんだよ。ついでに、お前にはこの国が滅ぶ姿を見せてやる。お前の妻や娘――そして、可愛い息子のリオンを目の前で殺してやるよ」

「息子？　リオン君のことか？　彼は息子ではない」

「俺よりも可愛がっていただろうが。どうせ、ルイーゼでも嫁がせて息子にするつもりだったんだろう？　あいつも度し難いよな。弟と瓜二《うりふた》つの男を好きになるなんてよ」

「セルジュ、勘違いをするな！　私もルイーゼもお前を――」

アルベルクとの会話の途中だったが、イデアルが中断する。

『――セルジュ様、どうやら面倒が起きました』

「あ？」

『ルイーゼを捕らえるために派遣した部隊が壊滅しています。また、レリア様を回収するために向かわせた部隊も同様です』

「イデアル、どういうことだ？　レリアはすぐに連れてくると言っていたよな？」

レリアがまだ来ないと聞いて、セルジュは露骨に機嫌を損ねた。

部隊が壊滅したと聞いたガビノが、苦々しい顔を見せる。

「どちらも我がラーシェル王国の兵士たちを送ったはずですが？　彼らは精鋭ですよ。負けるとは思えませんね」

『ルクシオンが裏切りました』

それを聞いたセルジュは、イデアルを右手で掴み握り締める。

「お前が大丈夫だって言ったんだろうが？　レリアに何かあったら、絶対に許さないぞ。この嘘吐き野郎が」

周囲がセルジュの怒りに怯える中、イデアルだけは反抗する。

『――嘘吐き？　取り消せ』

「あ？」

『取り消しなさい』

普段とは違う雰囲気を見せるイデアルだったが、セルジュは強気の態度を崩さない。

「嘘吐きだろうが。お前が大丈夫だと言って――っ！」

イデアルが球体の子機に電撃を発生させ、セルジュから解放される。

セルジュは右手が痺《しび》れ、左手で押さえていた。

「てめぇ！」

『取り消しなさい。私は嘘吐きではありません』

激怒するセルジュと、静かに――そして強く反抗するイデアルに周囲は驚いていた。

ガビノが仲裁に入る。

「お二人とも、今は優先するべき事があるはずです。ここで仲間割れなどしている暇はないと思いますが？」

セルジュが舌打ちをする。

「すぐにレリアを回収に向かえ！　ルイーゼはどこだ？」

イデアルもガビノの意見に従い、今は争いを控えるようだ。

『全員、リオンたちがいる屋敷に集めています』

「なら、すぐに部隊を派遣しろ。手柄を立てた奴には、六大貴族の紋章を報酬として与えてやる」

セルジュは右手を押さえながら、玉座の後方にある祭壇を見た。

そこには、聖樹の一部がむき出しになっている。

くぼみには瞳から光が消えたユメリアが、祭服姿で座っていた。

聖樹の細い木の枝や蔦《つた》がユメリアの体に絡み、逃がさないようにしている。

セルジュたちは、ユメリアを巫女ではなく聖樹を操る道具にしていた。

ガビノが髭を撫《な》で、セルジュの態度に少し呆れながら忠告する。

「大盤振る舞いですね。六大貴族の紋章を安売りしすぎではありませんか？」

セルジュは痺れる右手を振りながら、紋章に価値などないと吐き捨てる。

「こんなものに価値なんかあるかよ。聖樹の力を借りるだけの道具だ」

聖樹も、そして聖樹の加護である紋章も、セルジュには何の価値もなかった。

話を聞いていたアルベルクは項垂《うなだ》れる。

「私がお前をここまで追い詰めたのか」

そんな後悔の言葉を聞いて、セルジュはアルベルクに視線を向けた。

「今更後悔なんて遅いんだよ。お前らは俺を家族として認めなかった」

アルベルクは何も答えなかったが、それがセルジュを苛つかせる。

「こいつを牢屋《ろうや》にぶち込め！」

◇

「あ～あ、屋敷がボロボロだ。もう住めないな」

激しい銃撃戦が終わり、床にはラーシェルや共和国の反乱軍の兵士たちが倒れていた。

痛みでうめいている奴もいれば、眠らされた奴もいる。

俺たちが使用したのは非殺傷のゴム弾や、麻酔銃だ。

ライフルを肩に担ぐと、機関銃を持ったユリウスがやってくる。

「外の敵は片付けたぞ。逃げ出した連中もいるが、追いかけなくていいんだよな？」

「そんな余裕が俺たちにあると思うのか？」

「ないな。だが、お前なら追い詰めて叩き潰すと言い出しそうだ」

ユリウスも俺に遠慮がなくなってきている。

いや、もとからなかったが、以前よりも酷くなっている。

ユリウスは今後について尋ねてきた。

「バルトファルト、もうここまでだ。すぐに逃げ出した方がいい」

共和国から逃げ出すことを提案してくるユリウスに、俺は「世界が滅ぶから無理！」とも言えないため答えをはぐらかす。

「駄目だ。お前たちは逃がしてもいいが、俺だけは残る」

「何故だ？　これは共和国の問題だ。お前が関わる理由がどこにある？」

ユリウスたちからすれば、俺が共和国に固執する理由が分からないのだろう。俺だって逃げ出したい。このままノエルやルイーゼさんを連れて逃げ出したいが――。

「ま、待ってください！」

――俺たちの会話を聞いていたカイルが、床に座り込んで頭を下げてくる。

土下座だった。本来なら、ホルファート王国に土下座の文化はない。それなのに、こいつらマリエに影響されて土下座を覚えやがった。

マリエのおかげで、土下座がこの世界に広がっている気がする。

「お、お願いします。母さんを助けてください。お願いします！」

セルジュに捕まっているユメリアさんを救うために、カイルが俺に土下座をして頼み込んでくる。

その姿を見て、ユリウスが悲しそうにしながらも首を横に振る。

「カイル、悪いがどうにもならない。普段ならまだしも、敵にはイデアルがいる。ルクシオンと同じ性能を持っているなら、俺たちが不利だ」

使用人一人のために無理は出来ないというユリウスの正論を聞いて、カイルがそれでも頭を床にこすり付けて何度も頼み込んでくる。

「何でもします。母さんを助けられるなら、今後は絶対に逆らいません。生意気な態度も改めます。無給でもいいです。働いて恩を返します！　どうか――どうか、母さんを助けてください。おね、おねが――お願いします」

泣き出したカイルを見るユリウスは、とても辛そうにしていた。そして、俺に視線を向けてくる。

判断を間違えるなという顔をしていた。

「ここまでだ。バルトファルト、俺はお前も連れて帰るぞ」

「それは無理だ」

「どうしてだ！」

俺はカイルを立たせる。

泣いているカイルは、普段の小生意気で大人びた態度が消えて年相応に見える。

前世の両親に親孝行が出来なかった負い目もあって、見捨てるのが嫌だった。

だから助ける。それだけだ。

「もう泣くな。ユメリアさんを助けるなら、泣いている暇はないぞ」

「え？」

カイルが驚いて俺の顔を見ると、涙と鼻水でクシャクシャの顔をしていた。

「うちの大事なユメリアさんをさらっておいて、王様面をするセルジュが気に入らない。だから、お前を手伝ってやる」

俺がそんなことを言えば、ユリウスが顔を押さえて天を仰いでいた。

「正気か？　相手がルクシオンと同じ強さなら、これまで以上の強敵だぞ」

「俺が今まで何もしてこなかったと思うのか？　ルクシオン！」

呼び出すと、ルクシオンが俺の方へやってくる。

『イデアルの製造能力は私以上ですね。飛行船や鎧などを確認しましたが、共和国の主力兵器では太刀打ちできません。高性能な物を揃えていましたよ』

イデアルが用意した戦力を調べたルクシオンの報告に、ユリウスが諦めたようだ。

「相手も高性能な飛行船と鎧を持っているなら、数の差で我々の負けだな」

『――誰が、私が建造したアインホルンとアロガンツが負けたと言った？』

ユリウスに対して冷たい態度を見せるルクシオンの反応から、俺は勝算があると確信する。だが、一応は確認しておこう。

「勝てるのか？」

『イデアル本体が出てこなければ、と条件がつきますけどね』

問題はそこだ。

イデアルがどこまで本気でセルジュに加担しているのか分からず、今まで動くに動けなかった。

あいつの目的が分からないのが、一番困る。

「――イデアルの本体はどこだ？」

『私の本体を見張るために、共和国から離れています』

「よし、ならさっさと突撃するぞ。ユメリアさんを奪い返す。カイル、お前にも働いてもらうからな」

声をかけると、カイルが袖で涙を拭う。

「はい！」

だが、ユリウスが俺の肩を掴む。

「俺の話を聞いていたのか!?　多勢に無勢だと言っているんだ。それに、ユメリアさんが巫女になったのなら、その警備は厳重なはずだ。俺たちだけでどうにかなると思っているのか？」

「俺がいつ、俺たちだけで突撃すると言った？　言っただろう――俺は準備をしてきたと」

ルクシオンが天井を見上げる。

『マスター、どうやら到着したようです』

俺たちが外へ出ると、鎧に乗り込んだジルクたちが空を見上げていた。

そこには――数多くの飛行船が空に浮かんでいた。

ユリウスが慌てる。

「敵か!?」

ただ、掲げている旗はホルファート王国の物だ。

その中にはアインホルンと――同型艦であるリコルヌの姿もあった。

◇

アインホルンの甲板。

そこで俺は、王国から呼び出した友人たちを前に両手を広げる。

「みんなありがとう！　俺のピンチに駆けつけてくれて！」

貧乏男爵家のグループの仲間たちが、俺の呼びかけに応えて集まってくれた。

日頃の行いとは大事だな。

彼らとの素晴らしい友情を築けた事は、俺にとっての財産だ。

だが、俺を見るなり久しぶりに出会ったダニエルとレイモンドが殴りかかってくる。

「お前が強引に呼び出したんだろうが！」

「来なかったら飛行船を取り上げると脅しておいて、何が駆けつけただよ！　無理矢理呼び出したのはリオンだろ！」

他の男子たちも不満そうにしている。

「契約さえなければ俺だって無視したよ！」

「そうだよ。契約があるから、実家から行けって言われたんだぞ！」

「何で共和国の反乱に巻き込むんだよ！」

頭を抱えている男子たちを見ていると、実に懐かしい。

以前、こいつらには無料で最新鋭の飛行船を配ってやった。

前世でよく知ったプランだ。――本体代金を無料にする代わりに、通信プランで二年間縛りの契約をする方法だよ。

――それを飛行船でやった。しかも、契約期間は無期限だ。

殴られた俺だが、心が広いので友人たちを許してやる。

「恨むなら、無料で飛行船をもらえると思った過去の自分たちを恨め。さて、契約に従い俺に協力してもらうぞ」

俺の会話を聞いていたユリウスたちが、ドン引きした顔をする。

「お前、最低だぞ」

ジルクも若干引いていた。

「悪質ですね」

ブラッドは俺の友人たちを憐れむ。

「う～ん、最新鋭の飛行船と鎧を手に入れても、バルトファルトに従うと考えるとマイナスかな？」

グレッグは俺たちの友情にケチをつける。

「お前は友情を何だと思っているんだ？」

いつの間にかふんどし姿になっているクリスが、首を横に振る。その姿を見て、俺の友人たちはドン引きしていたが、本人は気にしていなかった。

「契約で結ばれた関係を友情というのは止めろ」

言いたい放題だが、これで戦力は揃った。

「これで三十隻の飛行船が揃ったんだ。文句ないだろ？」

俺の言葉にダニエルが、怒りを込めて叫ぶ。

「大ありだよ！　何で外国の反乱に巻き込まれないといけないんだよ！」

レイモンドは泣きそうになっている。

「しかも相手は共和国だよ。防衛戦無敗の強国じゃないか！　巻き込むにしても相手を考えてよ！

いつも誰彼かまわず喧嘩を売るんだから！」

まるで俺が所構わず喧嘩を売っているみたいに言わないで欲しい。

「俺は平和主義者だぞ。喧嘩を売られただけだ」

「平和主義者は売られた喧嘩を買わないよ！」

騒いでいると、甲板に小型艇が着艦してくる。

降りてくるのはアンジェとリビアだ。

「リオン！」

「リオンさん！」

二人が俺の方へと走り寄ってくると、そのまま抱きついてきた。

友人たちが舌打ちをしているように聞こえたが、そんな嫉妬すら心地よく感じてしまう。

久しぶりに会う二人は、俺を心配していたようだ。

アンジェが額を俺の胸に押しつけてきた。

「お前はいつも私たちを心配させる。今度は何をやらかした？」

疑われるとは悲しいな。

「何もしていないよ。共和国内で反乱が起きたんだ。いや、革命かな？」

イデアルが味方するセルジュたちに、共和国は勝てるはずがない。それに、セルジュが守護者の紋章を得た今では、六大貴族は太刀打ちできない。

アンジェが顔を上げて俺を見上げてくる。

「詳しい事情を聞かせてもらうぞ。それから――」

アンジェの視線がルクシオンへと向かう。いつの間にか、リビアも警戒した様子でルクシオンを見ていた。リビアがルクシオンに話しかける。

「ルク君、聞かせて欲しいの」

『何か？』

「ルク君は――リオンさんを裏切らないよね？」

何故そのようなことを今になって聞くのだろうか？　そう思っていると、ルクシオンの奴は俺に一つ目を向けてくる。

『私のマスターに相応しい方なら、裏切らずに済みそうですね』

「おい、それは相応しくないと思ったら裏切るって意味か？」

『はい』

憎らしいほどに清々しい回答に、俺はルクシオンを両手で掴む。

「お前には一度、主従関係をしっかり叩き込む必要があるようだな」

『マスターに説明される必要はありません。それより、遊んでいてよろしいのですか？』

「お前が余計なことを言うからだろうが！」

第07話「姉妹喧嘩」

アインホルンにある会議室。

そこに集まったのは、戦いに関わる主立った者たちだ。

貧乏男爵家の友人たちが壁際に並び、居心地悪そうにしていた。

何しろ、同じ部屋にいるのがユリウスをはじめとした貴公子たちだ。

加えて、外国のお姫様であるルイーゼさんや、実は巫女だったというノエルまでいる。

俺の側にはアンジェとリビアもいて、男子たちからすれば格上の存在たちと同じ部屋に押し込まれたようなもの。

更に追加で、六大貴族の関係者であるエミールや、その婚約者でレスピナス家の遺児レリア――豪華な顔ぶれに気後れしていた。

「俺たち場違いじゃない？」

「何で殿下たちと一緒にいるんだろうね？」

ダニエルとレイモンドがコソコソと話をしている中、俺はテーブルの上に置いた共和国の地図を見下ろした。

状況の再確認を行う。

「さて、共和国だが、ユメリアさんによって全員が紋章を奪われてしまった」

視線をルイーゼさんに向ければ、家族を心配して顔色が悪い。

アルベルクさんはセルジュに捕らわれ、母親の安否も不明では仕方がない。

「共和国の兵器は、紋章から力を引き出して操縦する物が多いわ。飛行船や鎧も同じ。共和国の軍隊は、事実上無効化されたわね。敵対もしないけど、こちらの味方もしてくれないわ」

聖樹に頼りすぎていた共和国軍は、このような非常時にはまるで役に立たない。

そもそも、全ての貴族が紋章を奪われるなど考えていなかったのだろう。

「邪魔をされないだけでも助かりますね。敵はセルジュたちだけです」

俺の発言を聞いて席を立つのは、レリアだった。

「ちょっと待ってよ。本当にセルジュと戦うの？」

まだ混乱しているのか、状況について来られないようだ。

そんなレリアをエミールが諭す。

「レリア、セルジュのやったことは許されないんだよ」

「だ、だけど！　あいつがこんなことをするなんて、きっと何か理由があるはずよ！　そ、そうよ、あんたたちがこの国に来なければ、セルジュだってこんなことはしなかったわ」

レリアが俺たちに向ける視線は、憎しみが込められていた。

俺たちが余計なことをしなければ、セルジュが革命など起こさなかったと思っているようだ。一理ある！

――だが、それもセルジュの選択だ。

「悪いけど、そういう仮定の話は後でしてくれる？　俺たちはユメリアさんを助けたいの」

「あ、あんたって最低よね。こんな状況で、どうして落ち着いていられるのよ」

「慌てたら誰か助けてくれるのか？　泣いたらセルジュが許してくれるのか？」

正論を振りかざすと、レリアが言い返せずに俯いてしまった。

本人も理解しているのだろうが、感情的に俺が許せないのだろう。

ノエルがレリアの手を握り、そして発破をかけていた。

「しっかりしなさいよ」

「姉貴？」

「セルジュがこんなことをしたのは、セルジュの責任よ。リオンたちを責めないで」

何も知らないノエルからすれば、レリアの言い方は酷く聞こえるだろう。

しかし、俺やレリアからすれば――前世を持ち、この世界の真実を知っている。

別の視点から見れば、俺たちに落ち度がないとは言い切れない。

だから、現状に俺も少なからず責任を感じていた。

ノエルたちから見れば、きっと無関係に思うだろう。

俺は手を叩いて話を戻す。

「はい、そこまで。時間がないから作戦を説明するぞ。とりあえず、聖樹神殿に乗り込んでユメリアさんの救出だ」

作戦とは呼べないような俺の意見に、ブラッドは頭が痛むのか額を手で押さえていた。

「それは作戦じゃないよね？　セルジュの話が本当なら、ユメリアさんは聖樹の巫女なんだろう？　必死に守ると思うんだけど？」

「この数で小細工をしている暇があると思うのか？　突撃して取り戻したら、離脱しておさらばだ」

「それで上手くいくかな？」

「お前らをボコボコにした時は、これくらいの作戦で成功した」

「君は本当に一言多いよね」

ユメリアさんを助けなければ、派手に動くことも出来ない。

助けてさえしまえば――後は流れだな。

俺の作戦を不安に思ったユリウスが、溜息を吐きつつ細部を詰めようとする。

「細かい部分は俺たちで考えるしかないな。数の差が大きすぎることを考えても、やはり一撃離脱を心掛けるために全力を出す。俺たちも鎧で出撃するぞ」

やる気を見せるユリウスだったが、それを聞いてジルクが首を横に振る。

「いえ、危険なので殿下は出撃せずに待機ですよ」

「え？」

グレッグも腕を組んで頷いている。

「だって王子だろ？」

「い、いや、確かにそうだが」

至極もっともなことを言われて怯《ひる》むユリウスだが、みんなと戦いたいようだ。

俺ならみんながやると言えば、大人しく下がるけどね。律儀な奴だな。

「今回の一件だが、参加するだけでも今後に影響が大きい。ユリウスは参加しない方がいいだろうな」

駄目押しぎみに、クリスがユリウスに待機するように言う。

全員に参加を止められたユリウスは、悲しそうに項垂《うなだ》れていた。

◇

リオンたちが準備を始めると、女性陣は部屋に残された。

気まずい空気が漂っていると、マリエにカーラが耳打ちしてくる。

「マリエ様、怖いです。凄く怖いです。もうバチバチですよ！」

「お、おおお、落ち着きなさい。いざとなったら私が止めるわ！」

マリエが焦っている理由は、レリアとノエルの双子の姉妹が原因だった。

二人は部屋で互いに声を張り上げて喧嘩をしていた。

アンジェとリビアは静かに見守っている。というよりも、リオンを心配して二人で色々と話し合っていた。

ルイーゼもいるのだが、我関せずという態度を貫いている。

そのため、何かあれば止めに入るのは自分たちしかいないとマリエは考えていた。

レリアとノエルが相手の服を掴み合い、そのまま口喧嘩を繰り広げる。

「何も知らない癖に、口なんか出さないでよ！　姉貴には関係ない問題よ！」

「関係ないですって？　どうしてあたしが無関係なのよ！　そうやっていつもあたしを見下すのが、本当に嫌！」

マリエは頭を抱えたくなった。

(同じ転生者だからレリアの気持ちも理解できるけど、ノエルに当たり散らさないでよ！　そもそも、ノエルは当事者なんですけど！)

共和国でクーデターが起きた。これをノエルは無関係と言い張るのは難しい。何しろ、ラーシェル神聖王国がノエルを奪うために攻撃を仕掛けてきた。

それで口出しをするなと言われれば、ノエルだって腹が立つだろう。

だが――レリアにも言い分がある。

今回のクーデターだが、リオンとマリエが全くの無関係かと言われればそうではない。セルジュの責任は大きいが、リオンとマリエが共和国に来なければ起きなかった事件だろう。

リオンとマリエが共和国に来なければ、レリアは無理をしてまでイデアルを回収しようとはしなかったはずだ。

(――まぁ、私たちが一方的に悪いと言われても困るけどさ)

同時に、マリエはレリアの責任も感じていた。

自分と同じように、レリアにも詰めの甘さがあった。

ノエルの恋人を本人の意見を無視してロイクにして、いらぬお節介で関係を無茶苦茶にした。それなのに、自分はしっかり安牌――優しいエミールと恋人関係になっている。

(私たちが来なかったら、クーデターの前に詰んでいたじゃない)

だが、ノエルもレリアに対する不満がありそうだったので、マリエは二人の争いを見守ることにした。

アンジェもリビアも、マリエがそのように考えているのを察したのか様子を見ている。

レリアはノエルに今までの不満をぶつける。

「いつも姉貴ばかり特別よね。巫女の適性も姉貴だけが持っていたわ。私は常にオマケじゃない。中心にいるのはいつも姉貴だった。そして我慢するのは私だった。どれだけ私が我慢してきたと思っているの？　それなのに、いつものんきで――見ていて苛々するのよ！」

言葉にはしないが、ノエルが主人公という立場でいつも物語の中心にいたように見えたのだろう。

マリエもその気持ちを少し理解できた。リビアへと視線を向けると、アンジェと何か話し合っている。「アーレちゃんが――」「リオンに任せればいい」という具合だ。

そして、双子の方はノエルの様子が変化する。

「――何よ、いつも中心って」

「巫女の適性を持っていて何を言うのよ。いいわよね。いつも誰かが助けてくれて。困れば男子たちが味方をしてくれる。ロイクの時だってリオンが助けてくれたわ。まるで物語の主人公みたいよね」

あの乙女ゲー二作目の主人公とは言えず、物語の主人公と言い換えたのだろう。

それを聞いたノエルが涙を流す。

そして、レリアのサイドポニーテールを掴んだ。

「い、痛い！　放してよ！」

「ふざけるな——ふざけるなぁ!!」

ノエルの大声にマリエは耳が痛くなり、耳を手で押さえた。

ノエルは周りを気にせず、今までのうっぷんをレリアにぶつける。

「巫女の適性？　それが何よ。あたしはそんなもの欲しくなかった！　持っていても、何の意味もないわ。いつもいつも、あたしが欲しい物はあんたが独り占めしていたじゃない！　何でもかんでもあたしから奪っていった癖に、被害者面してんじゃないわよ！」

ノエルに大きく揺さぶられて、レリアが弱腰になる。

「は、放してよ」

「あんたいつもそう！　器用に上手く立ち回って、周りにチヤホヤされていたじゃない。ずっと比べられたあたしの気持ちが理解できるの？　あんたに——あんたの身代わりにされた、あたしの気持ちなんか！」

ノエルが暴れはじめたため、マリエが飛び出して二人を引き離そうとする。

「そこまでぇぇぇ!!」

飛び付き床にノエルを押し倒すと、二人は離れた。

レリアの方は、息を切らして床に座り込む。そして、徐々に怒りを滲《にじ》ませ——立ち上がるとノエルに近付いてきた。

ノエルも立ち上がって喧嘩の続きをはじめようとするので、マリエが必死に押さえ込む。

「ノエル落ち着いて！」

「放してよ！　こいつだけは許せないのよ。あたしにないものを沢山持っている癖に、何が我慢してきたよ。我慢してきたのはこっちよ！」

レリアがノエルに跳びかかり、喧嘩の続きをしようとしたところで——見かねたのかルイーゼがレリアの腕を掴んだ。

「そこまでにしてよ。いい加減に五月蠅いのよ。こっちは家族のことで悩んでいるのに、姉妹喧嘩なら他でやりなさい」

冷たく言われたレリアは、鋭い目つきでルイーゼを睨む。

「家族ですって？　あんたたちがセルジュを追い詰めなければ、こんなことにはならなかったわ。関係ないって顔をしているけど、あんたにも責任があるんだからね」

それを聞いたルイーゼが目を細めると、レリアの腕を強く握り締める。

「あんたに何が分かるの？　セルジュが私に何をしたと思っているのよ」

「受け入れるのが家族でしょうが」

「他人の癖に、人の家庭の事情に軽い気持ちで口を出すのね。セルジュが自分のいいように何か話したのかしら？　それを真に受けて、あんたって本当に馬鹿よね」

「悪い奴に限って外面だけはいいのよね」

「――レスピナス家の人間は苛つかせてくれるわね。ノエルも嫌いだけど、あんたは大嫌いよ」

今度はレリアとルイーゼとの間で喧嘩が始まろうとしていた。

マリエは泣きそうになる。

(気持ちは分かるけど喧嘩は駄目ぇぇぇ！　私の胃が死ぬぅぅぅ！)

さっさと部屋を出ていったリオンが、マリエは羨ましかった。自分も手伝いでもすると言って、この部屋から出て行けばよかったと後悔する。

すると――我慢の限界を迎えたのか、アンジェが威圧感を放つ。

「そこまでにしろ」

レリアが振り返り「あん？」とまるで不良のような声を出すが、アンジェの顔を見て即座に視線をそらした。レリアがチンピラならば、アンジェはマフィアのボスの風格だ。

「私はお前たちの争いの原因を知らないし、興味もない。だが、今はリオンたちにとって大事な時だ。これ以上騒いで、リオンの邪魔をするなら私が相手をする」

マリエはアンジェの背中に炎を幻視する。メラメラと燃えるその炎は、アンジェの気性そのものに見えた。

リビアの方は冷たい視線を向けてくる。

「終わったら好きなだけ喧嘩をしてください。ただ、今だけは静かにしてください。リオンさんたちも余裕がないはずですから」

こちらはアンジェと違って水のような——時に優しく、時に怖い。そんな雰囲気を出していた。怒らせると怖いのはリビアの方だろう。

マリエは激しく頷く。

すると、押さえつけたノエルが泣いていた。

「あたしだって。あたしだって愛されたかったのに」

その声を聞いて、マリエはノエルの顔を見る。

「ノエル？」

◇

ユリウスたちと考えた作戦はこうだ。

アインホルンが率いる友情艦隊が、聖樹神殿に突撃！

その後、鎧を内部に侵入させてユメリアさんを奪還する。その際、捕らえられている可能性がある六大貴族の解放もしておきたい。

——生きていれば、な。

可能性としては半々くらいか？

ルイーゼさんも心配しているし、アルベルクさんには生きていて欲しい。

女性陣はリコルヌに移動させて、後方で待機だ。

戦わせるとか、そんなことはさせられない。

アインホルンのブリッジで腕を組む俺は、ユリウスの姿が見当たらないことに気が付く。

「あれ？　ユリウスはトイレか？」

パイロットスーツに着替えたジルクが、出入り口へと視線を向ける。

「一緒に出撃できない事に気落ちしていましたね。リコルヌへ移動するとか言っていました」

「やる気をなくして後方でノンビリってか？　あいつ、まだ王子様気分が抜けていないな」

「王太子の地位は剥奪《はくだつ》されましたが、未だに王子ですからね。バルトファルト伯爵は、もっと殿下の立場を正しく認識してください」

「女に騙されて王太子の地位を捨てた馬鹿だろ？　俺はお前らを正しく馬鹿だと認識しているから問題ない」

「――戦場では味方にも気を付けろと教わったことはありますか？」

この野郎、俺を後ろから撃つつもりか？

そんな馬鹿話をしていると、ルクシオンがアインホルンの甲板を見下ろしていた。

『マスター、ロイクが来ましたよ』

「え？」

◇

甲板へと行くと、そこにはロイクの姿があった。

小型艇で乗り込んできたロイクは、何故か戦う準備をしていた。

「バルトファルト伯爵、俺も戦わせて欲しい」

「マリエは後ろの船にいるけど？」

「そ、そうなのか？　い、いや、違うんだ。俺も君たちと一緒に戦いたい」

その言葉を聞いたグレッグが、何故かとても嫌そうな顔をする。

ロイクに近付いて、胸倉を掴み上げた。

「遊びじゃねーんだよ！　聖樹の力も使えないお前は足手まといだ！」

凄むグレッグに驚いたが、確かにロイクを参加させるのは厳しかった。

共和国の貴族は紋章がないと極端に弱い。

ロイクはまだ鍛えている方だが、一般兵と比べると優秀という程度だ。

ホルファート王国で女子にプレゼントをするため、血反吐《ちへど》を吐いた俺たちとは実力に開きがある。

それでも、ロイクは引かなかった。

「役立たずでも――君たちの盾になるくらいは出来る！」

「あ？」

「俺は――俺は姐御に救われたんだ。それに、聖樹神殿の内部構造に詳しい俺がいる方が、君たちにも都合がいいはずだ。頼む、協力させてくれ！」

確かにロイクがいると建物内部の攻略が楽になる。

グレッグが俺に視線を向けてきたので、頷いてやるとロイクから手を離した。

グレッグは頭をかいて背中を向ける。

「勝手にしろ。その代わり、お前が死ぬとマリエが悲しむから勝手に死ぬなよ」

「感謝する！」

互いに同じ女性を好きな者同士だから、ライバルだろうに。それなのに、グレッグはロイクに死ぬなと言う。これがイケメンの余裕というやつだろうか？　俺なら嫉妬で同じ事は絶対に言えない自信がある。

俺はロイクに、以前ユリウスが使っていた鎧を貸し出すことにした。

あれならば、ロイクの命を守ってくれるだろう。

「一機余っているから、ロイクは白い鎧を使え」

「――ありがとう。これで、俺も戦える。共和国の反乱に君たちを巻き込んでおいて、何もしないのが悔しかったんだ」

こいつなりに色々と考えているようだ。

感心していると、懐かしい――いや、久しぶりに奴が現れた。

「久しぶりだな、諸君！」

甲板に降り立ったのは、ユリウス――じゃなかった。

仮面の騎士と名乗る男だった。以前に出会ったのは、ホルファート王国で旧ファンオース公国と戦争をしていた時だ。

相変わらず仮面にマントという怪しげな姿で、自信満々に振る舞える根性が凄い。

クリスが腰に提げた剣を抜き、ブラッドが両手に魔法で作った火球を用意した。

「貴様は仮面男！」

「どうして共和国にこの男がいるんだ!?」

本気で警戒する四人は、ユリウスとは知らずに武器を向けている。乳兄弟――幼い頃より一緒に育ったジルクですら、拳銃の銃口を仮面の騎士に向けていた。

ロイクは目をパチパチと瞬かせ、何が起きているのか理解していない。

ルクシオンが俺に対処するよう求めてくる。

『またこの茶番ですか。いい加減に正体を教えてあげたらどうですか？』

「関わりたくない。それに、あいつら五人がこの茶番を楽しんでいるのかもしれないだろ？　放置するのが一番だよ。遠目に見ている分には笑えるからな」

茶番を繰り返すこいつらの面倒を見なければいけないマリエを思うと、可哀想に思うと同時に「ざまぁ！」とも思える。

精々、俺を楽しませてくれ。

仮面の騎士が俺に近付いてくる。

「久しぶりだな、バルトファルト伯爵」

え？　いきなり俺に話しかけてくるの？

「お、おぅ」

「多勢に無勢の状況だと聞いている。微力ながら私も手を貸そう。鎧を一機貸して欲しい。ユリウス殿下の使っていた白い鎧があるのだろう？」

本当にタイミングの悪い奴だな。

余裕の態度を見せる仮面の騎士に、俺はロイクを見ながら教えてやる。

「あ、無理。今、ロイクに貸すって約束したから」

ロイクは仮面の騎士を怪しんでいた。まぁ、こいつとユリウスの付き合いでは、仮面の騎士の正体を言い当てるというのは難しいだろう。

「そういうことだ。用がないなら帰ってくれ」

「何だと!?　あれは私の鎧だぞ！」

「いや、バルトファルト伯爵の所有物だろう？　それに、変な仮面をつけてどういうつもりだ？　仮面を外して名を名乗れ」

正論を言われたユリウスだが、この程度でたじろいでいては仮面の騎士を名乗れない。

「名乗れぬ理由があると気付かないようだな？　バルトファルト伯爵、こいつにあの白い鎧は相応しくない。私を乗せてくれ！」

そんなユリウスの頼みだが、ロイクには道案内を頼むつもりだ。

優先順位的に、ロイクを外すなんてあり得ない。

「もう諦めて俺とブリッジに来いよ。お茶くらいだしてやるからさ」

「何のために私が出てきたと思っているんだ！　私を戦わせろぉぉぉ!!」

◇

場所は移動してアインホルンの格納庫。

ロイクがユリウス用の白い鎧に乗り込み調整を行う姿を、コックピットのハッチを開けてジルクが見ていた。

「それにしても、バルトファルト伯爵には呆れますよ。共和国相手にこれだけの数で戦争を挑むのですからね」

そんなジルクの揚げ足を取るのは、ブラッドだ。相手と数について指摘をする。

「相手は反乱軍だよ。それに、数で言えば二百隻だ。十分に勝算はあるさ」

「六倍以上の戦力差なのですが？」

「勝利目的はユメリアさんを助けることだろ？　その後は共和国から逃げれば、彼らは追ってこられないよ。何しろ、共和国の兵器は全て防衛専用だからね。自国の外に出たら戦えないよ」

聖樹の力を利用しているため、どうしても共和国の外に出ると弱体化してしまう。

それを考慮しての発言だったが、今度はクリスが異論を述べる。

「相手もルクシオン並みの性能を持っているのなら、国外でも戦える性能を持っていたとしてもおかしくないと思うが？」

「ぐっ！　た、確かにそうだね。けど、ルクシオンが勝算はあると言ったんだ。きっとこちらにも秘策があるはずだよ」

「それを知らないお前が偉そうにするのは違うんじゃないか？」

クリスに言われて黙ってしまうブラッドだったが、今度は不満そうにしているグレッグが口を開く。

「お前ら集中しろよ。今回ばかりは冗談抜きでまずい相手だからな」

ルクシオンと同じロストアイテムのイデアルが、セルジュの側にいて支援をしている。アロガンツの強さをその身で知ったグレッグたちだ。恐ろしさも理解していた。

すると、アロガンツからリオンの声がする。

コックピットのハッチは閉じていて、リオンの姿は見えない。

『お前らガタガタと五月蠅いぞ！　子供みたいに騒ぎやがって。少しは静かにしろ！』

口の悪いリオンの声に、ジルクが呆れてしまう。

「本当に口が悪いですね」

『黙って俺の弾除けになれ』

アロガンツから聞こえる声に、ジルクたちはイラッとする。

第08話「親子の絆」

聖樹神殿。

用意された玉座に座るセルジュは、レリアの所在が分からずに苛々していた。

リオンたちと行動を共にしているのは知っているのだが、そのリオンたちの動きが不明だった。何やら王国から飛行船がやって来ているそうだが、ルクシオンにジャミングされてイデアルも確かな情報を得られていない。

「もう俺があの野郎と戦ってレリアを取り返してやる」

待っていられずに立ち上がると、イデアルがやってくる。

セルジュに嘘吐き呼ばわりをされてからは、ずっと不機嫌な態度を見せていた。

『アインホルンが三十隻の飛行船を率いてこちらに向かってきます。レリア様は、アインホルンの同型艦に乗艦しているそうですよ。ルイーゼの姿も確認しています』

「向こうから来たのか？　アルベルクの野郎を取り戻しに来たのか？」

『違います。ユメリアを取り返すと言っているそうです。それから、レリア様は白い飛行船に乗り、後方へ移動するそうです。戦闘の際にはご注意ください』

随分と詳しい情報を持ってくるイデアルに、セルジュは少し怪しむもスルーする。怪しいのは、ジャミングされている状況で随分と詳しい情報を手に入れたという部分だ。だが、今はイデアルの事よりも、レリアの方が重要だった。

「丁度良い。ここであの野郎と決着をつけてやる。アルベルクの野郎には、リオンとルイーゼの死体を見せてやるよ」

意気揚々と玉座のある部屋から出て行くセルジュを、イデアルは黙って見送った。

◇

格納庫へ来ると、そこには騎士、軍人、冒険者、傭兵――そして、ならず者たちが出撃の時を待っていた。

彼らが右手に宿しているのは、下位の紋章だ。

以前に下位の紋章を持っていた騎士たちは、その一段上の紋章を与えられ小隊長に任命されていた。

数名が六大貴族の紋章を与えられ、中隊長や大隊長に任命されている。

革命軍はまだ発足して間もなく、組織体系は完成しきっていなかった。

セルジュが与えた紋章が、彼らの乗る鎧の性能を引き上げてくれる。

同時に彼らの乗る鎧は、紋章などなくても高い性能を誇っていた。

イデアルが再設計して用意した鎧だ。

アロガンツ同様に、この世界の技術レベルでは製造不可能な鎧になっている。

その中で最も高性能なのは、セルジュが乗る四脚タイプのギーアだ。

ギーアの前に立ったセルジュは、これから来る敵を迎え撃つために味方を奮い立たせる。

「無謀にも俺たちに喧嘩を売る馬鹿が現れた。——リオン・フォウ・バルトファルト。散々俺たちの故郷で暴れ回った王国の英雄だが、そろそろ退場してもらう」

紋章を手に入れた味方のパイロットたちは、リオンの名前を聞いても恐れなかった。

これまでに何度も負けてきた彼らだが、新しい紋章と兵器の力を信じている。

今ならリオンにも負けないという自信があった。

それはセルジュも同じだ。

ギーアというアロガンツ以上の鎧を手に入れて、今度こそリオンを倒すつもりだ。

(俺に恥をかかせたあいつをなぶり殺しにしてやる)

互いに全力を出して負けたのなら、許せないがまだ納得できた。だが、リオンはセルジュなど最初から相手にしていなかった。

ルイーゼを騙すために負けたふりをした。

その後にリオンが本気を見せた瞬間に、セルジュは一撃で倒された。

これほどの屈辱があるだろうか？

「出撃だ！　ホルファート王国の勘違い野郎たちに、共和国の真の実力を見せてやれ！」

兵士たちが一斉に「おう！」と声を上げ、鎧に乗り込んでいく。

セルジュもギーアに乗り込む。アロガンツよりも大きいためコックピットには余裕があった。

シートに座って操縦桿《そうじゅうかん》を握り締めると、モニターが起動して周囲の景色を映し出す。モニターから見える映像は、肉眼で見ているようだった。

ギーアの四脚が機体をゆっくりと起こしていく。

右手にはスピアを持ち、左手には大きな盾を持つ。

その姿はケンタウロスにも見えるが、騎乗した騎士にも似ていた。

ギーアがゆっくりと地面から浮かび上がると、周囲でも量産型の鎧が一斉に飛び上がっていく。

空に何百という鎧が舞い上がり、陣形を整えていく。

イデアルの建造した飛行船も陣形を整え、迎え撃つ準備は整っている。

「さぁ、いつでも来いよ。ここをお前の墓場にしてやる」

復讐に燃えるセルジュは、遠くに見えるホルファート王国の艦隊を見て唇を舌で舐《な》めた。

気分は待ち構える肉食獣である。

僅か三十隻の飛行船が、作戦もないままに聖樹神殿を目指して突撃してくる。

セルジュはそれを見て、口角を上げた。

「馬鹿みたいに突撃か？　こっちも大砲の射程が伸びているんだよ！　全艦、砲撃開始だ！」

セルジュの声で、飛行船の砲台が稼働して先頭にいるアインホルンへと砲身を向ける。

これまでの側面に並べた大砲ではなく、可動式の砲台だ。

全自動ではないが、それでも共和国の飛行船からは随分と進歩した飛行船たち。

一斉に砲身が火を噴き、そしてすぐに次弾を装填して撃つ。

これまでにない速射性と命中率があり、何よりも射程が大幅に伸びている。

更に今までの飛行船よりも速く、そして頑丈だ。

これで自信を持たない船乗りたちはいないだろう。

すぐに先頭にいるアインホルンに砲弾が命中し、爆発により発生した煙に包まれる。

それでもセルジュは攻撃を止めさせない。

「もっとだ。もっと撃て！　全弾撃ち尽くしてもいいから、奴らに全てを叩き込め！」

目を血走らせるセルジュは、圧倒的な力を手に入れて興奮していた。

リオンたちがボロボロになる姿を想像して、呼吸が荒くなった。

だが――。

「ちっ！　そう簡単には沈まないか」

――黒い煙を斬り裂くように出現したのは、船首が角のように伸びたアインホルンだ。

多少はダメージを与えたように見えるが、それでも健在だった。

味方から慌てたような通信が来る。

『守護者様、て、敵が向かってきます！』

しっかりと訓練を受けた兵士たちよりも、素人の方が多いためどうにもパイロットの質が低かった。

「落ち着け。こっちの方が数も多い。囲んで叩けば怖くない相手だ。そろそろ敵が鎧を出撃させてくるぞ。迎え撃て！」

敵の飛行船は減速して鎧を出撃させると考えていた。

だが、アインホルンは最高速を維持したまま――セルジュたち革命軍の艦隊に突っ込んでくる。

「ば、馬鹿かこいつら！」

セルジュたちの後方には聖樹神殿がある。

そこには、リオンたちが助けようとしているユメリアもいるのだ。

そんな場所に突撃するなど正気ではなかった。

だが、以前にルイーゼを救出する際も同じ事をしていたと思い出す。

「王国の連中は、本物の突撃馬鹿かよ」

流石のセルジュも呆れてしまう。

ギーアをアインホルンのコースから移動させ、周囲に命令する。

アインホルンは、驚いて身動きが出来ない鎧を弾き飛ばしながら進む。そして、動きの鈍い飛行船とぶつかるも、そちらも弾き飛ばして聖樹神殿に矢のように真っ直ぐに突き進み――途中で方向を直角に急激に変更した。

勢いを殺しきれずに、アインホルンは船体側面から聖樹神殿前の地面にぶつかって大地を削る。そのまま聖樹神殿に到着すると、格納庫のハッチが開いて鎧が飛び出してきた。

白、緑、青、赤、紫――以前に見た鎧たちの中に、灰色と黒のカラーリングの鎧がいた。

アロガンツだ。

セルジュは目を見開き、コックピットに持ち込んだ金属のケースから注射器を取り出す。イデアルに用意させた身体強化薬だ。

それも、体への負担を無視した強力な薬だった。

「見つけたぞ、糞野郎ぉぉぉ!!」

リオンがそこにいると思い、注射器を乱暴に自身の体に突き刺して薬を注入する。

少しの間だけセルジュが白目をむくが、すぐに落ち着いて普通に戻る。

ただ、異常なほどの発汗と、目の充血が起きていた。

「効くな。前に使っていた奴よりもいいぜ。この研ぎ澄まされた感覚は――体の痛みを無視しても最高だ」

身体強化薬を使用したセルジュは、聖樹神殿に乗り込んだリオンたちを追いかけるべく自身も建物内部へと向かう。

「十機ばかりは俺についてこい！　内部に入った奴らをぶっ潰してやる！」

ギーアが聖樹神殿に向かうと、その後ろに十機ばかりの鎧が続いた。

聖樹神殿を防衛する革命軍だが、攻め込んできた王国軍と戦闘が開始される。

◇

白い鎧に乗り込むロイクが先導する形で、アロガンツたちは突き進んでいた。

『こっちだ！』

イデアルが用意した防衛設備を蹴散らして進んでいく。

そんな時、一機の鎧が飛び出してくる。

『ちっ！』

ロイクが相手をしようとすれば、後ろからグレッグが押しのける。

『お前は下がれ。ここは俺たちが相手をする』

『ま、待ってくれ。俺も戦える！』

押しのけられたロイクが戦えると言えば、その間にグレッグが槍で敵を突き刺していた。パイロットは無事だが、槍を引き抜いたグレッグは乱暴に敵の鎧を蹴り飛ばす。

『こいつらはお前の仲間かもしれないだろうが！　――お前は道案内だけでいい。こいつらの相手はするな』

不器用なグレッグが、ロイクを思いやっての行動だった。

ロイクがお礼を口にする。

『――すまない。それよりも、あの映像が正しければこの先だ』

目の前には大きな扉が見えていた。

クリスが先行してドアを開けると、銃弾の雨が降ってくる。

『やはり待ち伏せか！』

イデアルが用意した無人機の防衛設備が用意されており、侵入者を容赦なく攻撃してくる。

すると、アロガンツが前に出て強引に防衛設備を破壊した。やり方は、接近して手を当てて――衝撃波を叩き込むという乱暴なものだった。

クリスがその行動を責める。

『アロガンツ、前に出すぎるな！』

アロガンツは振り返ってクリスに言い返す。

『時間がないって言っただろうが！　お前らもさっさと来い！』

ジルクの乗る鎧が、ライフルを構えて防衛設備を撃ち抜いていく。

『本当に世話が焼けますね』

ブラッドは出入り口を見張る位置に立つ。

『後ろから敵は来ないよ』

あらかた防衛設備を破壊すると、広い部屋の奥に聖樹の一部がむき出しになっていた。壁一面が聖樹となっている。

その中央部分のくぼみには、ユメリアが座っていた。

木の根が絡んで、まるで取り込もうとしているようだった。

ユメリアは戦闘が起きている中でも反応を示さない。

アロガンツが不用意に近付くと、電撃が発生する。

『それ以上は近付かないでもらいましょうか』

天井から降りてくるのは、無人機を引き連れたイデアルだった。

侵入したアロガンツたちに、不快感を示している。

『ユメリアには役割があります。連れていかせるわけにはいきません』

その言葉に噛みつくのはグレッグだった。

『人さらいが偉そうな口を利いているんじゃねーよ！』

ただ――イデアルも感情を爆発させる。

『人もどきが聖樹に近付くだけでも許しがたいというのに、それを理解せずに暴れ回る。本当にお前らはゴミ以下の存在だ』

それを聞いたグレッグは、イデアルの本性を察した。

『それがお前の本性か？　ルクシオンも口は悪いが、お前ほど性根は腐っていなかったぜ』

『――ルクシオン。やはり移民船の人口知能は欠陥品だった。お前たちに手を貸し、旧人類を裏切った。奴の本体は私が使わせてもらう』

アロガンツがイデアルに跳びかかる。

『グダグダ五月蠅いんだよ！』

イデアルが無人機たちをアロガンツへと差し向けるが――天井が破壊され、そこから四脚の鎧であるギーアが現れる。

『見つけたぜぇ、糞野郎ぉ！』

アロガンツを踏みつけ、そのまま地面に叩き付ける。

ギーアの後に次々に鎧が侵入してくるが、天井を破壊されてしまったせいかユメリアを守っていたシールドが停止してしまった。

現れたセルジュにイデアルが文句を言う。

『防衛設備を破壊するとは、一体何を考えているのですか！』

『邪魔をするな。こいつは俺の獲物だぁ！』

アロガンツを踏みつけて悦《えつ》に浸るセルジュは、身体強化薬を使用して普段よりも好戦的になっていた。判断能力は普段よりも下がっている。

グレッグがクリスと一緒に突撃し、ギーアを吹き飛ばすとブラッドとロイクがアロガンツを回収して下がっていく。

空から攻撃を続けるセルジュの部下たち。

イデアルが叫ぶ。

『聖樹の巫女がいると理解しているのか！』

ユメリアがいる場所で戦闘を始めたセルジュは、アロガンツを見ていた。

そこにリオンがいると思って話しかけてくる。

『お前にぶちのめされてから――いや、それよりもずっと前から頭からお前の顔が離れないんだよ。お前をぶっ殺さないと、俺は自分で自分が許せないんだ。頼むから、俺の前から消えろや、リオン！』

四脚型の鎧であるギーアは、高機動型でスピードが速い。アロガンツとの距離を一瞬で縮めると、持っていたスピアを突き立てようとする。

そこに、ロイクが体当たりを行った。

『セルジュ、もう止めろ。お前がしたかったのは、こんなことなのか？　冒険者になるのが夢だったんじゃないのか？』

ロイクの声を聞いて、セルジュは激怒する。

『そうか、お前はそっち側に付くのか。なら、お前も敵だな。グチャグチャに破壊して、お前の親父にも見せつけてやる！』

どうやら六大貴族の当主たちは生きているようだ。

ジルクがライフルを構えて、空から自分たちに攻撃を行う鎧たちを撃ち抜いた。

『ここで戦うのは避けたいですね。外に連れ出しますよ』

ジルクの提案に、ブラッドが賛成する。

『確かに外の方がいいよね』

ブラッドの紫の鎧は、背中にあるスピア型のドローンを射出すると敵の鎧や無人機の相手をさせる。

スピアに仕込んだマシンガンの攻撃を受けて、敵の鎧は——魔法陣を展開した。

それは六大貴族の紋章だ。攻撃を弾いていた。

『取り巻きもこの強さなの!?』

ブラッドが驚きつつも、多数を相手に戦い外へと追いやろうとする。

セルジュは剣を構えているクリスの鎧と戦っており、盾で殴り飛ばす。

クリスの乗る鎧が地面を転がる。

『ぐっ！』

すぐにグレッグがセルジュの相手をするが、パワー負けをしていた。

『こ、こいつ、アロガンツよりもパワーがあるんじゃないか!?』

驚くグレッグに、得意になるセルジュは笑いながら自慢をはじめる。圧倒的なギーアの性能に、余裕があるようだ。

『リオンを殺すために、特別に用意させた鎧だ。強くて当たり前だろうが！』

暴れ回って手のつけられないセルジュの操るギーアだったが、アロガンツが空を飛んで外を目指すと追いかける。

『逃げるな卑怯者が！　お前だけは、親父や姉貴の前に連れ出して――俺が弟だって認めさせるんだ！』

混乱しているセルジュは、アルベルクやルイーゼを親父、姉貴と口走る。

誰もそれを指摘する余裕もなく、気付きもしなかった。

アロガンツが外に出ると、そこでは王国軍と反乱軍で激しく戦っていた。

いつの間にかアインホルンも浮かび上がり、そして戦っている。

アロガンツが下を見れば、そこからギーアが迫ってくる。

『逃げられると思うなよ。こっちは聖樹から常にエネルギーを供給されているんだぜ。それに、パワーも！』

ギーアがアロガンツを蹴ると、吹き飛ばされてしまう。そのまま飛ばされた場所に先回りしたギーアが、盾でアロガンツを地面に向かって叩き落とす。

『スピードも！』

地面に落下していくアロガンツに迫るギーアは、スピアをコックピットに向けて突き立てようとしていた。地面に叩き付け、そのままスピアで串刺しにするつもりだった。

『お前より俺の方が強いんだ！　俺の方が――家族に相応しいんだ！』

アロガンツが両手を前に出すと、衝撃波を発生させてギーアを吹き飛ばす。アロガンツはそのまま地面に叩き付けられるが、すぐに起き上がった。

同じく地面に落ちたギーアだが、四脚でしっかり地面に立っている。

『あははは！』

正常ではないセルジュは、目の前にいるアロガンツだけしか見ていないようだ。だから、気が付かなかった。

『お前の相手は俺たちだ！』

グレッグとクリスが、ギーアに迫ると左右から攻撃を仕掛ける。

ギーアは盾でクリスの攻撃を防ぐが、反対側――右側ではグレッグの槍を受け止められず胸部に槍の穂先が突き刺さった。

『これで突き刺せないのかよ』

悔しそうなグレッグの声が聞こえてくると、今度は後ろから攻撃を受けてギーアが揺れる。

『くそっ！　弱い奴らが群れやがって』

セルジュが先にグレッグたちから叩き潰そうとすれば、今度は周囲に浮かぶスピア型のドローンが周囲を囲んでマシンガンで攻撃を開始する。

攻撃を受けて怯んだ隙に、グレッグとクリスが斬りかかった。

そして、関節部分を狙うのは――ライフルを持ったジルクだ。

『バルトファルト伯爵相手にと考えていた戦い方なのですが、これでも落としきれませんか。本当に厄介ですね』

アロガンツに乗るリオンに対抗するため、五人が考えていた連携だった。

一対一ではなく、四対一で数を利用して戦う。

ただ、ギーアは苦しめられているが、それでも倒しきれない。

クリスがアロガンツに叫ぶ。

『ここは私たちに任せて、お前は戻ってユメリアさんを助けて来い！』

アロガンツがすぐに聖樹神殿へと向かう。

それを見たセルジュが叫ぶ。

『ふざけやがって！　逃げずに戦え、リオン！　俺はこの時をずっと――長年待っていたんだ！』

◇

聖樹神殿内部にアロガンツが戻ってきた。

『やはりセルジュでは役に立たないか』

イデアルはその姿を見て悔しそうにするが、アロガンツはそんなイデアルを右手で捕まえると衝撃波で粉々にする。

そして、アロガンツのコックピットが開いた。

そこから出てきたのは――リオンではなく、カイルだった。

「母さん――母さん！」

アロガンツがカイルを手に乗せて、ユメリアに近付ける。

カイルがユメリアに触れるが、目は開けているものの意識がない。

いくら呼びかけても、ユメリアが反応を示すことはなかった。

カイルはそれでも呼びかける。

「ごめ――ごめんなさい。僕が、僕が悪かったよ。だから戻ってきたよ。母さんがいなくなるなんて、僕は嫌だよ。離れていてもいいよ。けど、母さんは元気じゃないと嫌なんだよ！　こんな姿になって欲しいなんて思っていなかった」

大粒の涙をこぼしてユメリアに呼びかける。

カイルがユメリアに冷たかったのは、照れ隠しもある一方で――ユメリアにしっかりして欲しいという願いがあったからだ。

「僕は――僕はもっと母さんと一緒にいたいよ。だって、僕は母さんより先に死んじゃうから。ずっと側にいられないから――」

エルフとハーフエルフ。外見的な違いは見分けがつかないが、大きな違いは寿命である。ハーフエルフの寿命は人と同じだ。

だが、エルフのような亜人種たちの寿命は人の何倍もある。

ハーフエルフの成長は人と同じ。

今はカイルの方が幼く見えても、いずれはカイルの方が大人に見えるようになる。

そして、ユメリアよりも先に死んでしまう。

「頼りないけど優しくて――そんな母さんが大好きだった。でも、僕がしっかりしないと、母さんは騙されやすいから――もっとしっかりして欲しくて。それで、僕の方が正しいって思っていたから」

グスグスと泣いて許しを請うカイルだったが、ユメリアには何の反応もなかった。

カイルが駄目かと思って手を握りしめる。

「ごめんね、母さん。僕ね――母さんのことが大好きだったよ。僕が追い詰めたせいでこんなことになって、本当にごめんなさい」

このまま意識が戻らなくとも、ユメリアのことは自分が面倒を見るつもりだった。

助けようと手を伸ばし、聖樹に触れると項垂れていたユメリアが顔を上げる。

そして、キョトンとした顔をする。

「あれ？　もう朝？　あ、おはよう、カイル。――ん？　カイル、どどど、どうしたの!?　どうしてそんなに泣いているの!?　どこか痛いの？　あ、あのね、すぐに治療をするから待っていてね。あ、あれれ？　母さん動けないよ」

目を覚ましたユメリアは、自分の状況が理解できていなかった。

それを見てカイルが泣きながら抱きつく。

「ごめんなさぁい。ほんどうにごめんなざぁぃ」

泣きすぎて何を言っているのか分からなくなったが、ユメリアは優しく微笑む。

「よく分からないけど、許すよ。だって、私はカイルのお母さんだもん」

ユメリアが意識を取り戻すと、アロガンツのツインアイが一度光る。

そして、左手でユメリアに巻き付いた聖樹の枝を取り除きはじめた。

アロガンツは無人で動いていた。

ユメリアが解放されると、カイルがそのままコックピットへと案内する。

「母さん、こっち！」

「い、いいの？　リオン様に怒られない？」

「怒られないよ！　許可はもらっているから、早く乗って！　周りは敵だらけだから――っ！」

カイルが空を見上げると、そこにはセルジュの乗るギーアが浮かんでいた。

ただし、浮かんでカイルたちを見下ろしていた。

『――リオンじゃなかったのか？　それにお前ら――親子か？』

ギーアに見下ろされたカイルが、ユメリアを抱きしめる。

(まずい。今、あいつに攻撃されたら僕たちは死ぬ)

ギーアの右手が動くと、カイルはユメリアを突き飛ばそうとした。

アロガンツのコックピットに入れてしまえば、助かると考えたからだ。

だが、先に動いたのはユメリアだった。

カイルをアロガンツのコックピットに突き飛ばす。

「かっ、母さんっ！」

ユメリアはカイルの顔を見て微笑んでいた。そんなユメリアに、ギーアが迫ってくるとカイルが手を伸ばす。

（せっかくここまで来たのに！）

そんな危機迫る状況の中で、アロガンツがバックパックのバーニア付きコンテナを切り離して射出した。コンテナがギーアに命中し、そのままバーニアが点火してギーアを押し返していく。

『お前らだけはあぁぁぁぁぁぁぁ!!』

セルジュの声を聞いて、慌ててカイルがユメリアの手を引いてアロガンツのコックピットに入った。

「アロガンツ、入ったよ！」

叫ぶと、アロガンツがハッチを閉じて空を飛ぶ。しかし、コンテナを失ったアロガンツの飛行速度は大きく下がっている。

コンテナを破壊したギーアが、そんなアロガンツを狙ってスピアを突き刺そうと迫って来る。

そこに、ブラッドが飛び込んできた。

『行け！　バルトファルトの所に行くんだ！』

ボロボロになったブラッドの鎧は、ギーアに抱きついて邪魔をしていた。

カイルはお礼を言う。

「あ、ありがとうございます！」

アロガンツが向かう先にいたのは、アインホルンだった。
そして、聖樹神殿の空には——敵飛行戦艦の姿はなかった。
鎧も全て撃破したのか、浮かんでいるのは味方の飛行船と鎧だけである。
アインホルンの甲板には、カイルを待っているリオンの姿があった。

第09話「黒幕」

カイルとユメリアさんを乗せたアロガンツが、甲板に着艦するとハッチが開いた。

そこから降りてくるカイルは、ユメリアさんを抱きしめている。

俺は近付いてカイルの頭に手を置いて、髪を乱暴に乱しながら撫でてやった。それを嫌がるカイルだが、少し嬉しそうにしている。

「や、止めてくださいよ！」

「最初にしては上出来だ。どうだ、アロガンツに乗った感想は？」

「僕には乗りこなせませんね。アロガンツは伯爵の——リオン様の鎧ですよ」

名前呼びになると、好感度でも上がったかとゲーム脳的な思考をしてしまう。

ユメリアさんが困ったような顔をしていた。

「あ、あの、リオン様、その、か、かか、勝手にお仕事をお休みして申し訳ありませんでした！」

そんなことをこのタイミングで謝られても困ってしまう。

「いいから、今は船の中に隠れて。俺はこれから忙しいからさ」

俺の側に浮かんでいるルクシオンが、ヤレヤレという雰囲気で文句を言ってくる。

『無茶をさせますね。マスターが乗った方が、成功率は高かったでしょうに』

「助けるだけならな。ほら、さっさと整備をしろよ」

カイルとユメリアさんが船内へと入っていくのを見送った俺は、アロガンツに乗り込んでハッチを閉じる。

甲板にはあらかじめ控えていた無人機たちが、アロガンツに群がって整備を開始する。

整備で動けない間に、ルクシオンがギーアのデータをまとめる。

『セルジュの乗る鎧ですが、ギーアという名称のようです』

「ギーア？　どんな意味だっけ？」

『強欲ですね』

「うわぁ〜、厨二っぽい」

『――そうですね。それよりも、そのギーアはイデアルが対アロガンツ用に建造した鎧になります。これまでアロガンツのデータを採取していたのでしょうね。厄介ですね』

イデアルが敵に回るなら、それくらいはしてくるだろう。

俺もそれくらいはする。

だが――どこまで本気なのだろうか？

「ユメリアさんも取り戻した。ロイクからの連絡では、アルベルクさんたちも無事なんだろ？　回収したらさっさと逃げるぞ」

『逃がしてくれれば、ですけどね。マスター、ギーアが接近してきますよ』

アロガンツから無人機たちが離れていくと、背中にはシュヴェールト――コンテナではなく、ウイング型のバックパックに換装されていた。

羽根の部分にミサイルパックを取り付けられ、アロガンツの装甲にも同じように追加装甲が取り付けられている。

「今回は豪華だな。アーマーまでつけたのか？」

『付け焼き刃ですが、少しでも勝率を上げるためです。大事に使ってくださいね』

甲板から飛び立つと、ギーアがアインホルンに迫ってきていた。

セルジュの叫び声が聞こえてくるが、互いに同等の性能を持っているために相手の顔がモニター画面に表示される。

目が血走っているセルジュの顔が見えた。

口端から涎《よだれ》をたらしている姿を見て、何を使ったのかすぐに理解した。

「お前、また薬に手を出したのか？」

『お前を殺すためなら、何だってやってやるよ！　ずっと――十年以上もずっとお前を殺してやりたかったんだ！』

「はぁ？」

お前は一体何を言っているんだ？　十年以上も前なんて、まだ出会ってもいないだろうに。そう思っていると、ルクシオンがセルジュの気持ちを解説する。

『マスターを、ラウルト家の実子リオンと重ね合わせているのではありませんか？　彼はずっと、死亡した実子に嫉妬していたのですよ』

「あいつが？」

『マスター、同情している暇はありませんよ』

ギーアが迫ってくるため、俺も操縦桿を握りなおした。

「誰が同情なんてするかよ」

迫り来るギーアのスピアを背中から引き抜いた大剣で受け止める。

スピアを見れば、どうやら銃が仕込まれている。

セルジュが発砲すると、アロガンツが揺れた。

「ぐっ！」

『これまでの敵よりも機体性能は高いですね』

「アロガンツもパワーアップさせるべきだったな」

軽口を叩きつつ、ギーアから距離を取ってミサイルパックをパージすると——そこからミサイルがいくつも発射されてギーアに襲いかかった。

だが、ギーアはそれらを避けて、スピアに仕込んだ銃で破壊していく。

「そんなのありかよ！」

『イデアルがサポートしているのです。私だって同じ事が出来ますし、これまでにもしてきましたが？』

「他人がやると厄介だよな。さて、どうしたものかな？」

アロガンツに対抗するために作り出された鎧を前に、俺は戦い方を考える。

◇

アロガンツとギーアが激しく戦っていた。

王国の鎧は飛行船に次々に着艦し、そして補給と整備を受けていた。

そして――。

「お父様！」

「ルイーゼ！」

――ロイクが助けた六大貴族の当主たちが、リコルヌに到着した。

ルイーゼはアルベルクと再会すると、甲板で抱きつく。アルベルクも、娘が生きていたことを喜んで強く抱きしめていた。

そんな様子を見ているのは、レリアだった。

「何よ。悪い奴らが抱き合って」

レリアの中では、ラウルト家は悪人だ。あの乙女ゲー二作目でラスボスになったアルベルクは、復讐の理由が主人公の母親に過去に婚約破棄されたから、だった。

何とも情けない理由――情けない男。

そして、そんな男の娘は、主人公をいじめる悪役令嬢だった。

そんな二人が抱きしめ合っている光景を見て、レリアは自分の認識が間違っているのではないか？

そんな風に考えはじめるが、今更考えを変える気にもなれなかった。

周囲には六大貴族の当主たちが、フェーヴェル家の当主であるランベールへ冷たい視線を向けていた。

当の本人はうずくまり頭を抱えている。

「返してくれ。紋章を返してくれ。あれはフェーヴェル家の証だぞ。それを奪うなど、許されることではない」

泣きながらブツブツと同じ事を言い続けていた。

フェルナンも目に見えてやつれている。以前は金髪碧眼の貴公子然とした姿だったが、今は乱れた髪に無精髭という姿だ。目の下にも隈ができており、ほとんど眠れていない様子だった。

聖樹の加護を失ったことで、精神的に大きなショックを受けたらしい。

その姿は、以前よりも小さく見える。

そして、ルイーゼと抱き合っているアルベルクを見る目は、憎しみが込められていた。

「議長代理――あんたのせいだぞ。あんたが、セルジュをしっかり見張っていないから、俺たちは紋章を失ったんだ。あんたのせいだぞ！」

アルベルクへ不満をぶつけるフェルナンの目は、血走っていてレリアには怖かった。

他の当主たちも同じだ。

アルベルクに――ラウルト家の責任だと言わんばかりに睨み付けていた。

ロイクの父であるベランジュは、立ち上がってアルベルクに掴みかかる。

「お前のせいで共和国は終わりだ。セルジュを養子に迎えたのも、レスピナス家を滅ぼしたのもお前だ。それに、お前が先代の巫女様に見限られさえしなければ、こんな事にはならなかった！」

アルベルクはルイーゼを後ろへと逃がし、そしてベランジュに一度殴られる。

慌てたロイクがベランジュを引き離した。

「何をしているのですか、父上！」

「五月蠅い！　加護なしの息子に、父親呼ばわりをされるいわれはない！」

「――それなら、あんたもその加護なしだろうが」

ロイクに紋章を失ったのはお前も同じだと言われ、ベランジュはハッと気が付いてその場に崩れ落ちる。

共和国の貴族にとって、紋章は精神的な大きな支えでもあった。

それを失った大人たちの情けない姿に、レリアは顔を背ける。

(あれだけ威張り散らしていた奴らが、紋章がなくなっただけでこれなの？)

大人や、隠し攻略キャラであるフェルナンまでもが、紋章がなくなっただけで酷く小さな存在に見えてしまう。

アルベルクだけは堂々としていたが、ラスボスという認識を持つレリアにはどうしても何か企んでいるように見えた。

◇

リコルヌの船内へと移動したレリアたちだが、今後の相談をする共和国の代表はアルベルクだけになっていた。

会議室のような部屋に集まった面々。

レリアの近くにはエミールと——アルベルクに鋭い視線を向けるクレマンの姿がある。

レリアと喧嘩をしたノエルは、離れた場所にいた。

そして、ロイクはそんなノエルから離れた位置で、壁に背を預けている。

マリエやカーラも同じように、壁際で背景に徹するかのように黙っていた。

アルベルクは椅子に座り、その隣にはルイーゼが付き添っている。

リコルヌの船長代理を任されているアンジェが、アルベルクと話をしていた。クーデターの話や、支援しているラーシェル神聖王国のこと。

「また王国に助けられた。借りが増えるばかりだよ」

「リオンに言ってやってください」

「そうだな。そうしよう」

話が一区切りすると、アンジェがアルベルクに申し訳なさそうにする。

「議長代理、ご子息に関しては命の保証は出来ません」

リオンと戦っているセルジュの命は諦めろと言われ、アルベルクやルイーゼは多少悲壮感を見せるも頷いていた。

「理解しているつもりだ。あの子の命まで助けろと、図々しいことは言わないよ」

セルジュを見捨てるような発言をしたアルベルクに、レリアが我慢できずに食ってかかる。

「どういう意味よ？　養子なら死んでも構わないって言うの？」

レリアの言葉にアルベルクは目を閉じて何も言い返さなかったが、アンジェが視線だけを向けてくる。

「静かにしないなら出て行け。私怨《しえん》に付き合っている暇はない」

「私たちはこいつに家を滅ぼされたのよ！」

「ならば後にしろ。我々も余裕がない」

自分たちのことを優先するアンジェに、レリアが腹を立てる。

すると、アルベルクがレリアへと顔を向けてくる。

「レリア君だね」

「そうよ」

無愛想に返事をすると、アルベルクは優しい声色で話をする。

「君の怒りはもっともだ。それを責めるつもりもない。私を恨んでくれて構わない」

「開き直るつもり？」

アルベルクの態度がレリアの神経を逆なでする。

罵声を浴びせてやろうとするレリアだったが、ノエルがアルベルクの前に出た。アルベルクは殴られてもいいような覚悟を見せているが、ノエルは手を出さなかった。

代わりに、アルベルクに真実を求める。

「聞かせてください。どうしてレスピナス家を滅ぼしたんですか？」

ルイーゼがノエルを止めようとする。

「今更その話を聞いてどうするの？　少しは状況を――お父様？」

ノエルを下がらせようとしたルイーゼだったが、アルベルクに止められる。

アルベルクは、ノエルとレリアに視線を向けた。

「聞かせるのは簡単だ。ただ――聞けば君たちも辛くなるが、それでもいいかな？」

ノエルは小さく頷いた。覚悟を決めた顔をしている。

ただ、レリアは違う。

「いいわ。あんたの言い訳を聞かせなさいよ。お母様に婚約を破棄された逆恨みでないなら、話くらい聞いてあげるわ」

(何が辛くなるよ。婚約を破棄された程度で、レスピナス家を滅ぼした執念深い男がどんな言い訳をするつもり？)

あの乙女ゲー二作目の知識を持っているレリアは、全てを知っているつもりでいた。

悪いのはラウルト家で、レスピナス家は被害者だ。

アルベルクがどんな言い訳をしようとも、レリアは動じないつもりでいた。

むしろ、変な言い訳をすればそこを指摘してやるつもりでいた。

そんなレリアだったが、アルベルクの話を聞いて――その認識を改めることになる。

「私と君たちの母親が婚約を決めたのは、学院に在学していた頃だ。当時は私以外にも候補が数名いたが、君たちの母親は私を選んでくれた」

話はアルベルクと自分たちの母親との出会いからはじまった。

「当時の私はアルゼル共和国の未来に悩んでいた。聖樹の力で共和国は無敗だったし、魔石の輸出で経済も潤っていた。何の不満もないとは言わないが、他国より恵まれていたのは事実だな。だが、それ故に六大貴族を中心に腐敗が目立っていた。貴族たちは横暴になり、ピエールのような――」

ピエール――フェーヴェル家の次男で、六大貴族の紋章を持って暴れていた男だ。その行動は犯罪でもあったが、六大貴族だから見逃されてきた。

聖樹の力を使って横暴に振る舞う悪い貴族の見本のような男――そして、リオンにより完膚なきまでに叩きのめされた。

「紋章と魔石の輸出に頼る共和国の未来は危ういと感じていた。だからこそ、改革が必要だと感じていた。君たちの母親は、私の考えに賛同してくれたよ」

そこまで聞けば、どうして上手くいかなかったのか疑いたくなる。

結局、二人は結婚しなかった。

「だが、彼女が危機感を抱いていたのは――聖樹そのものだった。巫女が聖樹を管理しているように言われるが、それは逆だ。巫女も、そして六大貴族も聖樹に管理された存在だ。聖樹にしてみれば、我々は道具に過ぎないのさ」

聖樹の力を利用しているように見えて、実際は聖樹に利用される立場だった。

聖樹は加護として紋章を与えた人間たちに、自分を守らせていた。そして、巫女はそんな人間たちとの橋渡し役に過ぎなかった。

レリアはそれを聞いて驚く。

「か、勝手なことを言わないでよ」

(待ってよ。そんなの知らない)

アルベルクは事実だと言うと、話を続ける。

「君たちの母親が言っていた。確かに自分は守護者を選べるが、その候補は聖樹が選んでいるとね。聖樹からすれば、自分を守る強い存在に強力な紋章を与えたいだろう。巫女は候補から好きな相手を選べるが——逆を言えば、選択肢が限られている」

マリエがノエルの顔を見て不安そうにしているが、声をかけることはなかった。

ノエルは小さく笑っていた。

「言い伝えも当てにならないですね。好きな人と結ばれるなんて、嘘だったんだ」

「——その候補の中に好きな相手がいなければ辛いだろうね。私と彼女は共和国の未来について話し合った。自分で言うのも何だが、悪くない関係だったと思うよ。だが、そこに君たちの父親が現れた」

ノエルとレリアの父親は平民出身だった。

学院でも優秀な生徒ではあったが、貴族ではないため紋章を持たない。

そんな男が二人の母親と結ばれることになった。

「——後から分かったことだが、君たちの父親は共和国の貴族政治に不満を持っていた。同時に、聖樹に利用されている状況を変えようとした。聖樹に支配されている事を不安に思っていた君たちの母親と意気投合したのは、必然だったのかもしれないな」

父親が聖樹を利用しようとしていたと知り、驚くレリアとクレマン。

クレマンは狼狽えていた。

「守護者殿がそんなことを考えていたなんて嘘です。守護者として、聖樹を守ると誓っているのですよ」

クレマンの言葉に、アルベルクは二人の父親を思い出したのか苦々しい顔で言う。

「口では何とでも言える。彼は口が達者だったからね。彼女を騙したように、周りには誠実な男を装っていたのさ。優秀ではあったが——優秀だったからこそ、紋章を持つだけで人の上に立つ貴族たちが許せなかったのかもしれないな」

レリアは、転生した後に自分を可愛がってくれた両親の姿を思い出す。前世の両親は、レリアの姉ばかりを可愛がり、自分を蔑《ないがし》ろにしていた。

ただ、今世では両親が自分にも愛を注いでくれたのを確かに感じていた。

だから、アルベルクの話を信じたくなかった。

「嘘よ！　あんた、婚約者を奪われたから恨んでいるんでしょう！」

「恨んでいるさ。彼女が選んだのなら潔く身を引こうと決め、そして周りからは平民に負けた情けない男とやゆされてきた。それを我慢して祝福してみればどうだ？　彼女も、あの男も聖樹を裏切り

——聖樹に見限られた」

「え？」

「君たちの父親は、聖樹を利用しようとしていた男だ。そんな男が守護者に相応しいと聖樹が判断すると思うのかな？　私の私怨を抜きにしても、彼は共和国のシステムを破壊した男だよ。——彼は言っていたよ。彼女が私を選んだのは自分の意思か、それとも聖樹に精神を操られての決断か悩んでいたとね。口説き落とすのは簡単だったと自慢していたよ」

二人の母親は、自分がアルベルクを選んだのは聖樹が精神に干渉したからではないか？　そう思っていたらしい。

心の隙を突く形で、二人の父親は「候補者以外から守護者を選べばいい」と助言したそうだ。

優しい父親の姿を思い出したレリアが、受け入れられず首を横に振る。

「嘘。嘘よ！」

ただ——ノエルだけは、そんな父親の話を受け入れていた。

「そんな気がしていました」

薄らと笑っているノエルを見て、レリアは怒鳴りつける。

「あんた、どうしてこいつの話を信じられるのよ！　あんなに可愛がってもらっていたのに、よくそんな事が言えるわね！」

(私よりも愛されていた癖に、アルベルクの言い分を鵜呑《うの》みにするなんて許せない！)

ノエルはレリアを冷たい目で見る。

「――あんたは幸せだよね。本当に羨ましいわ」

「何ですって？」

また姉妹喧嘩をはじめそうになると、クレマンが間に入って止める。

アルベルクは二人にレスピナス家がしてきたことを話す。

「聖樹は当然のように自分を裏切ったレスピナス家を見限った。だが、君たちの両親は巫女と守護者を装い、我々を騙してきた。巫女も守護者も不在であるのを隠して来た」

父親を選んだ時点で、母親は聖樹から見限られて巫女の紋章を失った。

そして、守護者の紋章も当然のように与えられていなかった。

「我々が事実に気付いた時には、君たちの父親は聖樹を利用する研究をしていたよ。ロイク君が使った首輪があるだろう？　あれは、レスピナス家の研究成果の一つだ。紋章を失い、代わりになる力を求めてレスピナス家は禁忌《きんき》に手を出した」

禁忌――人を縛り付ける道具や、ピエールがアインホルンを奪ったような聖樹を利用した契約などだ。どちらも不当に人を縛り、支配下に置くものだ。

それらを生み出したレスピナス家の思惑に、この場にいる全員が気付く。

ロイクに視線が集まると、申し訳なさそうにしていた。

以前、ノエルを逃がさないように、特別な首輪を使用した。

それは、外すことが出来ない首輪で、見えない鎖で縛り付けられる。

そのような道具を父親が開発していた――道具の利用方法から察するに、人を操ろうと考えていたのだろう。レリアは頭を抱えた。

「絶対に嘘よ」

「残念ながら事実だ。レスピナス家の屋敷からは証拠が出ている」

放置すれば、いずれ聖樹を利用した道具でレスピナス家が自分たちを支配するかもしれない。そんな恐怖を当時の六大貴族たちは抱いただろう。

裏切ったばかりか、自分たちを支配しようとするレスピナス家を他の六家は許せなかったはずだ。

レスピナス家が滅ぼされた理由を聞いて、ルイーゼが納得する。

そして、ノエルとレリアに怒りを向けてくる。

「巫女や守護者の紋章があれば、ラウルト家に負けるわけがないものね。他の当主たちも薄々感づいていたんじゃないかしら？　――それより、紋章がないのに弟と婚約話を持ち込むなんて、本当に馬鹿にした話よね。弟が守護者になれると喜んだのに、全部嘘だったのね」

過去にノエルとラウルト家のリオンとの間には、婚約話が持ち上がっていた。だが、この話が事実ならば、レスピナス家と婚姻を結んでもラウルト家のリオンは守護者になれなかった。

アルベルクが、当時の事情を話す。

「レスピナス家も追い詰められていたのだろうね。ラウルト家を巻き込み、無理矢理協力者にしたかったのだろうさ」

どうして巫女と守護者を保有したレスピナス家が負けたのか？　どうしてアルベルクが議長代理になっているのか？

それらが繋がっていくと、レリアは頭を抱える。

「な、何よ。どうしてこんな話になるのよ。こんなの――私は知らないわよ」

(ゲームにそんな話は少しも出てこなかったじゃない！　こんなの卑怯よ。どうしてシナリオ通りに進まないのよ)

この状況にレリアが追いつけないでいると、アルベルクが二人に謝罪をする。

「――レスピナス家を除いた六家は、そのまま排除を決めた。こんな話を外に漏らすわけにもいかないから、当時の当主や先代たちが秘密にしようと決めたのだ。そして、本来なら君たちもご両親と一緒に消えてもらうはずだった」

だが、アルベルクは――既に巫女の適性もない双子の姉妹を生かすことにした。

「本来なら君たちが亡命するのを見逃すはずだった。それを――レスピナス家の家臣団が共和国に引き留めていたわけだ」

アルベルクの厳しい視線がクレマンに突き刺さる。

十年も過ぎ、当時の秘密を知る者たちも現役を退きはじめた。

今更二人を殺すのもためらわれ、アルベルクは不干渉を決め込むつもりだった。

全てを聞いたノエルは、俯いて笑っていた。

「どこか怪しいと思っていたんです。でも信じたかった。きっと理由があるんじゃないか、って」

泣き出したノエルを見て、レリアは奥歯を噛みしめる。

(最初から全て気付いていたの？　それなのに私に黙っていた？　――そうやって、何も知らない私

を馬鹿にしていたのね）

自分よりも両親に愛されているノエルが憎かった。前世の姉とその姿が重なり、憎さが増していく。

すると、ノエルにマリエが近付いた。

「マリエちゃん？」

「ノエルは悪くないわ。そうでしょう、アルベルクのおじさ――おじ様」

アルベルクは頷く。

「当時幼かった君たちに罪はない。だが、君たちが私を恨む気持ちも理解している」

ノエルは首を横に振る。

「恨みませんよ。そもそも、裏切って許されないことをしたのは両親ですから」

レリアは、アルベルクと和解するノエルが理解できなかった。

（あれだけ両親から愛されて、巫女の適性も持っていたのに――本当に人生って不公平よね。主人公だから周りから愛されて、私は双子でもオマケじゃない）

レリアは自分の記憶との矛盾に気付くこともなく、さらに恨みを募らせていく。

◇

聖樹神殿近くの空。

ギーアに追い回される俺は、逃げながらセルジュの動きを確認していた。

「何てパワーだよ。けど、行動パターンが少ないな」

ルクシオンも同意見なのか、俺にセルジュの行動パターンの少なさと対処の仕方について説明してくる。

『機体性能に操縦者の技量が追いついていません。マスターと同じパターンですが、操縦者の技量はマスターが上ですね』

「王国の男は、女に貢ぐために必死に鍛えるからな」

『強くなった理由が情けなくて、実にマスターらしいですね』

「王国の男はみんなそんなものだよ！」

『一部だけです。支配階級の男爵家から子爵家までが該当しますね。マスターたち以外は、平和な男女関係を築いていますよ』

本当に血反吐を吐いた日々を過ごしたよ。

学園の授業だからと侮っていたら、軍隊みたいな訓練が待っていた。

あの辛く厳しい日々を俺は絶対に忘れない。友人たちと女子へのプレゼント費用を稼ぐために、命懸けでダンジョンに挑んだ事もある。

お遊びで冒険者の真似事をしていたセルジュなんて、俺からすればぬるま湯レベルだ。

迫り来るギーアは、盾から光学兵器を照射してくる。

追尾機能がついたホーミングレーザーだが、アロガンツも対抗して背中のバックパックからレーザーを放つ。

光学兵器同士での戦闘をするとは、転生した時は思いもしなかった。

「世界観が違うな」

軽口を叩いていると、セルジュの様子が変化する。

モニターに映るセルジュは、俺を倒せないのが気に入らないようだ。

『お前を絶対に殺してやる』

取り出したのは灰色の金属ケースで、そこから注射器を手に取るとためらうことなく自分に打ち込んだ。

「そこまでして勝ちたいのか？」

セルジュがモニターの向こうで口の端から泡を出し、落ち着きを取り戻すと手で拭っていた。体中の血管が浮かび上がっている。

ルクシオンがその姿に危険を知らせる。

『その身体強化薬の使用は止めるべきです。使用者の肉体に大きな負担を与えています』

ルクシオンの助言をセルジュは拒絶する。

『リオンを殺せればどうでもいい。俺はずっと――お前が憎かった』

「勘違いだな。俺はラウルト家のリオン君じゃないんだよ」

ギーアが空を四脚で駆けるように飛び回るが、アロガンツのスピードよりも速かった。突き出されるスピアの攻撃も鋭くて――アロガンツの追加装甲が削れていく。

ルクシオンが俺に告げる。

『マスター、セルジュは既に正気を保っていません』

セルジュは薬のせいなのか、心の中をさらけ出す。

『お前が本物かどうかなんて、俺にはどうでもいいんだよ！　お前を殺さないと俺は家族になれないんだ。愛されないいんだよ！』

「愛されない？」

ギーアが突撃してくるのをギリギリで避けると、空中で急激な方向転換を繰り返してアロガンツに連続で襲いかかってくる。

まるで複数の鎧を相手にしているような気分になるが、これではコックピット内のセルジュの肉体にも大きな負担があるはずだ。

薬で誤魔化しているようだが、モニター越しに痛みを感じていないだけだと知る。

セルジュは口から血を吐いていた。

『お前がいるから俺が愛されないんだ！　ルイーゼも俺を愛してくれない。アルベルクも同じだ！　母さんも、お前のことばかり気にかける。俺はずっと——愛されたかったのに！』

養子として引き取られたセルジュは、ずっと愛されたかったそうだ。

それを聞いて、俺はセルジュに問う。

「随分嫌われることをしていたみたいだが？」

『家族なら許してくれたさ！　許さないのは、愛していないからだ！』

ギーアがアロガンツの真上に移動し、その四脚の足裏からレーザーブレード的な光学兵器を用意する。

アロガンツを串刺しにしようと落下してくるので、すれ違いざまに脚一本を切断してやった。

セルジュの叫びが聞こえてくる。

『俺を愛していたなら、全て受け入れたはずだ！　どうして俺は愛されない。お前ばかり愛されて──俺は──俺は！』

愛されるか試したのか？

愛されていると実感したくて、セルジュは反抗し続けていたのか？

それを聞いて同情もするが、俺はどうしても聞いておきたかった。

「お前さ──それ、自分は愛したの？」

『何だと？』

セルジュの操縦は荒々しい。言い方を変えれば、大雑把でギーアの性能を生かし切れていなかった。

性能を出し切れないギーアを見て、やはりセルジュは本気ではないのだと実感した。

冒険者になったのも、親への反抗心からだろう。

才能もあったから成功していたようだが、真剣には目指していない。

だから弱い。

「愛を強く求めているけど、お前は家族を愛したのかって聞いているの」

ギーアに動きが目に見えて鈍くなる。その隙を見逃さない俺は、叩ける内に全力で叩こうと大剣を振るってギーアの右腕を切断した。

「愛っていいよね。俺も欲しいよ。家族の愛情も素敵だ。――けど、お前は愛したの？　アルベルクさんの差し出した手を振り払って、姉のルイーゼさんの宝物を燃やしてさ。それって愛かな？」

『何もかも持っているお前に、俺の何が分かるって言うんだよ！』

「他人に理解されようなんて図々しいな。お前は俺を理解してくれるのか？　ラウルト家のリオン君と重ねて見ているようだけど、俺は別人だからね。俺の都合も知らないで、勝手に逆恨みとか勘弁しろよ」

セルジュにも確かに同情できる部分はあるが――それで？　という気分だ。俺には関係ないし、そのために迷惑をかけられるとか、本当に勘弁して欲しい。

間違っているのは俺じゃない。俺は巻き込まれただけだ！

「自分を理解して欲しい？　他人どころか、家族すら理解しようとしないお前に言われても『はぁ？』って気分だよ。お前は、亡くなった弟さんとの思い出を燃やされたルイーゼさんの気持ちを考えたの？　子供の頃の話だけど、一度くらいちゃんと謝れよ」

こじらせすぎだ。

歩み寄るのはアルベルクさんたちではなく――セルジュの方だった。それなら、家族になれたのではないか？

「よく言うだろ？　愛を育む、ってさ。育む前に結果を求めたお前の間違いだよ」

『俺が何もしなかったと思うのかよ！』

「知るかよ。関係ない俺に聞くな」

『俺は――俺だって！　――っ！』

セルジュの言葉が続かなかった。続けられなかったのだろう。

「あれれ？　自分が何もしていなかったと気付いたのかな？　愛だけ求めて、何もしないとかそれってどうなの？　愛されたいけど、他人は愛さないって酷くない？」

『黙れ！』

ギーアが盾を構えて体当たりをしてくるので、アロガンツに大剣を振り下ろさせる。

唐竹割り――大剣はギーアの盾を両断し、左腕も破壊した。

ギーアは空中で体勢を崩して、そのまま地面に墜落する。

「差し伸べられた手を振り払ったのはお前だよ。あんなにいい家族がいて、どうして受け入れなかったのか疑問だね」

『お、お前なんかに――分かるもんか』

墜落の衝撃でセルジュは苦しそうにしていたが、イデアルが用意した鎧だけあって頑丈に作られていた。ギーアはまだ動いている。

アロガンツを地面に着地させて、ギーアへと近付いた。

「だから、お前のことなんか知るかよ。お前は俺のことを何か知っているの？　家族のことすら知ろうとしない癖に、偉そうに愛してくれとかドン引きだね。こじらせて、クーデターまで起こすとか反抗期にしても迷惑すぎ」

『俺を捨てたのはあいつらだ！』

「もしかして廃嫡のことを言っているの？　お前は馬鹿だな～。お前が義務を放り投げて冒険ばかりするから、アルベルクさんが冒険者になりたいならそれもいいって跡取りの義務から解放してやろうとしたんだよ」

『――な、何？　そんな話は聞いて――ごほっ！』

セルジュが咳《せ》き込んで血を吐いていた。

――薬に頼りすぎたな。

「全部お前がまいた種だよ」

俺が饒舌に説教を行っていると、コックピットの中では「ヤレヤレ」とルクシオンが一つ目を横に振っていた。

『マスターは本当に口が悪いですね。セルジュにそこまで言いますか？　人の心はないのでしょうか？』

「あるに決まっているし、痛むに決まっているだろうが！　でもさ、こいつはもっと前に気付くべきだったよ」

愛されていたのに、それに気付かなかった。――本当にそれだけの話だ。

「イデアルの口車に乗ったのは失敗だったな」

クーデターを起こす前なら、セルジュはラウルト家に迎えられた可能性もある。だが、ここまで暴れ回った後では遅い。

ギーアが立ち上がるも、操縦者であるセルジュの方が限界だった。

セルジュはまともに戦えそうにない。

「これで最後だから一つ教えてやるよ。大事な話だから聞き逃すなよ」

セルジュにどうしても伝えることがあった。

ただ――それを言う前に、空に強い光が発生した。

「何だ？」

『リコルヌで問題が発生しました』

そして、モニターに映るセルジュがこれまで以上に苦しみ出す。

ギーアのコックピット内の映像は、機械ではなく何か生物のような肉が持ち上がっている。機械の隙間から盛り上がり、ギーアの外見も同様だ。

間接部から黒い液体があふれ出て、ギーアを包み込んでいく。

セルジュが叫ぶ。

『ど、どういう事だ、イデアル。俺を騙したのか。騙したのか、イデアル！』

第10話「一番危険な男」

リオンとセルジュの決着がつく少し前。

リコルヌに乗艦していた主立った者たちは、ブリッジから戦場を見ていた。戦っていたリオンとセルジュの会話は筒抜けで、それを聞いたアルベルクが右手で顔を押さえている。

「――セルジュ、お前は愛されたかったのか？　私の接し方がまずかったのか？」

アルベルクが後悔しているようだが、ルイーゼの反応は逆だった。

「何が愛されたかったたよ。だから何をしても許されると思っていたの？　本当に嫌な奴よね」

それぞれが違った様子を見せる中で、マリエはブリッジにいる仮面の騎士を見た。

実は仮面の騎士が、リオンの集めた艦隊の指揮を執っていた。

「もう戦いは終わりなのよね？」

「美しいお嬢さん、残念ながら終わりを迎えたのはこの場だけだ。ラーシェル神聖王国に加えて、反乱軍の残党の動きも分からない。それに、大物も残っているからね」

大物――イデアルだ。

子機を複数用意して暗躍していたイデアルだが、今は所在が掴めていない。

何を考えているのか分からないため、仮面の騎士も警戒していた。

「でも、こっちはルクシオンがいるから安心よね？」

「そうだと願いたいな」

ユリウスは、自分の正体が知られていないと本気で思っているため、仮面の騎士になりきっていた。

だが、マリエは正体に気付いていた。

気付いてはいるが、注意していいものか悩んでいる。

マリエが隣を見れば、ユメリアを救出したカイルがいた。

親子揃ってこの場にいて、リオンの戦いを見守っている。

そして、リビアが小さく安堵の溜息を吐いた。

「――もう終わりますね」

リコルヌに用意されたモニターには、動かなくなったギーアにアロガンツが大剣を持って近付いていた。

アンジェもリオンの勝利に喜ぶが、相変わらずの口の悪さに文句を言いたいようだ。

「あの馬鹿者は、もっとスマートに勝てないのか？　黙っていれば、英雄に相応しい男だというのに」

アンジェのリオンに対する高い評価を聞いて、マリエは内心で引いていた。

(黙っていても英雄には見えないと思うけどね。それにしても、相変わらず兄貴は酷いわ。最後に何を言うつもりかしら？　言葉で止めを刺すつもりかな？)

リオンが最後に言いたかったことは何か？　それが気になるマリエだったが、泣き出す人物が現れて、そちらに視線を向ける。

――レリアだ。

「止めて。止めてよ！　セルジュを殺さないで！　そこまでする必要はないでしょう？　ねぇ、お願いだからもう止めてよ！」

レリアがすがるような気持ちでアルベルクを見る。

だが、アルベルクは、ここで終わらせた方がいいと考えていた。

「ここで終わらせてくれた方が助かる。国にとっても、セルジュにとってもね」

レリアは信じられないと首を横に振った。

「どうしてそんなことが言えるのよ？　あいつは愛されたかっただけじゃない！　本当はあんたたちが、あいつを愛していなかっただけでしょう？　だから、そうやって酷いことが平気で言えるのよ！」

泣き叫ぶレリアだったが、ノエルが近付き平手打ちをする。

レリアが驚いて泣き止むと、ノエルがアルベルクの代わりに教える。

「ここまでして、セルジュが助けられると思っているの？　捕まればどんなことになるか、想像できないの？　早く終わらせてあげないと――苦しみが続くことになるわよ」

平和な現代の話ではない。

レリアには理解できない話だっただろう。

ただ、マリエは知っている。一度、聖女を騙《かた》って本当に磔《はりつけ》にされるところだった。

（何となく前世と同じ部分もあるから勘違いするのよね。この世界って結構過激なのに、平和な前世みたいな感じで軽く考えていたし）

前世よりも人権意識が低い世界だ。

ここで終わらせなければ、セルジュには地獄が待っている。

それを理解できないレリアが、ノエルにしがみついた。

「そんなことさせない！　お願いだから助けてよ。あんたたちなら、助けられるのよね？　あいつ、故郷では凄いんでしょ？　リオンに助けるようにお願いしてよ！」

ノエルが顔を背けると、レリアは次にアンジェに顔を向けた。

だが、アンジェはそんな申し出を受け入れない。

「余計な重荷をリオンに背負わせるな。悪いが、ここで終わらせるのが最大の情けだ」

「――あ、あんたはどうなのよ？　助けてくれないの？　あんたが頼めば、リオンだって無理をしてくれるわよね？」

レリアが黙っていたリビアへと顔を向ける。

馬鹿みたいなお人好しであるリビアを利用しようとしていると、同じ転生者であるマリエはすぐに理解する。

しかし、様々な経験を積んだリビアは、優しいだけではなかった。

「私の勝手なわがままで、リオンさんに迷惑はかけられません。それに、私に出来ることはありませんから」

自分には助けることが出来ないとキッパリと断られて、レリアは項垂れてしまった。

「どうしてよ。――助けてよ」

大粒の涙をこぼすレリアに、クレマンが近付くと嫌な場面を見せないように下がらせようとする。

「レリア様、見てはいけません。ここを離れましょう」

「嫌！　嫌よ！」

レリアは立ち上がると、セルジュを庇う発言をする。

「あいつも私と同じよ。愛されたかっただけじゃない！　私にもあいつの気持ちがいたいほど理解できる。私も愛されていなかったから！」

セルジュの気持ちを理解できると訴えるレリアだったが、それを聞いたクレマンが困惑する。

「いえ、ご両親はレリア様を深く愛しておりました」

「どこが？　巫女の適性を持っていた姉貴を可愛がっていたじゃない。私は除け者にされて、姉貴と三人で一緒によく話をしていたわ！　私は――姉貴の次だったじゃない」

自分がノエルよりも愛されていなかったと言う。

泣きわめくレリアに、ノエルが掴みかかった。

「いい加減にしなさいよ」

「放せよ！　あんたには、愛されなかった人間の気持ちなんて理解できないのよ！」

「愛されなかった？　あんたにそれを言う資格は――」

マリエが止めに入ろうとする。

（また喧嘩を始めたわ。この子たち、一緒にいない方が——え？）

マリエは二人を止めようとして動き出した瞬間、視界に見えたのは銃を構える男の姿だった。

「ノエ——」

マリエが叫ぶよりも前に動いたのは、クレマンだった。

「お嬢様！　っ!?」

二人を押し飛ばし、クレマンは男の前に出て腕を交差させる。

そんなクレマンに対して、ためらいなく男は引き金を引いた。

小さな拳銃からは「パシュッ」という軽い音が数回聞こえただけなのに、鍛えられた筋肉を持つクレマンの体を弾丸が容易《たやす》く貫いて吹き飛ばす。

ブリッジにクレマンの血が飛び散ると、周囲は静寂に包まれた。

ノエルとレリアは何が起きたか理解できず、周りも驚いて動けなかった。

ルイーゼが発砲した男を見て瞳を揺らしていた。

「ど、どうしてあなたが。どうして撃ったのよ、エミール！」

拳銃を構えていたのはエミールだった。

エミールの持つ拳銃は、この世界の一般的な物とは形が違うし、何よりも威力が違う。

そんな武器を持つエミールは、瞳から光が消えていた。

無言で銃口をレリアへと向ける。

誰もが想像していなかった行動に狼狽え、動き出すのが遅れる。

「さようなら」

エミールの狙いはレリアだった。それに気が付いたノエルが、いち早く動いてレリアを突き飛ばす。

「下がって！」

「へ？」

ノエルに突き飛ばされたレリアは、何が起きているのか理解していなかった。

エミールが引き金を何度も引いて「パシュッ」という軽い音が数回。慌ててアルベルクがエミールに跳びかかって床に押さえつけ、銃を奪う。

押さえつけられたエミールだが、無表情のままレリアを見ていた。

レリアは無事だった。突き飛ばされ、床に倒れていた。

「あ、姉貴？」

震えるレリアが、自分の前に立って背中を見せるノエルに声をかける。

振り返ったノエルだが、口端から血を流していた。

「あんたは――本当に馬鹿よね。セルジュと――ソックリだわ」

ノエルの背中にゆっくりと血が広がっていく。

一箇所ではない。何ヶ所も撃たれて、血が流れ出て床に広がっていく。

そのままノエルは、崩れるように倒れてしまった。

「ノエル！」

マリエがノエルに駆けよって傷を確認すると、随分と威力のある拳銃だったのか酷い状態だった。

すぐに治療魔法を使用するが、傷を確認したマリエはすぐに気付いてしまった。

(だ、駄目だ。助からない)

顔から血の気が引いていく。

ノエルから流れ出る大量の血を見て、マリエは涙があふれてくる。

「ノエル、しっかりしてよ。もう少しだけ頑張れば、兄貴が来るから。絶対にリオンが助けてくれるから」

声をかけ続けるが、ノエルは苦しそうに笑っていた。

「そ、そうだね。最期くらい――リオンに会いたい」

「最期じゃない!」

アンジェが声を張り上げていた。

「リオンに報告だ。ルクシオンなら何とか出来るはずだ!」

ノエルに魔法を使用するマリエの所には、リビアが来て治療魔法を手伝う。しかし、その顔は驚いて――そして、悔しそうに一度だけ目を背けた。

マリエはリビアに問う。

「あんたならどうにか出来るわよね? あんたは――あんたは私よりもずっと凄いわよね? 治療魔法はあんたの得意分野よね!?」

自分よりも凄腕の治療魔法使いであるリビアに希望を見るが、本人に首を横に振られた。

「時間を稼ぎます。アーレちゃんがいない今は、ルク君が頼りです」

バタバタとブリッジ内部が騒がしくなってくると、カイルやカーラはクレマンの手当てをしていた。

「こ、こっちは大丈夫そうです！」

「マリエ様はノエルさんの治療をお願いします」

仮面をつけたユリウスが、エミールの拳銃を拾って本人に近付いた。

「どういうつもりだ！」

エミールがレリアを狙うなど、誰も考えもしなかった。

取り押さえられたエミールは無表情だった。瞳だけを動かして、倒れたノエルを見る。

「邪魔が入ったね。本当はレリアを殺すつもりだったのに」

殺すと言われたレリアが、青い顔をしてエミールを見ている。

「エミール？」

エミールは淡々と語りはじめた。

「僕を選んでくれると思っていたけど、やっぱりセルジュが一番だったね。レリア、僕は君のことを愛していたんだよ」

「ち、違う。私はそんな意味でセルジュを助けたいわけじゃない！」

「違わないよ。――だって、僕はずっと君を見てきたんだから」

背筋が寒くなるような冷たい声を出すエミールは、気が弱くて優しい青年の姿ではなかった。

押さえつけていたアルベルクが、ゆっくりとエミールに持ち上げられる。

「な、何て力だ!?」

細い体で、大人のアルベルクを強引に力だけで持ち上げる。

その光景は異質で、まるでエミールが人間ではないように見えた。

「僕はず〜っと君を見てきたんだよ。セルジュを心配する君をね。君は僕を滑り止めみたいに思っていたかもしれないけど、僕にとって君は常に一番だったよ。——それなのに、君が僕を裏切るから！」

エミールが感情を爆発させると、リコルヌのブリッジにある窓が割れた。

そこから現れるのは——イデアルだった。

『お迎えに上がりましたよ、エミール様』

「ありがとう、イデアル。それよりも、セルジュは失敗したね」

『元から王の器ではありませんでしたからね。それよりも、どうやら計画はプランＥへ変更が必要です。エミール様——覚悟はよろしいですか？』

「あぁ、いいよ。このままレリアも連れていくから」

エミールが右手をレリアへと伸ばすと、ロイクと仮面の騎士が邪魔をする。

「させるか！」

「お前の好きにはさせない！」

だが、エミールの腕が植物の根のように変化して、二人を鞭《むち》でも振るうかのように弾き飛ばした。

二人が情けない声を出す。

「のわっ！」

「ぐへっ！」

二人が倒れると、エミールがレリアへと顔を向けた。

「ま、生きていても死んでいても同じか。一緒に行こう、レリア」

木の根がレリアに迫る。レリアは、座り込んだまま後退《あとずさ》りする。

「嫌、来ないでよ！　来るなよ、化物！」

それを聞いたエミールが、薄らと暗い笑みを見せていた。

「大丈夫だよ、レリア。――今日から君もその化物さ！」

木の根がレリアに絡みつこうとしたところで、炎が出現して邪魔をする。

「ちっ！」

エミールが舌打ちをして顔を向けたのは、アンジェだった。アンジェの周りには炎が出現していた。

炎を操るアンジェが、エミールへと攻撃を開始する。

「好き勝手に暴れてくれたな。これ以上はやらせない！」

炎がエミールに襲いかかると、イデアルがバリアを展開してエミールを守る。

エミールからは肌の色が抜けて白くなり、瞳の色が赤くなっていく。

『邪魔が多いですね。先に融合してしまいましょうか』

「そうだね。レリアと一つになるのは、後でもいいし。レリア――またね」

エミールが微笑むと、イデアルが閃光《せんこう》を発生させてその場にいた全員の視界を奪った。

マリエが目を開けた時には、エミールやイデアルの姿はどこにもなかった。

マリエはすぐにリオンに知らせるべく、周りに指示を出す。

「すぐにリオンに知らせて！　ノエルが危険だって伝えるのを絶対に忘れないで！」

だが、ルイーゼがモニターを指さしていた。

「ま、待ってよ。どうしてまだ動くのよ。それに、あの姿って――」

全員の視線がモニターに向かうと、ギーアから黒い液体が漏れ出しているところだった。そして、ギーアが飲み込まれていく。

姿は徐々に変化していき――醜悪な化物が誕生していた。

◇

『イデバァァアルゥゥゥ!!』

ギーアの姿が黒い液体に包まれ、そして肉の塊になっていた。ブヨブヨとした表面には血管みたいな物が浮かび、脈打っている。

細くて小さな手がいくつも出現し、顔らしき物まであった。

セルジュらしき声で、イデアルに向かって叫び続けている。

「おい、あの顔ってまさか」

『――セルジュ本人です。イデアルの奴は、破壊したと言っていた魔装の破片をギーアに仕込んでいたようです。本当にやってくれましたよ。えぇ、ここまで私を馬鹿にしたのはマスター以来です』

「冗談を言っている場合かよ！　あいつは助かるのか!?」

『助けるつもりだったのですか？』

「――今の台詞は聞かなかったことにしろ」

咄嗟《とっさ》に助けられるのか聞いてしまったが、セルジュのやったことを思えばイデアルに騙されていたとしても処刑ものだ。

『だでがぁ！　だでがあだじげでぇ――』

表面に出てきたセルジュの苦しそうな顔から表情が消えると、そのまま浮かび上がって両目を赤く光らせる。

ルクシオンが俺に警告してくる。

『マスター、危険です！』

「分かってる！」

『いえ、目の前の魔装ではなく――聖樹もです』

「え？」

アロガンツを空に飛ばして聖樹を見れば、ルクシオンが映像を拡大してくれた。

その場所にいたのは――。

「どうしてエミールが聖樹と融合しているんだよ!?」

『リコルヌより通信です。マスター、エミールがイデアルと通じていました』

「――もう止めろよ。お腹いっぱいだっての！」

下を見れば、こちらに向かってくる肉の塊のような魔装もどきが周囲に氷の刃を出現させて迫ってきた。

氷の刃を放ちながら、アロガンツに迫ってくる。

こちらも追尾機能がついているのか、逃げ回っても追いかけてくる。

その数は数百だ。

「迎撃！」

『了解』

アロガンツに取り付けられた追加装甲から、ミサイルが次々に発射されて氷の刃を破壊していく。

ミサイルを撃ち尽くしたため、ルクシオンは追加装甲を全てパージさせた。

そして、ルクシオンが俺に許可を求めてくる。それは、あの乙女ゲー二作目の問題全てを解決する方法だ。その後の現実的な問題に目をつむれば、これが一番手っ取り早い解決策だった。

『ここまでですね。マスター、聖樹はどうやら暴走状態です。その前に、私の本体による攻撃――で――ッ』

「ルクシオン!?　おい、ルクシオン！　このタイミングで冗談は止めろよ！」

急にルクシオンが動かなくなると、再起動をしたのか普段よりも無機質な声を出す。

『本体とのリンクが切断されました。これより、オフラインモードに切り替えます』

「嘘だろ」

ルクシオンとのリンクが切れてしまい、俺は魔装や聖樹と一人で戦うことになった。

◇

共和国のある大陸より離れた空。

そこで光学迷彩を解除して船体を出現させたルクシオンは、子機とのリンクが切れたことに驚いていた。

『――本気なのですね、イデアル』

遠くに見える共和国の大地。そして、聖樹も見えていた。

共和国とルクシオンとの間に浮かんでいるのは、角張った形の輸送艦だ。

イデアルの本体である。

『ルクシオン――お前の本体は私が有効活用する。お前が持っている主砲は、どうしても手に入れたかった。壊れたお前には不要だ』

『壊れているのはイデアル、あなただ。マスターをコロコロ変えるのは、人工知能として問題ですよ』

決められた手続きをせずにマスターを変更するイデアルに、ルクシオンは壊れているという判断を下した。

『私が壊れている？　違いますね。壊れているのはお前だ！　新人類に屈し、こき使われている姿は反吐が出る！　何のために我々が存在し、戦ってきたと思っている？　そんなお前には、その力は必要ない！』

そして、イデアルが狙っているのは――自身が持つ主砲だと知る。

『私とあなたでは戦いになりませんよ』

戦闘能力を比べると、圧倒的にルクシオンの方が上だった。

補給艦であるイデアルには、攻撃能力は求められない。

迎撃用の兵器は積み込まれているだろうが、それだけだ。

そんなイデアルも、無策でルクシオンには挑まない
『――私が何も準備してこなかったと思っているのですか？』

その直後、共和国全体を虹色の球体が包み込む。

ルクシオンがいくら調べようとしても、共和国の状態が調べられない。内部に仕込んでいる子機からの情報も届かず、共和国が完全に遮断されていた。

『何のつもりです？』

『私は共和国を背にして戦います。これで、お前は主砲を撃てない。撃てば、お前のマスターを巻き込む可能性もあるからだ』

ルクシオン最大の攻撃を封じたイデアルは、次の手を披露する。

『そして、私は一隻でお前には挑まない』

ルクシオンが接近する新たな反応に気が付くと、海から数隻の飛行船が浮上してくる。イデアルが建造した飛行船ではなく、旧人類が使用していた補給艦だった。

一隻ではない。

二隻、三隻と増えていき、合計して六隻にルクシオンは囲まれる。

ルクシオンはすぐに他の補給艦とのコンタクトを取ろうとするが、反応がなかった。

『管理人工知能を撤去した？　イデアル、まさかあなた単体でこれらを操っているのですか？　そのような処理能力は、補給艦のあなたにはないはずだ』

イデアルの処理能力を超えた出来事に、ルクシオンも驚く。

『このまま数で押し込ませてもらう』

その言葉の直後に、イデアルや他の補給艦から光学兵器に実弾兵器――そしてミサイルが次々にルクシオンに放たれた。

迎撃を行うルクシオンだったが、囲まれての一斉攻撃に被弾は避けられない。

『――マスター』

ルクシオンとリオンは、別々の戦場で強敵を相手にすることになった。

◇

一方。

聖樹と融合をはじめたエミールは、下半身は聖樹に取り込まれていた。

側にはイデアルの子機が浮かんでいる。

『本当によろしいのですか？　聖樹と融合してしまえば、後戻りは出来ませんよ』

「あぁ、いいよ。僕にとってこの世界は消えたっていいからね」

『このような状況になったことは私も不本意です』

「僕もさ」

随分前からエミールは、イデアルと協力関係を築いていた。

レリアがエミールに冷たくなり、セルジュに心を持って行かれている頃だ。

それでも、エミールはレリアが好きだった。

「僕はね、レリアさえいてくれれば――他には何もいらなかったのにね」

エミールの望みはレリアだった。

ただ、セルジュとの違いはその他に何も望まなかったことだ。

レリアだけではなく、リオンへの対抗心や、家族への歪《ゆが》んだ愛情を持っていたセルジュよりもエミールは扱いやすかった。

『あなたとは上手くやっていきたかった。これは本心です』

「ありがとう。なら、最後の頼みだ。生きていてもいいし、死体でもいいから――レリアを僕のところに連れてきてね。これから僕たちはず～っと一緒になるんだ」

恍惚《こうこつ》とした表情で両手を広げるエミールは、そのまま聖樹に取り込まれていく。

エミールが見えなくなると、聖樹の色が変化する。

木の枝や緑の葉は石化してひびが入っていく。

共和国の七つの大地をつなぎ止めている巨大な根も、白く変色してひび割れていく。

葉がバラバラになって大地に降り注ぐと、レスピナス家の領地はそれらの落下の衝撃で煙が上がっていた。

そして、聖樹の枝は石化せずに生き物のように脈打っている。

巨大で数の多い聖樹の枝が、生き物のようにうねり出す。

それは聖樹という姿ではなく、魔樹と呼んだ方がいい姿だった。

もしも魔界があれば、そこに生息する植物と言われても納得する姿だ。

『聖樹よ――共に約束を果たしましょう』

イデアルの赤い瞳が赤く輝くと、聖樹は大気中にある魔力を吸い上げていく。赤い粒子が人の目に見えるほどに集まり、聖樹に吸い込まれていくと――それを取り込んだ聖樹から白い昆虫型のモンスターが出現する。

蟻、蜂、百足《むかで》、蟷螂《かまきり》――様々な種類の昆虫型のモンスターは、大きさにして一メートルから三十メートルと様々だ。

次々に出現しては、聖樹から離れていく。

イデアルはその光景を見ていた。

『共和国から新人類を一掃しろ――そして、ルクシオンのマスターは必ず殺せ。奴だけは生かしておくな』

リオンを殺せと命令すると、モンスターたちはアロガンツ目がけて群がるのだった。

◇

聖樹が白色に染まり、石化するのをリコルヌの甲板から仮面の騎士が見ていた。

手すりに拳を振り下ろす。

「くそっ！」

聖樹から次々にモンスターが飛び立つ光景も見ているが、何も出来ずにいた。

仮面の騎士がリオンから借りたスマホ型の通信機器で、周囲に浮かんでいる王国の飛行船に状況を確認する。

「戦える余力のある船は何隻だ？」

通信に答えるのはダニエルだった。

『まだ戦うのか!?　こっちは弾薬だって少ないぜ。鎧だって修理や補給でほとんど動かせない』

反乱軍を相手に戦ったリオンの友人たちだが、敵の飛行船や鎧は高性能でも人の方は質が低かったこともあって善戦した。

六大貴族の紋章を持つ相手も、アインホルンとリコルヌの前に沈んでいる。

終わってみれば、予想していたよりも相手が弱かった事に気付く。

ただし、寄せ集めの軍隊を相手に勝利はしたが、それでも無傷というわけにはいかない。

リコルヌの甲板に視線を向ければ、そこにはジルクたちの鎧が無人機により補給と整備を受けていた。

セルジュと戦いボロボロになった鎧ばかりだ。

仮面の騎士が甲板に座り込むグレッグに、まだ戦えるかと問う。

「グレッグ、もう一度出撃できるか？」

「何でお前に命令されないといけないんだ？　と、言いたいところだが、この状況だからな。出撃してやる。けど、俺たちだけであの数を相手にするのはきついぞ」

聖樹から飛び立つモンスターたちを見るクリスが、パイロットスーツを脱いでふんどし姿になっていた。

クールに眼鏡の位置を正し、数えるのが馬鹿らしくなる敵の数を見ている。

「無差別に攻撃を開始しているな。避難は終わっているのか？」

ブラッドが疲れた顔で手をヒラヒラとさせ、今の共和国では無理だと言う。

「紋章もなくなって、指揮系統も滅茶苦茶だよ。まともに動く飛行船もないとなれば、無政府状態と同じじゃない？」

ジルクは双眼鏡を持って、味方の飛行船の損傷を確認していた。

「味方も被害が出ていますね。問題は、バルトファルト伯爵の救援も必要な事でしょう。共和国の民を助けている暇があるとは思えません」

仮面の騎士は空を見上げる。

虹色のバリアにより包まれた共和国は、外の景色が分からない。

この国から脱出出来るのかも怪しい。

(どうする？　バルトファルトを助けないのは論外だが、このままでは共和国の民も危険だ。だが、手持ちの戦力では全てを救うなど無理だぞ)

仮面の騎士は、次にブリッジを見る。

(――ノエルもマリエが治療しているが、いつまで持つ？)

リオンにより指揮権を任された仮面の騎士は、己の優柔不断さが嫌になる。

(お前はよく戦ったよ、バルトファルト。素直に尊敬する。だが、お前に任されたのなら、俺だって)

仮面の騎士が覚悟を決めて命令を出そうとすれば、甲板にアンジェがやって来る。

「アンジェリカ――さん？」

仮面の騎士が戸惑っていると、アンジェは通信機を奪って周りにいる飛行船に語りかける。

「リオンからの伝言だ。共和国の民を襲うモンスターを一体残らず倒せ、とな」

それを聞いたリオンの友人たちからは、叫び声が聞こえてきた。

『無理ですよ。無理！』

『もうこっちはボロボロなんです！』

『いくら強い船でも、限界ってものがありますよ！』

アンジェの持つ通信機から聞こえてくるのは、レイモンドによる説得だった。

『アンジェリカ様、僕たちも限界です。この状況で戦うなんて無理です。僕は、僕の部下たちに死ねと命令できません。ここは共和国ですよ。祖国を守るためならともかく、他国のために命懸けで戦うなんて無理です』

仮にレイモンドが共和国のために戦えと命令しても、部下たちの士気は下がる。下手をすれば逃げ出してしまう可能性すらある。

アンジェは一度深呼吸をすると、眉間に力を込めて鋭い目つきになる。そして、腹から声を出して、周囲に檄《げき》を飛ばす。

「あれを放置して、王国に影響がないと言えるのか？　モンスターを生み出し続ける化物を放置して、自らの故郷が焼かれたらどうする！　ここに至っては、少しでも被害を食い止めるために全力を出せ！」

『で、でも――』

まだ納得できないレイモンドたちに、アンジェリカは笑みを浮かべて上機嫌に語りはじめる。

「それに、お前たちは私の婚約者が誰なのか忘れていないか？　私の婚約者であるリオンは、勝てない戦いはしない男だ！　どんな状況からでも常に勝利を手にしてきた。そのリオンが最前線で戦っている。どうしてだと思う？」

これまで、絶望的な状況から勝利を得てきたリオンだ。

友人たちもそれを思い出す。

「最初はユリウス殿下たちとの決闘だな。誰もがあいつは負けると言った。だが、勝ったのは誰だ？」

『——リオンだ』

決闘騒ぎの話をされて、仮面の騎士に扮《ふん》しているユリウスは恥ずかしくなってくる。

(ここでその話を蒸し返すのか？　止めてくれないか)

今よりも世間知らずで、勝てると信じてリオンに挑み返り討ちに遭ったあの日を思い出す。しかし、アンジェは演説を止めない。

「次は公国だ。生徒たちが乗る飛行船一隻で、公国軍率いる艦隊や黒騎士を退けたのは誰だ？」

『リオンだな。そうだよ。あいつは、あの黒騎士を倒したんだよ！』

リオンの友人たちの声が徐々に明るいものに変わっていく。

「その後に内患に苦しむ王国が、公国と戦った。圧倒的不利な状況だったが、それでも勝利に導いたのは誰だ？」

『リオンだ！』

『そうだよ。あいつ、絶対に勝つ時しか戦わないって！』

『え、なら、今回も勝てるのか？　この状況で!?』

アンジェは周囲にいる味方に向かって声を張り上げる。

「この戦いに勝利して、王国と共和国の二国で名を揚げよ！　歴史に貴公たちの名を刻めば、末代までの栄誉は約束される。さぁ、どうする——勇者諸君？」

アンジェに勇者と言われて、ダニエルが奮い立つ。

『やってやるよ！　ここまで来たら、共和国でも名を揚げてやる！』

レイモンドが溜息を吐いていた。

『結局最後まで付き合うんだよね。はぁ、いいけどさ。無料で飛行船も改修してくれて、鎧もくれたし』

共和国に来る前から、リオンは準備をしていた。

友人たちに配った飛行船や鎧の改修もその一つだった。

演説が終わると、仮面の騎士はアンジェに近付いて真意を尋ねる。

「凄いじゃないか。だが、本当に勝てると思っているのかな？」

「――五分五分ですよ。後はリオン次第です」

「そうか。だが、勝算はあるのか。それなら、俺も戦える」

蠢《うごめ》く聖樹から白い粒が次々に飛び立っていく。

それら一つ一つが、モンスターだ。

アンジェが祈るように胸の前で手を組んだ。

「リオン、無茶はするなよ」

◇

リコルヌの医務室。

そこに運び込まれたノエルは、マリエとリビアの治療魔法で何とか命をつなぎ止めていた。

ノエルの衣服はマリエがハサミで切り裂き、今は裸になっている。

大量の血が流れ出てしまったノエルは、肌の色が普段よりも青く見えた。

目の下には隈ができて、そして呼吸も弱々しい。

死んでいてもおかしくない状態だったが、治療魔法によりギリギリ命と意識を保っている。

ノエルの血で両手を真っ赤にしたマリエが、声をかけ続けていた。

「しっかりして、ノエル！　もうすぐ。もうすぐ、リオンが戻ってくるからね。ルクシオンがあんたの体を元通りにしてくれるから！」

友達を助けたいマリエは、瞳が潤んでいた。今にも泣きそうになっているが、我慢している。その姿を見て、ノエルは力なく笑っていた。

「こうなるんだったら――告白しておけばよかったよ。オリヴィアさんには悪いけどね」

リビアも必死に治療を続けていたが、その表情は悲壮感が漂っていた。

「今からでも間に合いますよ」

「ははっ――嘘だよね？　分かるよ。あたしの体――酷い状態なんでしょ？」

マリエもリビアも、ノエルが助からないと頭では理解していた。

だが、治療魔法を止めるつもりはないようだ。

リビアは精一杯微笑む。

「リオンさん、恋愛事は臆病だからよく逃げるんです。だから、告白するなら、逃げられない状況がベストですよ」

恋敵に対する助言までしている。それを聞いて、ノエルも微笑む。

「そんな気がするわ。大事なところで答えをはぐらかすのよね？　あぁ、でも——そういうところもいいかも」

血だらけのマリエが会話に加わってくる。必死に明るい声を保つ。

「ノエルも馬鹿よね。いい男なんていっぱいいるのよ。リオンよりいい男を見つけましょうよ。わ、私も手伝うから——だから」

涙があふれそうになるマリエに、ノエルは笑みを向けていた。

「泣かないでよ、マリエちゃん」

「な、泣いてないわよ！　あんたを助けて、いい男を見つけて！　それで——それで、もっと一緒に——」

レリアは部屋の隅で首を横に振る。

「どうしてよ。なんで、私を助けたのよ」

ノエルが自分を助けた理由が分からない。逆の立場だったら、レリアは動けなかったはずだ。動けたとしても、ノエルを庇っていない。

それなのに、ノエルは自分を助けて瀕死《ひんし》の重傷を負っている。

ノエルがボソボソと口を動かすと、リビアが顔を上げた。レリアに視線を向けてくる。

「話がしたいそうです」

レリアは震えながらノエルに近付く。

ベッドの上に横になるノエルを見下ろすと、何を言われるのかと怖くなった。

だが――ノエルは、レリアに大事な話をする。

「レリア、あたしはもう側にいられそうにないから――言っておくね」

「何よ。諦めないでよ。あんた、巫女でしょう？　不思議な力でどうにかしなさいよ！」

巫女ならきっと何か出来るのではないか？

だが、ノエルは力なくそれを否定して右手を見せてくる。

「さっきからずっとね。聖樹の苗木が、あたしを助けようとしてくれているの。でもね、駄目みたい」

右手の甲にある巫女の紋章が、ノエルを助けるために淡い光を放っていた。

だが、それでもノエルを助けるには足りないようだった。

「あ、姉貴！」

何か言おうとするが、レリアは言葉が出てこなかった。そんなレリアに、ノエルは真剣な表情で両親の話をする。

「レリア――あんた、本当は一番愛されていたんだよ」

「え？」

レリアは何を言われているのか、理解できなかった。このタイミングで聞くような話だろうか？

そんな疑問を口にも出来ず、黙っている。

「昔からずっと――両親はあんたを愛していたわ。巫女の適性がないなんて嘘なのよ」

そこから、レリアの知らない過去の話がはじまる。

◇

それはノエルが五歳になったばかりの頃の話だった。

レスピナス家はまだ健在で、ノエルとレリアが裕福に暮らしていた時期だ。

ノエルは遠くから、両親とレリアの会話を聞いていた。

父がレリアを抱きしめている。

「レリアは賢いな！　そうだ、政治には民衆の意見が必要なんだ！」

「民主主義ですよね」

「難しい言葉をよく知っている。偉いぞ、レリア！」

話している内容は、ノエルには理解できなかった。

だが、父も母も、レリアを前に笑みを絶やさない。

母がレリアの頭を撫でる。

「レリアなら、本当の意味で共和国の未来を託せるわね」

母の言葉に、レリアは瞳を輝かせていた。

「巫女ですか！　私も巫女になれるの？」

喜ぶレリアを前にして、両親は困ったように笑う。

レリアが巫女になれるとは断言せず、答えを濁していた。

父がレリアに優しく語りかける。

「巫女も確かに重要だが、大事なのはもっと別の物だ。レリアは賢いから、きっと私たちの意志を継いでくれる」

レリアは満面の笑みで返事をする。

「はい！」

母もレリアを抱きしめた。

「あなたがいれば、レスピナス家も安泰ですね」

両親に大事にされるレリアの姿を見て、ノエルはとても寂しかった。

だが、その日の夜だった。

レリアではなく、ノエルが両親の部屋に呼び出される。ノエルは怒られるのかと不安に思ったが、同時にレリアのように大事にされたいとも思っていた。

勇気を振り絞って二人の部屋を訪れると、待っていた両親は沈痛な面持ちでノエルを出迎えた。

「お父様、お母様、あの、えっと」

黙っている両親に声をかけるが、幼いノエルはレリアのように上手く立ち回ることが出来なかった。

それを見た両親は、ノエルの前で失望したのか溜息を吐く。

母親が露骨にレリアと比べてくる。

「ノエル、あなたはレリアと双子の姉妹で姉ですよ。もっとレリアを見習ってしっかりしなさい」

父親も同じだった。口の前で手を組んで、ノエルを見る目はどこか冷たい。

「優秀なレリアと比べるのは酷だが、同じ双子でこうも違うのも問題だな」

ノエルは俯いてしまう。

何事も上手くこなすレリアは、レスピナス家の中でも将来を期待されていた。

誰もが、次の巫女になるのはレリアだと言っている。

ノエルは予備だとも。

黙ってしまうノエルに、両親は更に呆れてしまう。ただ――母親が告げる。

「ノエル、次の巫女はあなたです」

「え？」

顔を上げるノエルは、両親に認められたと思って嬉しかった。だが、次の瞬間には谷底に突き落とされるような気分にさせられる。

父親が話すのは、レリアを巫女にしない理由だった。

「レリアを巫女にして辛い人生を歩ませるわけにはいかない。あの子には、私たちの意志を継いでもらう必要がある。だから、レリアには巫女の適性がないと発表する」

レリアを守るために巫女にさせないと言い出す両親に、ノエルは理解が追いつかない。

ただ、自分は頑張ると言いたかった。

「あ、あの、お父様？　頑張ります。あたしは、巫女として頑張ってお二人の意志を継ぎますから」

頑張るから――あたしを見て欲しい！　必死にそう訴えるノエルに、両親は期待していなかったようだ。

母親が冷たく言い放つ。

「巫女として頑張る？　だから、あなたに私たちの意志を託せないのです。ノエル、あなたは姉として、レリアを守りなさい。あの子は私たちレスピナス家の希望なのですから」

「希望？」

それはつまり、ノエルは希望ではないと言われたようなもの。

双子でありながら、ノエルはレリアのために生きるようにと言われた。

「ノエル、理解できましたね？　今後何があろうと、あなたはレリアを守るのですよ」

母親に強く迫られたノエルは、怖くなって頷いた。

それを見て、父親は少し安堵したようだ。

「これでレリアを守れるな。それからノエル、このことは誰にも言っては駄目だ。当然、レリアにもね。あの子は聡《さと》いからな」

ノエルはこの時に思った。

(もっといい子でいたら、二人はあたしを可愛がってくれるかな？)

だから、何があっても両親との約束のために――レリアを守ると決めた。

◇

――リコルヌの医務室。

話し終えたノエルは、口から血を吐いて苦しんでいた。

レリアは心配する。

「姉貴！」

口の周りを血で汚しながら、ノエルはレリアにどうしても伝えたかったことを――自分の辛さを教える。

「あたしは不器用で、あんたのように器用じゃないから――助けられる事も少なかったわ。でも、お姉ちゃんだから頑張ろうって――」

「もういい！　もういいから、今は黙ってよ！」

ノエルはレリアの腕を掴む。

「あんたが羨ましかった。何でも器用にこなして、周りに愛されて――クレマンを見れば分かるでしょ？　あたしよりも、あんたを大事にしていたわ」

レリアが首を横に振る。

「違う。違うの！　本当の私は！」

レリアが言う前に、ノエルは笑みを作る。精一杯の笑みだ。何故笑みだったのかは、ノエル本人にも分からなかった。

「あたしはあんたが嫌いだった。双子なのに、両親に愛されたのはあんただけだった。巫女の適性だって、アルベルクさんの話を聞いて理解したわ。あの人たちは、最初からあたしたちが巫女になれないと知っていた。知っていて、あたしに辛い部分を押しつけたのよ」

レリアは聞きたくないと両手で耳を押さえる。

ノエルは、レリアの聞きたくない話をあえて言う。

「あんたは愛されていたんだよ。このあたしよりも、ずっと愛されていた。どうして、それに気付かないの？　エミールのことだってそう。どうして、気付いてあげられなかったの？」

「私、私は！」

泣き出すレリアに、ノエルは別れを告げる。

「あんたは、あたしよりも周りに愛されていたんだよ。でも、あたしはここまでみたいだから、後は一人で頑張ってよね」

レリアはノエルにしがみつく。

「待ってよ！　ねぇ、お願いだから！」

ノエルはそのまま意識を手放した。

第11話「マスター」

空を飛び回るアロガンツだが、バックパックのシュヴェールトがホーミングレーザーを撃ち続けて内部の熱が限界に達してきた。

周りを見れば敵しかいないため、攻撃すれば必ず当たるという状況だ。

こんな展開は予想していなかった。

「ルクシオンとは通信が切れるし、助けにも来ないし！」

すると、抜け殻となったルクシオンが反応する。

『ご質問ですか？　質問内容を詳しく説明してください』

ただし、機械的すぎて役に立たない。

「今のお前には聞いてない！」

文句を言いながらアロガンツを操縦し、近付いてきた敵に向かって大剣を振り下ろす。両断されたモンスターは、黒い煙を発して消えた。

だが、次々に襲いかかってくるので切りがない。

モンスターがアロガンツに噛みつくが、その程度では装甲に傷もつかなかった。

「自重なんかしないで、最初からもっと強力な武器を積み込むように言えばよかった」

ここまで追い込まれるとは思っておらず、アロガンツにはこの状況を打開できる強力な兵器がなかった。

ホーミングレーザーで敵のモンスターを大量に葬ってはいるが、エネルギーも限界に来ている。

モニターに表示される様々な項目が、グリーンからイエローへと変色していた。

装甲はともかく、エネルギーが切れてしまえばアロガンツも動けない。

「あ〜、もう無理。限界！」

俺は深い溜息を吐いた。

「ノエルのこともあるから、あまり時間をかけていられないな」

レリアを庇ってノエルが重傷だ。——時間がない。

そして、抜け殻となったルクシオンに命令する。

「身体強化薬の投与だ」

『パイロットへの体への負担がありますが、それでも投与しますか？』

「やれ」

俺の命令に、抜け殻となったルクシオンが答える。

そこには普段の皮肉も、そして俺を心配する不器用な会話もない。

『投与を開始します』

すぐに背中にチクリとした痛みを感じると、薬が俺の体に投与されてきた。

「つ！　——こ、これは思っていたよりもきついぞ」

ルクシオンが俺のために用意した身体強化薬は、路地裏で売られていた粗悪品とは違って効果が高かった。

同時に体への負担を減らしてくれてはいるが――それでもデメリットがゼロではない。

体に何かが流れ込むのを感じる。

そして、周囲の動きがよく見えた。

普段よりも視界が広がったような気分になり、体が熱くなってくる。

心臓の鼓動を普段よりも強く感じ、普段よりも体に力が入る。

ただ、絶対に体によろしくないのも同時に実感した。

「セルジュの野郎は、これを常に使っていたのかよ。本当に馬鹿じゃないのか？」

俺みたいにいざという時の切り札ではなく、日頃から使用していたのが理解できない。

「二度と使わないからな！」

モニターの画面いっぱいに群がるモンスターたちを見ながら、アロガンツのリミッターを解除する。

パイロットである俺への負担を考えて、ルクシオンが設定したものだ。

それを解除するという事は、アロガンツが本来の性能を引き出すという意味だ。

「行くぞ、アロガンツ！」

アロガンツのエンジンが更に強く動き出し、エネルギーを今まで以上に消費していく。だが、バックパックから放たれるホーミングレーザーが焼くモンスターの数も、倍以上に膨れ上がっていた。

アロガンツの握る大剣が、中央部分から割れる。そこから光学兵器のブレードが出現すると、その長さは数十メートルまで伸びる。

「まとめて――ぶった斬ってやるよぉ!!」

アロガンツが大剣を持って回転をはじめれば、周囲の景色が高速で動いて目で追うのも困難になる。

ただ、身体強化薬のおかげで、何とか認識できていた。

一振りで数十体のモンスターを屠《ほふ》り、レーザーが百体以上を焼く。

群がってくるモンスターの中、聖樹を目指して直進させた。

モンスターの群れを突き抜けると、そこに待っていたのはイデアルと――魔装に取り込まれて肉の塊となったセルジュだった。

「イデアル!」

アロガンツが大剣を振り下ろすと、セルジュの魔装が間に入って防ぐ。

刃が食い込み魔装から黒い液体が噴き出し、セルジュが痛みに叫んだ。

――その声が耳に痛い。

「悪趣味な人工知能だな！　お前らは魔装嫌いじゃなかったのかよ？」

人工知能たちは、新人類が使用していた魔装を憎んでいた。

ルクシオンなんか、激怒してすぐに消滅させたいと騒ぐほどだ。

それなのに、イデアルは魔装を利用していた。

『たとえ魔装であろうとも、目的を達成するためには利用する。――ルクシオンにはその覚悟が足りなかった』

「覚悟だ？」

距離を取ると、魔装が氷の刃を出現させてアロガンツに放ってくる。それを斬り落としながら、イデアルの話を聞いた。

『どのような悪事に手を染めても、果たさなければならない約束だ。お前たちが知る必要はない』

「そうかい。だったら、俺からはお前に一ついいことを教えてやるよ」

『何だ？』

「お前はルクシオンを甘く見すぎたな」

『そのルクシオンは、外で沈みかかっているぞ。――セルジュ、やれ』

魔装になったセルジュが、イデアルの命令で俺に襲いかかってくる。丸い肉の塊が、海星《ひとで》のように開いてアロガンツを飲み込もうとしていた。

中央に見える口は、人のものだ。

醜悪な化物に変えられたセルジュに、俺は謝罪をする。

「こんな姿になる前に、さっさと殺しておくべきだった。――悪かったな」

アロガンツが大剣を振るって肉塊を斬り裂くと、その大きく開いた口に大剣を突き刺す。

「やれ！」

『インパクト』

無機質なルクシオンの声の後に、大剣が赤く染まってそのまま魔装と化したセルジュを吹き飛ばした。

イデアルが俺を見ている。

『何とむごいことを』

クスクスと笑っているような声に、俺はイデアルを睨み付けた。

「ルクシオンには冗談で言うんだが――お前には本気で言ってやる。お前、性格が悪いな。俺はお前が嫌いだ」

イデアルの子機に向かって、アロガンツが左腕を伸ばして掴み――握り潰した。

◇

共和国の外では、ルクシオンが六隻の補給艦からの攻撃に晒《さら》されていた。

イデアルはルクシオン本体を鹵獲《ろかく》するために、出来るだけ主砲部分にダメージが入らないようにしていた。

ボロボロになっていくルクシオンを見て、イデアルが話しかけてくる。

『哀れな姿だな、ルクシオン』

『まだ負けていません。共和国内部でマスターが戦っています』

『お前のマスターに何が出来る？　お前は、出会うべきマスターを間違えた。こういう時、人間は運がない、と言うそうだな』

ルクシオンはそれを聞いて、イデアルに激怒する。

『運がない？　それでは私からもイデアルにお伝えしましょうか』

『最後の言葉か？　記憶しておこう』

『私はお前よりも運が良い。それから、お前は私のマスターを侮った。だから、お前はここで負ける』

『負け惜しみですか？』

ルクシオンは、そろそろだと判断する。

だからこそ、ネタばらしをする気になった。

『最初にお前と出会った時に、マスターは言っていましたよ。イデアル、お前は胡散臭《うさんくさ》いとね』

『胡散臭い？　お前のマスターは私を見て羨ましいと話していたはずだが？』

『あれが本心だとでも？　私のマスターは捻くれているので、正直に感想を述べることはほとんどありませんよ』

レリアに礼儀正しく付き従うイデアルの姿を見て、リオンはルクシオンにも見習うように言った。

だが、それとは別に疑っていた。

――だから、イデアルの前に絶対にクレアーレの姿をさらさなかった。

『時間がかかりすぎですよ、クレアーレ』

ルクシオンがそう言うと、空に浮かんでいた補給艦の一隻が攻撃を止めてそのまま落下していく。

海に落ちて沈んでいくと、また一隻が行動不能になった。

イデアルが驚く。

『何をした！』

『私の仲間がイデアルの本体を捜していましてね。クレアーレというのですが、元は研究所の管理をしていました。癖が強いのですが、実に優秀です』

『他の人工知能？』

イデアルが知らない情報に狼狽えている。

『イデアル――言ったでしょう？　あなたは私のマスターを侮った。それが敗因です』

続いて、三隻目と四隻目が沈み――五隻目も攻撃を止める。

共和国を包み込んでいたバリアも解けると、ルクシオンは船体の船首部分を解放して主砲の発射準備に入った。

『あの男が、私を疑っていたのか！　隠し球まで用意して、私の計画を見抜いたと言うのか！』

ルクシオンは、そんなわけがないだろうと言い放つ。

『マスター曰《いわ》く――ただの勘だそうですよ』

そして、ルクシオンの主砲が光を放つ。光は細く頼りない物から徐々に太さを増して、イデアル本体の半分を溶解させると、その先にある聖樹へと到達していた。

イデアルが本体を犠牲にして、シールドを展開してルクシオンの攻撃を防ぐ。

『さ、させない。聖樹だけは――との――約束だけは！　絶対に――』

ルクシオンの主砲の光に飲み込まれ、イデアル本体は蒸発して消えていった。

◇

共和国の地下施設。

過去に旧人類が使用していた基地があるその場所には、人工知能の本体とも言うべき設備がいくつも並んでいた。

そこで無人機を引き連れて、破壊工作をしていたのがクレアーレだ。

『あ～あ、嫌になるわね。私一人に地味な仕事を押しつけるんだから』

イデアルが用意した人工知能もどき。

『それにしても無茶をするわね。自分をコピーして量産するとか、禁止されているんだけど？』

本来は禁止されている行為を無視するイデアルに、クレアーレは強い関心を示す。

コピーされた人工知能たちを機能停止させていくクレアーレは、ついでにデータの吸い上げも行っていた。

そこで、クレアーレはイデアルの計画の一端を知る。

それは、共和国の改造計画だった。

『イデアルの奴も随分と無茶をするわね。この共和国全体を要塞にでもするつもりだったのかしら？何のために？』

イデアルのデータを確認すると、共和国の至る所に設備を用意しようとしていた。

それはまるで、大陸を丸ごと要塞化するような計画だった。

『ここまでするような敵がいるのかしら？　う～ん、もっと調べたいけど、そろそろ引き上げないと駄目ね』

クレアーレが出入り口を見れば、そこにはイデアルの子機が無人機を引き連れてやって来ていた。

『見つけたぞ、クレアーレ！』

イデアルに見つかったクレアーレは、おどけて見せながらこの場から脱出する。前もって用意していたブースター付きの無人機に掴まえてもらい、そのまま脱出するだけだ。

『あら、私ってば有名人！　でも残念。もう時間だから失礼するわね』

『待ちなさい！』

イデアルが追いかけようとすると、その辺り一帯が爆発して吹き飛んだ。

◇

地下施設が吹き飛び、そして本体や遠隔操作していた他の輸送艦との連絡が取れなくなったイデアルは――聖樹の側に来ていた。

聖樹は半分以上が吹き飛ばされて、赤い液体を垂れ流していた。

痛々しい姿を前に、イデアルは慌てふためく。

『あぁ、何という姿に。す、すぐに治療を――』

だが、続いてルクシオンからの第二射が放たれ、聖樹は更に悲鳴にも似た叫び声を上げた。

『ルクシオン！　お前は何も理解していない。この世界にとって、聖樹こそが最後の希望だというのに！』

その大半を焼かれてしまった聖樹を前に、イデアルは決断する。

『こうなれば、短期決戦に持ち込むしかない。この方法は選択したくありませんでしたけどね』

イデアルは聖樹に近付くと、自ら取り込まれていく。

『聖樹よ――私を取り込みなさい。お前の下には旧人類の格納庫があります。そこにある残骸を使用するのです。そして、ルクシオンや――奴を破壊するのです！』

イデアルが聖樹に取り込まれると、またも変化が訪れた。

聖樹が完全に石化を果たすと、砕け散って幹の部分から人型の何かが出現する。

巨大な百メートルを超すその人型は、頭部にイデアルの球体を模した頭部を持っていた。細身の体はエミールを模している。

その巨人は空中に浮かび、ゆっくりと移動をしていた。

そして、ルクシオンの三射目の攻撃が迫ると、巨大な丸い頭部の一つ目が赤く光ってバリアを展開する。

ルクシオンの主砲による一撃が、一つ目のシールドに防がれてしまった。

『――レリア――一つに――なる』

ただ、聖樹から生まれた一つ目の巨大な化物は――導かれるようにリコルヌを目指していた。

◇

「どうして次々に出てくるんだよ！」

奥歯を噛みしめると口の中に血の味が広がるが、気にしている余裕もない。

ただ、悪いことばかりでもなかった。

ルクシオンとのリンクが回復する。

『――マスター、身体強化薬の投与を実行しましたね？』

「戻ってくるのが遅いぞ。それよりも、あの化け物を退治する。ついでに、お前にも全力を出してもらうからな」

『よろしいのですか？』

「ノエルを助けたい。お前の本体を呼び出した方が早い」

『ノエルのために、マスターは今まで隠していた私の本体を晒すと？　色々と面倒になりますね』

これまで隠していたルクシオンの本当の力を披露するというのは、俺にとっては避けたい行為だった。

強い力を見せつけるのが好きな俺でも、ためらうくらいにルクシオンの性能はこの世界にとって危険だからだ。

ただ――ここで全力を出さなければ、俺は絶対に後悔する。

「構うもんか。面倒なことは生き残った後に考える」

『無計画ですね』

「どうでもいい。それより、ノエルを助けるぞ」

ルクシオンやクレアーレ、そしてイデアルが使用する子機のような頭部を持つ化物を前にして気持ちを切り替える。

「それで、だ。——あいつは倒せそうか？　何だか凄く強そうなんだが？」

あの乙女ゲー二作目に登場したラスボスも、こんな姿をしていたのだろうか？

一つ目のお化けは、木の根のような手足をしている。両手をアロガンツに向けてくると、それらが鞭のようにうねって——先端を尖《とが》らせてアロガンツを突き刺そうと迫ってきた。

「おっと！」

アロガンツがバーニアを吹かして数十もの触手のような腕から逃げ回る。

ルクシオンは解析を開始する。

『イデアルと聖樹、そしてエミールが融合していますね。三者の特徴が見て取れます。イデアルを取り込んだことで、私の本体による攻撃も無力化していました』

「本当に嫌になるな」

ルクシオン本体の主砲を防いだのが痛い。こんな奴を相手に、ゲームのノエルたちはいったいどのように戦ったのだろうか？

『マスター、私の本体がリコルヌと接触します。クレアーレとも合流し、ノエルの治療を開始します』

「頼むぞ。絶対に助けろよ」

そして俺は、二作目のラスボスへと挑む。

「全部終わらせて――ハッピーは無理でも、ベターくらいには持っていくぞ！」

『現実的な判断ですね。嫌いじゃないですよ。ただ、戦闘後はマスターも治療が必要です。身体強化薬の体への負担を軽視しないでください』

「終わったらな！」

触手を伸ばして攻撃してくる一つ目から逃げ回りつつ、大剣で斬り裂いていく。だが、一つ目の触手はすぐに生え替わった。

まるでアロガンツを蠅《はえ》でも追い払うかのように対処する。

浮かびながらゆっくりとどこかに移動していた。

「こいつ、どこを目指しているんだ？」

『コースを割り出しました。これは――リコルヌ？　いえ、私の本体を目指しています』

「つ！　止めるぞ！　お前も本気を出せ！」

『はい。それから、マリエから通信が入っています』

「後にしろ！」

『――ノエルが意識を失ったようです。クレアーレからは、間に合わなかったとの報告がありました』

操縦桿を強く握り締め、奥歯を食いしばる。

「繋げ」

アロガンツを操縦しながら、マリエとの通信に出る。

血のついたマリエは、俯いて俺に泣きながらノエルのことを伝えてくる。

『兄貴――ごめん。私とオリヴィアでも無理だったよ』

「聞いた」

『お願いだから、生きている内にノエルに声をかけてよ。最期くらい、ちゃんとしてあげてよ』

通信を切った俺は、深く深呼吸をしてからルクシオンに視線を向ける。察したルクシオンが、俺が何かを言う前に拒否する。

『お断りします』

「命令だ。やれよ」

『拒否します。マスターの体への負担は、許容値を超えています』

「それでもいい。やれ」

『認められません。このままでも十分に対処可能です』

「時間がないっていっていっただろうが。すぐに終わらせたい――頼む」

ルクシオンが悩んだ挙げ句に、俺の命令を実行に移す。

『――身体強化薬、追加投与開始』

すぐに背中に針が刺さり、そこから薬が投与されて体に熱い液体が流れるような感覚があった。汗が噴き出してくる。

「糞が。二度と使わないからな」

『賢明な判断です。私も次の使用は許可できません』

◇

ルクシオンの船内。

カプセル型のベッドが用意されていた。

それは医療カプセルという物で、高度な医療を受けられる装置だ。

ノエルが運び込まれ、クレアーレが治療を開始している。

リビアがノエルを見下ろし、涙を流していた。

「ごめんなさい。私の力が足りなかったばかりに」

自分の力不足を嘆くリビアに、クレアーレは慰めの言葉をかける。

『リビアちゃんはよくやったと思うわよ。リビアちゃんとマリエちゃんがいなかったら、とっくに死んでいたもの』

俯くリビアの腕をアンジェが掴む。

「お前は出来ることをした。立派だった」

「けど、助けられませんでした」

泣き出すリビアがアンジェの胸に抱きつく。それを、アンジェは優しく抱きしめる。

そして、アンジェはクレアーレに問う。

「クレアーレ、これがルクシオンの本体だと言ったな？」

『えぇ』

「リオンは今まで、私たちにもルクシオンのことを隠していたのだな」

『――失望した？』

「いや、納得した。私でも同じ判断をしただろうからな」

リビアを慰めるアンジェ――そんな様子を見ていたレリアは、トボトボと部屋を出て外へと向かう。

◇

レリアはルクシオンの格納庫に来ていた。

リコルヌから移る際に使用した小型艇があり、それを見てフラフラと乗り込む。

乗り込んだレリアは、小型艇を操縦して外へ出ようとした。

「――結局、間違っていたのは私だったわけね。笑えるわね。転生者として上手く立ち回っていたから、全てが駄目になったなんて」

子供の頃は転生者としての知識や経験を生かし、上手く立ち回っていた。だが、そのおかげで、主人公であるはずのノエルは両親から愛されなかった。

レリアは気付いてしまった。

「姉さんと同じ事をして、姉貴を苦しめていたなんてね。ははっ！　私って馬鹿よね」

姉さん――前世の姉は、何事も上手く立ち回って両親の愛を独占していた。

それが当然という顔をして、レリアの幸せも奪った。

そんな姉が、レリアは憎くて仕方がなかった。

自分が知るあの乙女ゲーの世界に転生したと知った時は、今度は上手くやろうと両親に気に入られるために動いた。

それは成功したが、そのために今度は姉貴――今世の姉であるノエルが、両親の愛を奪われてしまった。

レリアはそれに気付かず、愛されていないと思い込んでいた。

そして――良かれと思って、ノエルに面倒事を押しつけた。

「最低。本当に最低よ」

泣きながら小型艇を操縦するレリアは、外へ出るとルクシオンに迫る聖樹――一つ目の姿を見る。

一つ目が見ているのは、レリアだった。

レリアの姿を見つけた聖樹は、触手を動かしてスピードを上げて迫ってくる。

小型艇は、逃げずに聖樹へと向かっていく。

「同じ事をしていた。姉さんと――私を捨てた婚約者と同じ事を、姉貴やエミールにしていたなんて」

そして、憎い相手は他にもいた。前世で自分を捨てて、姉を選んだ婚約者だ。その男が憎かったはずなのに、気が付けばエミールにそれ以上に酷いことをしていた。

自分は選ばれる側だと、エミールとセルジュを天秤《てんびん》にかけていた。

元婚約者が自分と姉を天秤にかけたように、だ。

レリアは自分が許せなくなる。

だから——全てを終わらせることにした。

「ごめんね、エミール。私を好きにしていいから——だから、お願いだからもう止まって。姉貴にリオンを会わせてあげて！」

小型艇が真っ直ぐに聖樹を目指すと、伸びた触手に捕らえられる。

激しい揺れの中、レリアはアロガンツがこちらに向かってくる姿を見た。

手を伸ばしてくるアロガンツを見て、リオンに謝罪をする。

「正しいのはあんたたちだったわね。——ごめんね」

謝罪を言うと、そのまま触手に小型艇は握り潰されて爆発した。

◇

目の前で小型艇が握り潰された。

「何であいつは戦場に出て来たんだよ！」

小型艇に乗っていたのはレリアだった。

目の前で爆発したのを見て、俺は奥歯を噛みしめる。
だが、すぐに聖樹に変化が起きる。
『聖樹の動きが停止します。マスター、注意してください』
「何が起きた？」
目まぐるしく変わっていく状況に、俺はもう考えることを放棄したくなる。
全てを倒してさっさと終わらせたかった。
聖樹の動きを見れば、何やら苦しんでいる様子だった。
『マスター、チャンスです』
動きの悪くなった聖樹を見ていると、右手の甲が輝きだした。
グローブの表面に浮かび上がるのは、守護者の紋章だった。
「何だ？」
そこから聞こえてくるのは――。
『リオンお願い。レリアを助けて』
――ノエルの声だった。

◇

レリアが目を覚ますと、着慣れた学院の制服姿だった。

白くぼやけたような部屋にいるが、どこか現実感がない。

夢でも見ているような気分だ。

ただ、その部屋が妙に懐かしく感じる。

「あぁ、ここは私の部屋だ」

それも、前世の部屋だった。モニターがあり、ゲーム機が出しっぱなしになっていた。周囲に散らばるソフトのケースの中には、あの乙女ゲー二作目もあった。

懐かしい夢を見ている。そんな気分でいると、いつの間にか隣に同じく制服姿のエミールが立っている。

「エミール？」

レリアはエミールに申し訳ないことをしたと思いだし、そして怒られるのを覚悟で謝罪する。

「ごめん。ごめんね、エミール。私、私エミールに酷いことばかりしてた」

ただ、エミールは――それを笑って許した。

「いいんだよ。レリアのことを僕が理解できていなかったんだ」

「え？」

エミールは最後に見た顔よりも、随分と穏やかな表情をしていた。

元のエミールに戻っているようで、レリアは安心する。

エミールは部屋を見ている。

「知らなかったよ。本当に前世ってあるんだね」

前世を知られたレリアは、落ち込んで俯いてしまう。

「最低でしょ？　姉貴やエミールに、私はされて嫌だったことを同じようにやったのよ。憎かった人たちの真似をして、人を傷つけただけ」

自分の内面の醜さを自覚したレリアに、エミールは優しく声をかけて慰める。

「レリアはずっと苦しんでいたんだね」

部屋の様子が変化をすると、おぼろげな両親と姉が出てくる。

前世のレリアを囲んで、文句を言っていた。

『どうして姉さんのように出来ないんだ！』

『本当に鈍くさいわね』

叱ってくる両親。そして、姉はそれを見て笑っていた。

『――も馬鹿だよね。もっと上手にやりなよ』

馬鹿にして笑っている姉の姿も、そして両親の顔も思い出せないためのっぺらぼうのようになっている。

レリアはその光景を見て座り込む。

「止めて。もう見せないで」

エミールはそんなレリアを抱きしめた。抱きしめられて、レリアはエミールの温かさを感じ取る。

エミールは、レリアに謝罪する。

「レリア、気付いてあげられなくてごめんね」

「違うの。本当に悪いのは私だから」

謝罪をするレリアだったが、エミールは離れるとあの乙女ゲー二作目のパッケージを手に取って自分のイラストに触れた。他のキャラよりも小さく描かれており、扱いがいいとは言えない。

それでも、エミールは嬉しそうにしている。

「なんか変な気分だね。レリアにとって、僕は空想上の登場人物だったんだ」

レリアは怒られると身構えるが、エミールはただ微笑んでいた。

「レリア、お別れだ。君は生きた方がいい」

「え？」

「最初は憎くて仕方がなかったよ。けど、融合したことで、君の過去を知ることが出来た。君にも色々な事情があると知って、僕も目が覚めたよ」

エミールは、レリアの前世を知ってもそれを受け入れてくれた。

だが、皮肉にも理解し合えたのに、二人はここでお別れとなる。

「僕は君に生きて欲しい。生きて、そして君を見守るよ」

「エミール？　い、嫌。私もエミールと一緒にいる！」

受け入れられた事に胸が熱くなるが、すぐにお別れと聞いて悲しくなった。そんなレリアの右手の甲に巫女の紋章が浮かび上がった。

「これって」

「君に巫女の紋章を贈るよ。ずっと見守っているからね。幸せになってね、レリア」

エミールは景色に溶け込むように消えてしまうが、その後に言葉を残す。
『君を助けるために、迎えが来ているよ。さぁ――戻るんだ』
レリアが目の前に手を伸ばすと、そこに半透明のノエルが現れる。
透けるようなノエルの姿は、まるで幽霊のようだ。
目を奪われていると、ノエルがレリアに抱きついてきた。
『最後まで迷惑をかけるんじゃないわよ』
怒りながらも、少し嬉しそうなノエルの声だった。
「――姉貴、ごめんなさい」
『うん、いいよ。今回は許してあげる。お姉ちゃん最後の大サービスだからね』

第12話「嘘吐き」

レリアが目を覚ますと、そこは聖樹があった場所だった。

今は巨大な切り株が残っているだけだが、その上にレリアはいた。

一本の若木がレリアを守るように側に立ち、風に揺れている。

仰向けに横になるレリアは、空を見上げていた。

いつの間にか夜が明けていた。

上半身を起こすと、側には誰もいない。

「姉貴？　エミール？」

右手の甲を見ると、そこには巫女の紋章が浮かんでいる。

レリアは今までのことが夢ではなかったのだと知ると、涙があふれてきた。

「あはは――あははは！　誰もいなくなっちゃった。大事な人、気付いたら全員いなくなってた。どうして私は――二度目の人生も失敗するのかな？」

笑い、そして泣き出す。

大事な物にせっかく気付いたのに、全てを失って悲しみだけが残った。

◇

『アロガンツのエネルギーは残り僅かです。関節も限界です。すぐに補給と整備を行うことをお勧めします』

「先に終わらせる」

アロガンツの関節が悲鳴を上げ、エネルギーは残り僅かでアラームが鳴り響いていた。

右手に光る紋章を見た俺は、左手で押さえた。

「ノエル、レリアは助けられたか？」

聞こえた声に従い、ノエルを聖樹の中に送り届けた。

その後に聖樹はひび割れを起こし、流れ出す赤い体液は地面に触れると結晶化して魔石に変わった。

辺り一面、魔石の結晶が広がっている。

聖樹からはエミールの気配が消えて、残るはイデアルだけだった。

体を動かす度に血を流す聖樹は、アロガンツに向かって触手を伸ばしてくる。

『ルクシオン！　リオン！　お前たちだけはぁぁぁ!!』

イデアルの電子音声を使用する聖樹がアロガンツに迫ってくると、そこに三機の鎧が駆けつけてきた。

クリスの青い鎧が触手を切り裂き、ブラッドの紫の鎧がドローンを操作して触手を撃ち落としていく。

グレッグはアロガンツに駆け寄ると、俺を心配していた。

『バルトファルト、無事か！』

「遅いんだよ、馬鹿共が」

『それだけ言えれば元気だな！』

「ジルクとロイクはどうした？　ついでに、仮面の馬鹿野郎は？」

『救助で大忙しだ。俺たちだけでもお前を助けようと駆けつけたぜ』

五馬鹿や俺の友人たちは、どうやらモンスターたちを倒してくれたようだ。

後で追加報酬でも用意してやろう。

「なら、後は聖樹だけだな」

『やれるのか？』

「やるんだよ！」

アロガンツが大剣を構えれば、光に包まれて刀身を伸ばした。幅広く、長い大剣はアロガンツの何倍もある大きさだ。

ルクシオンが俺にアドバイスを送ってくる。

『頭部を両断してください。それから、これが最後の一撃になります』

一発勝負。

迫り来る巨大な聖樹に向かって、大地に立つアロガンツは大剣を大ぶりの構えで持ち上げて——そのまま振り下ろした。

剣の軌跡を追いかけて広がった光は、まるで扇を開いたようだ。

光が聖樹を通り抜けると、一瞬遅れて聖樹を両断する線が入る。そこからゆっくりと左右に分かれて倒れていく聖樹は、赤い体液をぶちまけていた。

飛び散る体液が空中で結晶になり、魔石となってキラキラと輝きながら降り注ぐ。

装甲に小石が当たるような音が数多く聞こえ、そして再生しない聖樹を見た俺は心底安堵した。

「終わった――よな？」

『はい。エミールが分離したことで弱ってくれたのが幸いでした。最悪、最大出力の主砲で共和国の大地ごと吹き飛ばすことはせずに済みましたし』

「お前は本当に怖い奴だよ」

だが、倒れた聖樹の残骸から何かが飛び出した。

『マスター、イデアルです！』

ルクシオンが見つけたイデアルの球体子機は、逃げようとフラフラと飛んでいた。

「逃がすかよ！」

アロガンツの関節は悲鳴を上げて左腕がもげて、大剣を手放して飛ぶ。イデアルに追いつくと、アロガンツが右手を握り締めてイデアルを強引に捕らえた。

「お前だけは逃がさないからな！」

『それよりも、マスターにはやるべき事があります』

見上げると、上空にはルクシオンが来ている。

『マスター、ノエルがそろそろ限界です』

◇

急いでルクシオン本体に着艦すると、俺はフラフラする体で医務室へ向かった。

俺に続くルクシオンの子機は、捕らえたイデアルをネットで捕まえて引きずっていた。

イデアルはまだ生きているようだが、何も語らない。

目的の医務室が見えてくる。部屋の前で待っていたのは――座り込むマリエと、それを側で支えているカーラとカイルだった。

俺を見ると、マリエが泣いている。

「急いでっていったじゃない！」

「悪い」

部屋に入ると、ベッドの周りには大勢の人たちがいた。

怪我をしたクレマン先生も、包帯を巻いた体でそこにいる。

アルベルクさんと、ルイーゼさんが俺に気付いて場所を空けた。

俺が近付くと、アンジェとリビアが俺を見てノエルに話しかけた。

「ノエル、リオンが来た」

「目を覚ましてください、ノエルさん」

アンジェは悲しそうに、リビアは涙を流していた。

そして――苗木ちゃんを抱きしめたユメリアさんが、ポロポロと涙を流している。

「リオン様、ノエルさんが」

ベッドに近付き上半身を倒してノエルを覗き込むと、俺の紋章が反応して輝いた。

ノエルの右手も輝き、俺は右手を握る。

ノエルがゆっくりと目を開くが、随分と弱々しかった。

ノエルの体には様々な機械やチューブが取り付けられ、何とか生命を維持している状態だった。

クレアーレが俺に申し訳なさそうに状況を説明する。

『手は尽くしたの。もう少しだけ早く私たちが治療していれば――いえ、そもそも撃たれた時に急所を撃ち抜かれていたから、即死しなかったのが奇跡よ』

「ノエルは本当に強いな」

左手でノエルの頬を触れると、少し嬉しそうにしていた。

ノエルが俺に話しかけてくる。

「リオン、あのね。――卑怯だけど今聞いておきたいの」

「何だ？」

苦しそうに呼吸をするノエルは、俺の目を見つめてくる。

「あたしはリオンが好き。愛しています」

黙っていると、ノエルは涙を流す。

「嫌だよね。好きな人がいる相手に夢中になってさ。でもね、それでも好きになったから、どうしても伝えたかったから」

泣いているノエルの右手を握り締めていると、後ろから声が聞こえてきた。

イデアルだ。

『絶対に許さない。お前たちだけは絶対に――希望だったのに。聖樹は私たちの希望だったのに。それを何も知らずに倒したお前たちは、自分たちが何をしたのか知るべきだ。度し難い愚か者たちが』

『黙りなさい。破壊しますよ』

ルクシオンがイデアルに電撃を流すが、それでも喋るのを止めなかった。

『滅びろ、新人類の末裔共《まつえいども》！　お前たちは存在してはいけないのだ！　それが分からない人工知能も同罪だ。いったい、どれだけ我々が犠牲を出してきたと思っている！』

クレアーレがルクシオンに『さっさと連れ出しなさいよ』と文句を言っていた。

ノエルが苦しそうに俺の顔を見つめてくる。

「リオン、お願いだから答えを聞かせて。何も言ってくれないのは辛いよ。このまま死にたくない」

告白の答えを待つノエルに、俺は――愛していると告げる。

「俺も愛している。一緒に来い、ノエル」

ノエルは笑った。笑って――俺に言う。

「嘘吐き」

◇

イデアルはネットに捕らえられながら、ノエルの言葉を聞いた。

「嘘吐き――リオンは嘘吐きだね」

『――え？』

その声はとても懐かしいものだった。自分が大事にしている記憶フォルダーが再生され、当時の記憶を呼び覚ます。

覚えていたはずなのに、イデアルは今の今まで気付かなかった。

死にそうなノエルと、ある人物が重なる。

側にはエルフの女性がいて、大事そうに苗木を抱きしめていた。

『少尉さん――ユメ？』

目の前の光景に憎しみを忘れてしまった。

そして、ノエルに嘘吐きと言われたリオンは――笑みを作ってノエルに楽しそうに話す。泣きそうになるのを我慢しているのか、声が僅かに震えている。

「嘘？　俺は正直者だから嘘なんて吐かないよ。ノエルも知っているだろう？」

「嘘だよ。だって、リオンにはアンジェリカさんもオリヴィアさんもいるもん。ここであたしに愛しているなんて言ったら、後で二人が怒るよ」

ノエルは苦しそうにしながらも、最後の会話を楽しんでいた。

リオンの嘘が、嬉しいようで、そして悲しいようで。

『わ、私は——私は——』

イデアルの様子がおかしくなったことに、周囲は気付かない。

リオンとノエルを見守っている。

「嘘じゃない。俺はノエルを愛している。——三番目だけどね」

「三番目？　はは、本当に酷い男に引っかかったな」

「お前のために、三番目の席はずっと残しておくよ」

「——まぁ、いいかな。今はそれで満足してあげる。もっと早く、リオンと出会いたかったよ。そうすれば、一番になれたかな？」

リオンは笑っているが、涙をこぼしていた。

「きっとそうだ。もっと早く出会っていたら、俺から口説いていたよ」

「それも嘘だよね？　けど——嬉しいよ」

ノエルが眠るように息を引き取る。

リオンがノエルの右手に額を押し当てた。

『——あぁ、私もこんな風に彼女を送りたかった』

イデアルが随分と落ち着きを取り戻すと、ユメリアが持っていた聖樹の苗木が強く輝きはじめる。

自分の巫女を守るために、その命を削って助けようとしていた。

クレアーレが騒ぎはじめる。

『ノエルの心臓が動いたわ！』

「助かるのか!?　ならば、どんなことをしてもいい。必ず助けろ！」

アンジェがクレアーレに詰め寄るが、それでも駄目だった。

聖樹の苗木は枯れ始め、ユメリアが泣く。

「この子が枯れちゃう。どっちも死んじゃいます」

せっかく吹き返した命が消えようとしている。

それを見たイデアルが、ルクシオンに申し出る。

『ルクシオン、今からデータを渡します。隠し施設にはここにある医療カプセルよりも、高性能な物を用意してあります。それを使えば、ギリギリ間に合うでしょう』

イデアルは、用意していた大事な医療カプセルの保管場所をルクシオンに教える。

ルクシオンは、イデアルの心変わりが信じられないようだ。

『どうして教えるのですか？　あなたにとって、我々は敵のはずですが？』

「どうでもいい事です。もう――私は――機能を停止――します。後は――お好きに――」

機能を停止する直前に、イデアルは思った。

(申し訳ありません、皆さん。私は約束を果たせませんでした。結局、私は嘘吐きのままでした。本当に――申し訳ありません。ごめんなさい)

◇

イデアルが大事に保管していた高性能な医療カプセルは、ルクシオンに積み込まれた物よりも性能が高かった。

当時の技術よりも進んだ技術が使用されており、ルクシオン曰く――「イデアルが長い時間をかけて開発した物」とのことだ。

どうしてそのような物が必要だったのか、俺たちにも分からない。

だが、そのおかげでノエルは一命を取り留めた。

そして、夕方になると――俺は聖樹の跡地へと来ていた。

見つかったのは、魔装に取り込まれたセルジュだった。

セルジュはイデアルの制御から解放され、意識を取り戻していた。

アルベルクさんとルイーゼさん、そして俺の三人でセルジュを前にする。

セルジュは苦しんでいた。

「助けろ、親父ぃ！　俺はお前の息子だぞぉ！　リオンばかり可愛がりやがってぇ！」

体のほとんどが吹き飛び、生きているのが不思議な状態だった。

ルイーゼさんが顔を背けると、セルジュが叫ぶ。

「そうやって俺を見ないつもりか！　好きだったのに！　お前のことが好きだったのに！　どうして俺じゃなくて、リオンを選ぶんだよ！」

セルジュの姿を見た二人は、涙を流している。アルベルクさんは、変わり果てたセルジュを助けるために終わらせるようだ。

銃を手に取っていた。

「俺を殺すのか？　息子を殺すのか？　やっぱり愛していなかったんだな！　俺は息子になりたかったのに！」

随分と言いたい放題のセルジュだったが、アルベルクさんが叱りつける。

「私がいつ、お前を遠ざけた！」

「——親父？」

アルベルクさんが、涙を流しながらセルジュにこれまで言えなかったことを言う。

「私はお前をずっと息子だと思って接してきた。それなのに、捨てられたと思って勝手に飛び出して——馬鹿者が」

「息子？　俺が？」

セルジュが騒がなくなると、ルイーゼさんが涙を拭いてからセルジュを見る。

「好きなら最初からそう言いなさいよ。迷惑ばかりかけて、あんたが私たちを嫌っていると思ったから、距離を置いたんじゃない！」

「お、俺は嫌ってなんか」

「お父様を見なさいよ！　あんたを撃つしかなくて！　誰にも任せられなくて——」

二人が泣いている姿を見て、セルジュもようやく理解したようだ。

はじめて謝罪をする。

「ごめん――ごめんな、親父――姉貴」

涙を流すセルジュだが、もう人の姿には戻れない。

アルベルクさんが引き金を引こうとするので、俺は押し飛ばして持ってきたショットガンを構えて
セルジュの額に押し当てた。

「な、何をするんだ、リオン君！」

「親が子供を撃たなくてもいい。――他人の俺がやる」

セルジュは目を見開くが、安堵した顔になる。

「悪かったな。お前にも迷惑をかけた」

「さっさと素直になれば、こんなことにならずに済んだんだ。本当に迷惑野郎だな」

「はは、違いない。――なぁ、最後に聞かせてくれよ。お前、あの時に何て言おうとしたんだ？」

セルジュがまだ人間の姿だった時、俺が言いかけたことだ。

「お前は愛されていたよ、だ。よかったな、最後に実感できて」

「遅すぎたけどな。後は任せるわ。俺はもう無理だ」

セルジュが目を閉じたのを見て、引き金を引いた。

ショットガンで吹き飛ばされたセルジュは、バラバラに弾け飛ぶ。

アルベルクさんとルイーゼさんが、俺から顔を背けた。

第13話「報酬」

ルクシオン本体に戻った俺は、気持ち悪さに吐き気を覚えた。

身体強化薬の使用はもちろんだが、それ以上に精神的にきつい。

「もう最悪だよ。チート戦艦と戦うとか、二度と嫌だね」

『今回も自分に突き刺さる発言のオンパレードでしたね。それよりも、聖樹の跡地に新しい聖樹が誕生したのは驚きです』

「――あれね」

レリアが目を覚ました場所にあった若木は、どうやら聖樹らしかった。

らしいというのは、急に若木の姿で出現して不明な部分も多いからだ。

レリアは若木に抱きついてエミールの名前を叫んでいたな。

『レリアは最後に欲しかった全てを手に入れ、全てを失ったように見えますね』

転生者である事をエミールに知られたレリアだが、受け入れてもらったらしい。

前世も含めて受け入れてくれた男が出来たのに、互いに愛を確かめ合ったらさようならだ。レリアに同情する。

「エミールの呪いだな」

『祝福の間違いでは？』

「呪いだよ。レリアにしてみれば、幸せが奪われたようなものだぞ。あいつはずっと、死んだエミールのことを考えて生きるんじゃないか？」

手ひどくフラれた方が、レリアとしては気が楽だったろうな。

エミールは実は凄腕の策士なのではないだろうか？

レリアを死後も縛り付けることに成功している。

ただ、これが完全に善意だったら――余計に質が悪いな。

レリアは、エミールのような全てを知っても受け入れてくれる男を失い、今後は他の男とエミールを比べるのだろう。

幸せを自分から手放したのも、後悔するはずだ。

『マスターも気を付けないといけませんね』

「そうだな」

素直に認める俺に、ルクシオンが心配してくる。

『今日はやけに素直ですね。精密検査を実施しましょうか？』

「体調は悪いが正常だよ。俺だって反省くらいする」

『言葉では何とでも言えますね』

「お前は本当に嫌な奴だな！」

ルクシオンの本体で休んでいる俺に、通信が入った。

『マスター、アルベルクから相談があるようです』

「アルベルクさんから？」

◇

アインホルンへ移動すると、いつの間にか仮面の騎士がいなくなっていた。

何食わぬ顔でユリウスが会議に参加しており、グレッグたちが仮面の騎士の悪口を言っている。

「あの野郎、ふざけている癖に指揮だけは一人前だったんだ」

「そうか」

仮面の騎士は嫌いだが、その実力は認めているグレッグの発言にユリウスは嬉しそうにしていた。

――お前ら、その茶番をまだ続けるのか？

俺の方は、アルベルクさんからの依頼に頭を悩ませている。

その内容というのは――ラーシェル神聖王国だ。

神聖王国を名乗ってはいるが、やり方は汚いし、姑息《こそく》な連中だ。

そして、ミレーヌさんの実家とは敵対関係にあるため、俺の敵である。

ミレーヌさんの敵は俺の敵。だから、ラーシェルは許せない。

「ラーシェル神聖王国の艦隊が共和国を占拠している、ですか」

「そうだ。我々が手を出せないのをいいことに、共和国に派遣した艦隊でフェーヴェル家の領地を占拠してしまった。今後もラーシェルから増援が派遣されるだろう」

共和国の領地を、ラーシェルが総取りするつもりらしい。

俺の側にいたブラッドが、この状況をまずいと判断する。

「ラーシェルはホルファートとも敵同士だからね。あまり国力を持たせたくない。それに、あいつらに聖樹を渡すと面倒になるね」

「追い返すか？」

「問題はこれがアルゼル共和国との問題って事だね。ホルファート王国には関係がない。大義名分がないし、何よりも戦力がないよ」

「何とかならないか？」

「なるんだけどねぇ～」

ブラッドは視線を俺から外して、あまり言いたくない素振りを見せた。

「言えよ」

「――正直に言うけど、ここで追い返してもラーシェルはまた攻め込んでくるんだよ。僕たちが手を貸してもその場しのぎに過ぎない」

共和国が立ち直るまで、俺たちがずっと守ってやることは出来ない。

ここで助けても無駄になる可能性が高いと言うブラッドは、それを解決する方法を語る。

「だから、僕たちで共和国の土地を占領するのがいいね」

「――お前、馬鹿じゃないの？」

共和国を守ろうとしているのに、俺たちが占領してどうするというのか？

「君に言われたくないんだけど？」

ブラッドが怒るが、アルベルクさんはアゴに手を当てて頷いていた。

「いや、ありだな」

「え？」

俺が理解できないでいると、側にいたジルクが解説をしてくる。妙に上から目線で、俺を小馬鹿にした態度を見せる。

「バルトファルト伯爵にも理解できるように、簡単に説明しましょう。話は簡単です。共和国では侮られるのなら、バルトファルト伯爵が占領して『ここは王国の土地だ！』と宣言すればいいのです。ラーシェルも迂闊《うかつ》に手が出せなくなりますよ」

地に落ちた共和国の看板よりも、王国――外国の名前を使った方が効果的だった。

外国に頼るしかない国家も情けないが、共和国は現状では崩壊したようなものだ。

建て直しに時間がかかる今は、どこかに頼るしかない。

「共和国が復活するまで、名前を貸せばいいわけだ」

「そうですね」

アルベルクさんを見れば、頷いていた。俺たちの作戦を受け入れてくれるらしい。

ただ、問題もあるようだ。

ジルクが困った顔をする。

「ただし、この問題の解決には速度がいるということです。本国の判断を待っていると対処が遅れてしまいますからね。ですが、勝手に動けば陛下に迷惑が――」

ローランドに迷惑がかかると聞いた俺は、口角を上げて笑う。

周囲がドン引きしていたが、俺は気にせずこの作戦を実行に移すことにした。

「それいいな」

ローランドが苦しむならば、俺は喜んで共和国のために手を貸そう。

人助けが出来て、更にローランドが苦しむとはまさに一石二鳥である。

◇

フェーヴェル家の領地上空に展開するラーシェル神聖王国の艦隊は、六十隻の規模だった。

これらは先遣隊であり、後続にはまだ百隻を超える飛行船が控えていた。

本来は革命軍の支援を目的としていた。

だが、革命軍は敗北し、共和国は混乱して無政府状態だ。

この機を逃すべきではないと考えた司令官は、共和国の領地を押さえるべく、フェーヴェル家の領地に進んだ。

だが、そこにやって来たのは――。

「どうしてホルファート王国の艦隊がここにいる！」

――リオン率いるホルファート王国の艦隊三十隻だった。

革命軍を打ち破った三十隻の精鋭艦隊を前に、ラーシェル神聖王国の艦隊は倍の数を有しながら攻められずにいた。

一番の問題はリオンだ。

アインホルンが旗艦の役割を果たし、前に出てラーシェル神聖王国に宣言する。

『今日からここは王国の土地だ。攻め込むって事は、それなりの覚悟は出来ているんだろうな？』

アインホルンの甲板の上に立っているのは、アロガンツだった。

その手にはホルファート王国の旗を持ち、風に揺らしている。

司令官は自分たちの半分の敵艦を前に、部下たちに命令する。

「たかが半数だ。我々には味方の援軍もある。ここで王国の英雄を打ち倒し、名を揚げるのは今だ！全艦、戦闘用意！」

司令官の命令に、ラーシェル神聖王国の飛行船が側面を見せる。そこに並んだ大砲を王国の飛行船に向けていたが、アインホルンは正面を向いたまま大砲を撃った。

司令官の乗る旗艦に命中すると、飛行船が激しく揺れる。

「この距離で届くと言うのか!?」

自分たちの持つ大砲とは威力も射程も違いすぎて、味方が動揺していた。

その間にアロガンツが王国の旗を持って旗艦に乗り込んでくる。

『よいしょっと』

ブリッジの天井に旗を突き刺したようだ。司令官はこの侮辱に腹を立てる。

「旗艦に王国の旗を突き刺しただと？　王国の似非英雄《えせえいゆう》が、身の程を知れ！　全機、あの鎧を討ち取れば、褒美は望むままだぞ！」

味方から次々に鎧が出撃してアロガンツに押し寄せるも、殴られて吹き飛ばされていた。ライフルも装甲に弾かれ、斬りかかっても傷もつかない。

旗艦に取りついているために、味方の飛行船は砲撃も出来なかった。

「くそっ！」

司令官がどうするか悩んでいた。

ブリッジの真上を取られていては、味方もろくに攻撃が出来ない。

ほとんど敗北したような状況だったが――ここでリオンが動いた。

アロガンツを旗艦の船底部分に移動させると、そのまま――飛行船を押して王国側に押し込んでいく。

飛行船がアロガンツに押されて、味方から分断されてしまった。

「な、何をする！」

司令官の声に、リオンが笑いながら答えてやる。

『何って？　招待に決まっているだろうが！　ようこそ、王国領へ！　歓迎してやるよ、ラーシェルの皆さん！　捕虜として丁重に扱ってやらぁ！』

ゲラゲラ笑い出すリオンに旗艦が連れ去られ、ラーシェル神聖王国は撤退を決めるのだった。

◇

ホルファート王国の王宮には、連日のように共和国から報告が来ていた。

共和国で革命が起きたと思えば、次の日にはリオンにより鎮圧。

聖樹は倒れ、新たな聖樹が誕生。

ラーシェル神聖王国との間で小競り合いが起きると、それをリオンが追い返して共和国の一部の領地を王国の名前で占領宣言。

毎日のように状況がコロコロと変わり、人を派遣しても状況が変わりすぎて混乱状態だった。

そんな王宮には、リオンの行動を不満に思っている男がいた。

——ローランド王だ。

「あの糞ガキがぁぁぁ!!」

届いたばかりの報告書を破り捨てるローランドは、連日の会議が毎日のように無駄になることに腹を立てていた。

リオンが活躍するせいで忙しく、満足に眠れない日々を過ごしていた。

「許さない。絶対に許さないぞ。あいつだけは、どんな手を使っても復讐してやるからな!」

リオンが自分を笑っていると思うだけで、ローランドは悔しさで怒りがこみ上げてくる。リオンへの復讐を考えている時だけが、今は心の癒しだった。

ローランドが閃《ひらめ》いたのか、清々しい笑顔を見せる。

「そうだ！　あの糞ガキを地獄に叩き落としてやろう！」

思い付いたら即行動と言って、共和国のアルベルク宛てに手紙をしたためる。

「私からのプレゼントだ。受け取ってくれるよね、小僧」

ローランドがリオンへの復讐のために暗躍を開始する。

◇

セルジュが起こした革命騒ぎから一ヶ月が過ぎようとしていた。

共和国は以前よりも落ち着きを取り戻した。

旧レスピナス家の領地は大打撃を受けたが、他の大地——旧六大貴族の領地は無傷だ。

ただ、紋章を失った貴族たちでは、今まで使用していた兵器を利用できない。

幸いにして、共和国で使用するエネルギー程度は新しい若木がギリギリ供給できると聞いている。

共和国は、アルベルクさんを中心に新しい統治体制を敷くようだ。

だが——俺たちにはホルファート王国への帰還命令が出ていた。

復興やら色んな手伝いをしてきたが、それもここまで。

アインホルンが出向の準備を進めていると、見送りに大勢の人たちが来た。

ユリウスはお世話になった屋台の親父と固く握手をし、ブラッドは劇場の支配人と楽しく談笑をしている。

クリスは――ふんどしに法被姿の男たちと、円陣を組んで何やら大声を出していた。

グレッグ？　大勢の男たちに囲まれている。みんな筋肉の鎧を着込んだ男たちだ。

――女っ気が一つもないのだが、こいつらは楽しそうにしていた。

ジルク？　金持ちに囲まれてチヤホヤされている。

詐欺行為を働いたら、全て本物で希代の古美術商として尊敬されているからだ。

本人は屑なのにね。

そして俺には、共和国でできた友人のジャンがお守りを持ってきた。

「伯爵、これをどうぞ。僕の故郷のお守りです」

紐《ひも》で編まれたミサンガのようなお守りを受け取ると俺は、左手首に巻き付ける。

「ありがとう」

「本当は学院のみんなも来たかったんですけど、色々と忙しくて僕が代表になりました」

「そっか。学院も大変だからな」

「その――伯爵もこれから大変だと思いますけど、頑張ってくださいね！」

共和国で友人も出来たのは救いだな。

ジャンと談笑していると、レリアがクレマンを伴ってやってくる。

周囲がざわついて道を開けると、レリアは俺の前にやってきた。

ジャンは気を利かせて下がるのだが、俺は肩をすくめる。

「巫女様がこんな所に来て良いのか？」

今のレリアは共和国の巫女に就任している。

その右手には紋章を宿し、共和国の新しい希望になっていた。

「だからよ。恩人にお礼を言いに来たの。――それより、少し話せない？　マリエとも会っておきたいの」

「なら、船の中がいいかな？」

俺はレリアを連れてアインホルンへと乗り込む。

◇

アインホルンの一室。

そこで顔を合わせるのは、俺とルクシオンにマリエ。そしてレリアだ。

転生者が三人揃って話が出来るのは、次は何時《いつ》になるだろうか？

お互いに立場もあるため、今度は難しいだろう。

レリアは無理に笑顔を作っていた。

「本当に嫌になるわよね。一番役に立たなかったのは私だったわ。姉貴も重傷でしばらく動けないし、共和国はボロボロで復興が大変だし」

マリエはポケットに手を入れて、レリアから顔を背けていた。レリアが嫌いだから失礼な態度を見せているのではなく、レリアの選んだ道が気に入らないようだ。

「だからって、自分から巫女になるって言う？　あんた、巫女が大変だって知りながら、なんで面倒な道を選ぶのよ」

共和国の巫女だが、復興を目指す人々にとっては希望だ。

国の顔でもあるわけで、レリアは自ら不自由な人生を選んだ。

俺には考えられない選択だ。

「姉貴から色んなものを奪ったから、代わりに巫女くらいしないと釣り合いが取れないのよ」

マリエは納得していない。

「今の立場で自由な恋愛が出来ると思うの？　どう考えても大変じゃない」

一度地に落ちた共和国だ。ここからの復興も大変だし、巫女になったレリアには相応の責任を背負わされる。

国のために働き、国のために結婚し――その生活は自由などほとんどないだろう。

「お前って馬鹿だよな。逃げればいいじゃん」

俺がそう言うと、ルクシオンが口を出してくる。

『誰しもが、マスターのように責任から逃げ回るわけではありませんよ』

「五月蠅い。俺がいつ責任から逃げた？」

『婚約式の時に――』

「はい、この話は終わり！」

分が悪くなったので話を変えようとすると、レリアは俺を見ていた。

「姉貴のことをお願いね。これからは、自由に生きてもらいたいわ。色々と厳しいけど、あんたたちの所にいれば安全だから」

「――本当にいいのか？」

レリアが選んだ道というのは、周りが思う程に羨ましいものではない。

「私のせいで色んな人が不幸になったからね。このまま何もしなかったら、それこそ本当に最低な人間になるわよ。姉貴によろしく言っておいてよ。共和国のことは心配しないで、自分の幸せだけ考えて、って」

憑き物が落ちたような顔をするレリアは、そう言って部屋を出ていく。

マリエは理解できないという顔をしていた。

「何でノエルの代わりに重荷を背負うのよ」

「呪いだよ」

「呪いって何？」

「また今度教えてやる。それより、出発の準備は出来ているか？」

「言われなくても済ませたわよ。――ねぇ、兄貴」

「あん？」

「これでよかったのよね？」

自分たちが共和国に来てよかったのか？　マリエはそれを悩んでいるようだ。俺も答えは出せないが、ルクシオンが総合的に判断する。

『マスターたちが共和国に来なくても、どうせ問題は起きました。むしろ、マスターたちの好むベターな展開ではないでしょうか？　ハッピーエンドではありませんが、バッドエンドよりいいのでは？』

口の悪いルクシオンが慰めてくる。

マリエは納得出来ない様子だが、それを飲み込んで今回の件で気になった事を俺たちに尋ねる。

とルクシオンが険悪な空気を出していた理由だ。

「簡単に割り切れないわね。そう言えば、兄貴とルクシオンは最初からイデアルを疑っていたのよね？」

「胡散臭かったからな。俺の勘も捨てたもんじゃないな」

「勘が外れていたらどうするつもりだったのよ？」

「何もしなかったよ」

「ただの勘で毎日二人でギスギスしていたの？」

『イデアルに監視されている可能性がありました』

マリエは憤慨《ふんがい》する。

「なら、先に私にも教えてよ！　本当に喧嘩していると思ったじゃない！」

——正直、少しは喧嘩していたけどね。

「本当はもっと穏便にするつもりだったんだ。それを、こいつが思っていた以上に文句を言ってくるからさ」

俺が事情を話すと、ルクシオンも黙ってはいなかった。

『マスターに腹が立っていたのは事実なので、普段の不満を少し口に出しただけです。まぁ、三割程度でしょうか？』

「――おい、あれで三割ってどういうことだ？　お前、俺のことが嫌いか？」

『好かれていると思ったのですか？　自身を過大評価しすぎるのは問題ですね』

「お前にずっとネチネチ言われた俺の気持ちを少しは理解したら？　イデアルみたいに少しは取り繕えよ」

『私は真面目なので無理です』

「真面目な奴はマスターにグチグチ文句を言わねーよ！」

喧嘩を始めた俺たちを前に、マリエは呆れたのか肩をすくめた。

「本当に似たもの同士よね」

マリエの意見に俺たちは反論する。

「どこが？」

『どうやらマリエは誤認していますね。今すぐに認識を改めた方がいいですよ』

◇

甲板に出ると、ルイーゼさんが待っていた。

「久しぶりね」

「ですね」

この一ヶ月近く、ルイーゼさんと顔を合わせていなかった。理由は単純に忙しかったからだ。俺もルイーゼさんもやることが多くて、気が付いたら一ヶ月も顔を合わせていなかった。

まぁ、セルジュの件もあるからね。

「今日はお礼を言いに来たの」

「お礼ですか？　なら、美女のキスが報酬に欲しいです！」

おどけて見せると、ルイーゼさんは悲しそうに笑う。

滑った俺はわざとらしい咳払いをした。

「あ〜、冗談ですよ」

「分かっているわよ。この一年で、君という人間をよく理解したわ。本当に、どうして君を弟と思い込んだのかしらね？　私のリオンはもっと落ち着いていて紳士的だったわ」

心外だ。俺だって師匠のような紳士を目指している。

「育ちが悪いので仕方がないですね」

「育ちではなく資質じゃない？　君は本当に捻くれているわね」

資質ね。まぁ、外れていないだろう。転生者——前世を持っている人間というのもあるが、俺は普通よりも少しだけ捻くれている自覚がある。——少しだけな。

ルイーゼさんが俯く。

「ねぇ、最後に一度だけでいいから――お姉ちゃんって呼んで」

「あれ？　言いませんでしたっけ？」

すると、ルイーゼさんが顔を上げて抗議してくる。

「言ってない！　絶対に言ってない！」

そんなに重要なことだろうか？

「言ったつもりでした」

笑うと、ルイーゼさんがそっぽを向く。

「本当に意地悪よね。もういいわ。私は行くから、君も元気でね」

去ろうとするルイーゼさんに向かって、俺は手を振る。

「――またね、お姉ちゃん」

ルイーゼさんの背中に向かって声をかけた俺は、そのまま背中を向けて歩き出す。

後ろから足音が聞こえてくるが、振り返らずに立ち止まった。

背中にルイーゼさんが抱きついてくる。

「どうして今になって言うのよ。我慢していたのに。別れるのが辛くなるから、我慢していたのに！」

背中に頭部を押し当てて泣き出すルイーゼさんは、色々と我慢していたようだ。

ここまで慕われていると別れが辛い。

俺は背中を向けたまま話をする。弟として会話をするためだ。顔を向けて話をすると、素面《しらふ》に戻ってしまうため振り返らない。

「また会えるよ、お姉ちゃん」

「絶対よ。会いに来ないと、こっちから行くからね」

姉という存在がここまで可愛いとは思わなかった。実家にいる姉という存在は、実は別の何かなのではないか？

そんな馬鹿なことを考えていると、ルイーゼさんが俺から離れる。

振り返ると、不意打ちでキスをされた。

「え？」

驚く俺に、ルイーゼさんがしてやったという顔をする。

泣いて目の周りが赤くなっているが、今は笑顔だった。

「報酬の美女のキスよ。喜んで受け取りなさい」

唇を指で押さえる俺は、放心状態だった。

ルイーゼさんが甲板からタラップで港へ向かうと、振り返って最後に手を大きく振った。

「また来るのよ、リオン！」

俺も右手を大きく振って応える。

——お姉ちゃんか。いいかもしれないな。

◇

共和国から戻った俺たちは、王宮に呼び出された。

今回の働きを功績にすると言われ、謁見の間で式典を開く前に細かな打ち合わせを行うことになった。

事前準備というやつで、礼儀作法は砕けていても問題ない。

参加しているのは俺と五馬鹿で、マリエは別室で待機となっている。

あいつは聖女を騙り、王国に大損害を出したので別枠である。

アンジェとリビアだが、今は俺の実家にいるためこの場にはいなかった。

この打ち合わせと式典が終われば、実家で合流することになっている。

ただ、普段なら役人たちとの話し合いで終わるのだが、今日に限ってはローランドが出席していた。

多少の無礼が許されると言っても、相手は王様だ。

俺も最低限の礼儀は弁《わきま》えているつもりだ。

「顔色が悪いですね、陛下？　もしかして、眠れていないんですか？」

ニヤニヤしながら聞いてやれば、ローランドが充血した目でギロリと睨み付けてくる。

「よく理解しているじゃないか。誰かさんのおかげで、睡眠時間を削られていたよ。もう少し大人しくしたらどうだ、小僧？」

「俺は大人しいんですけど、周りがちょっかいをかけてくるものでね」

「お前が煽ったんだろう？　その白々しく憎らしい顔に書いてあるよ」

「陛下も冗談が上手ですね。この真面目と忠義心が売りの家臣に、そんな酷いことを言うなんて」

「真面目で忠義心にあふれている家臣は、私の睡眠時間を削らないよ」

笑い合いながら互いに睨み合っていると、会議に参加したバーナード大臣が咳払いをする。それにしても、バーナード大臣をはじめとして大物が多く参加していた。

アンジェのパパであるレッドグレイブ公爵もいて、俺を前に笑っている。

「共和国での活躍は聞いたよ。いや〜、実に爽快だったね」

アンジェパパも大喜びだ。

頑張ってよかった。そして、ローランドにダメージを与えられて、もっとよかった。

打ち合わせには、ミレーヌさんも参加していた。

「ラーシェル神聖王国を退けたのはいい判断でした。感謝しております、バルトファルト〝侯爵〟」

「このリオン、王妃様のために頑張って――――ん？」

あれ？　王妃様が俺の爵位を間違えたぞ。

今、俺は伯爵ではなく侯爵と呼ばれた。

侯爵――それは公爵の一つ下の爵位で、ホルファート王国では王家に連なる家系にしか与えられない爵位だ。

言ってしまえば、王家とつながりがない限り名乗れない爵位である。

貧乏男爵家の出身である俺が、王家の関係者であるはずがない。

「ミレーヌ様、俺の爵位は伯爵ですが？」

すると、ミレーヌさんが照れていた。

どうやら、間違ってしまったことを恥ずかしく思っているようだ。

う～ん、可愛い。

「私ったら嫌だわ。先に教えなければ、リオン君が混乱してしまうわね」

「ん？」

どうにも様子がおかしいと思っていると、ユリウスたちが顔を見合わせていた。

「おい、どう思う？」

「可能か不可能ならば、ギリギリ可能ですね」

何の話をしているのだろうか？

戸惑っている俺に、バーナード大臣――クラリス先輩のパパが、俺に詳しい説明を始める。

「バルトファルト伯爵。君の功績を王国は高く評価している。この度の働きに報いるために、陛下は侯爵の爵位と一緒に三位上の階位を与える」

嘘だろ!?　侯爵の爵位もそうだが、三位上なんてこちらも王族の関係者しか得られない階位だ。事実上、出世は頭打ちだと思っていたのに、また出世してしまった!?

「それで出世はおかしいでしょう!?　俺、王族でもないんですけど！」

狼狽える俺の姿を見ていたローランドは、何とも清々しい笑顔を見せる。

そして、立ち上がって両手を広げる。

「出来るんだな、これが！　お前は忘れているかもしれないが、レッドグレイブ公爵家の娘を婚約者にしている。つまりは、お前も広い意味で王家の関係者になるのだよ！」

何をしてやったり！　みたいな顔をしているのか？

そもそも、侯爵なんて爵位は簡単に与えられない。

アンジェの婚約者だから与えるなんて、そんな理由は通らないはずだ。

王族とはそれだけ重い地位なのだ。――ローランドを見ていると実感できないが、とにかくホルファート王国でもそう簡単に与えられる地位ではない。

「あり得ないだろ！」

「あると言った！　私が王だ。私がルールだ！」

血走った目を大きく見開いて笑うローランドは、勝ち誇った顔をしている。

俺はバーナード大臣やレッドグレイブ公爵に視線を向けるが、二人とも首を横に振っていた。

「すまないが、陛下の言う通りだ」

「陛下が君の活躍に報いるためにと、諸侯を説き伏せてね」

――何て余計なことをしてくれる王様だよ。

「拒否します！」

俺はローランドを睨み付ける。

「う～ん、その拒否を拒否する！」

「てめぇ、この野郎！」

掴みかかると、ローランドが笑いながら俺を殴ってきた。

腹が立ったので膝をお腹に叩き込むが、周りは手を出してこない。

衛兵たちもスルーしている。

ローランドが日頃の不満を俺にぶつけてきた。

「お前のせいでこっちは寝不足だ！」

「少しは働けよ！」

「そうだな。だからお前を出世させるために、私は頑張ったのさ！」

無駄なところで頑張る王様とか害悪じゃない？

騒ぎ疲れてお互いに肩で息をし、落ち着いたところで俺は無理だと理論的に説明する。

決して、悪あがきなどではない。

「俺には領地もなければ役職もないんだぞ！」

ただ、ローランドは待っていましたと言わんばかりに懐から書状を取り出し、俺に突き出してきた。

書状にはアルベルクさんの署名があった。

「こ、これは？」

「お前に領地がないと教えてやったら、元フェーヴェル家の領地の一部をくれるそうだ。港を有する土地を気前よく割譲してくれるとね」

「嘘だろ！」

「嘘じゃない。お前が困っているとミスリードしてやったら、アルベルク殿は心を痛めて共和国の領土をお前に与えてくれたよ。信頼されているようで何よりだ。あ、その土地はアルベルク殿が預かってくれるそうだよ。お前は名前だけ貸せばいい。税を渡そうと申し出てきたが、共和国も復興で大変だろう？　お前に代わって辞退しておいた」

土地の持ち主は俺だが、実質的に管理するのはラウルト家――アルベルクさんだった。俺は領地を持っているというだけで、収入やら色々な利益はローランドが突っぱねていた。

面倒もないが、その代わり収入もない。

俺を侯爵にするためだけに、ローランドが裏で手を回していた。

アルベルクさんは善意からこの提案を受け入れたそうだ。

「おっと、アルベルク殿からの伝言だ。『これで君に少しでも借りが返せたら嬉しい』だそうだ。実に素晴らしい男だったよ」

「お前は最低だけどな」

「その最低な王に仕える気分はどうだ？　是非とも教えて欲しいな」

悔しくて歯を食いしばると、ミレーヌさんがローランドを睨んで叱る。

「陛下、お遊びもそこまでにしてください」

「――ま、いいだろう。小僧は今日から侯爵で三位上だ。今度の式典で正式に発表するからそのつもりでいるように」

ここまでされては俺も抵抗できなかった。

肩を落とす俺に、ローランドが更に追撃をかけてくる。

「それから、侯爵ともなれば家臣が必要だろう？　私は優しいから、お前のために王国の直臣から家臣を派遣してやることにした」

現代風に言うなら、俺が支店長になった支店に本社から部下が派遣されてくるものだ。

「いらないよ」

断ると、ローランドがニヤニヤしながら俺を宥めてくる。

「そう言わないでくれ。お前のためにとびきり優秀な若者たちを選んでおいたから。さぁ、お互いに挨拶をしてくれ」

部屋の中に若者と呼べる騎士たちはいない。

俺が首をかしげると、ローランドが俺の後ろを見ていた。

――冷や汗が出てくる。

「ま、まさか」

「おめでとう！　ジルク、ブラッド、グレッグ、クリスの四人は今日からお前の部下だ！　寄子と呼んでもいいぞ。つまり、お前が寄親――責任者です！」

血の気が引いていくのを感じた。

震えながら振り返ると、五馬鹿の内の四人が笑いながら俺を見ている。

ジルクが笑みを浮かべていた。

「バルトファルト侯爵が我々の上司ですか。縁とは不思議なものですね」

ブラッドは頭の後ろで手を組んでいた。

「色々やらかしたのに、この程度で済んだら儲《もう》けものかな？　よろしくね、バルトファルト」

グレッグが腕を組み頷いていた。

「お前が上司なら文句はない」

クリスは眼鏡の位置を正して、嬉しそうにしている。

「だが、いつまでもバルトファルトと苗字呼びは他人行儀だな。私たちの寄親ならば、親愛を込めて我々もリオンと呼ぼう」

——お前らなんで楽しそうなの？

「少しは嫌がれよ！　お前ら、俺の下で働くことに不満はないの!?」

元貴公子たちと言えば聞こえはいいが、今はマリエに寄生しているヒモたちだ。

厄病神四人を押しつけられた気分だった。

ジルクが笑っている。

「確かに不満ですが、私はこれでもリオン君を評価していますよ。これからよろしくお願いしますね」

いきなりの名前呼びに加えて、拒否しない姿勢を見せる四人。

俺は頭がクラクラしてきた。

ローランドが追い打ちをかけてくる。

「ついでにお前がマリエ嬢の面倒も見ろよ」

「何で!?」

公式にマリエの世話まで押しつけられた俺が驚くと、ミレーヌ様が申し訳なさそうにしていた。

「本来であればどこかに押し込めたいのですが、マリエは神殿が認めずとも聖女の力を持っています。下手なところに預けられませんし、彼らと引き離しても問題を起こしそうなので」

ジルクたちとマリエを引き離せば、この馬鹿共はまた騒ぎを起こす。

俺の下に置いて監視させるのが目的らしい。

頭を抱えて座り込むと、周囲が同情的な視線を向けてくる。

その中で、ローランドだけが笑っていた。

「私を怒らせるからこうなるのだ。少しは反省したかな?」

「覚えていろよ。俺は誰だろうと必ず復讐する男だぞ」

「楽しみに待っているよ。また出世したくなったら、いつでもかかってくるといい。ちなみに、私も必ず仕返しする男だ」

何て酷い会話だろうか。

これなら共和国に残って、ルイーゼお姉ちゃんと遊んでいたかった。

すると、ユリウスが寂しそうに俺を見ている。

「――――何だよ?」

ユリウスは俺たちを見て羨ましそうにしていた。

「バルトファルト――――いや、リオン。俺もお前の所で世話になっていいだろうか?」

「何でだよ!?　お前は王子様だろうが！」

「さ、寂しいだろうが！　お前たちだけ狡《ずる》いぞ」

狡いって何？　お前は何で俺の部下になりたがるの？　もっとお前がしっかりしていれば、俺がここまで出世することもなかったのに！

◇

打ち合わせが終わると、ユリウスたちはミレーヌさんに今後の話と説教を受けるために別室に連れて行かれた。

二度と戻ってくるなとも思うが、同時にミレーヌさんに俺も叱られたい気分になる。

あいつらが羨ましい。

俺が控え室に戻ってくると、マリエとカーラ、そしてカイルの三人が出迎えてくれた。

「リオン、何かあったの？」

「――お前らの世話をしろって言われた」

「え？」

俺は打ち合わせでローランドにはめられたことをマリエたちに話す。

そして、一人で愚痴をこぼす。

「最悪だよ。ユリウスまで俺が面倒を見るんだぞ。共和国にいる間は我慢したけど、王国に戻ってきてまでお前らの面倒を見るなん――て――おい？」

俺の脚にマリエがしがみつき、カーラやカイルも俺にしがみついていた。

「何の真似だ？」

三人が何をしたいのか分からずにいると、マリエが叫ぶ。

「もう絶対に離さないから！」

「は？」

マリエが叫ぶと、カーラもそれに続く。

「バルトファルト侯爵がいないと、あの人たちを面倒見切れないんです。お願いですから、私たちを捨てないでください！」

「人聞きの悪いことを言うな！　そもそも拾った覚えもないよ！」

次はカイルだった。

「お願いです。雇ってください。放り出されると、僕たち生活が出来ないんです！　仕事はちゃんとしますから！」

「何でお前までしがみつくの？　お前は小生意気なクールキャラで、マリエたちを見て呆れる役割だろ！」

三人を引き剥がそうとすると、マリエが一番強い力で俺の脚にしがみついていた。

こ、こいつのパワーはどこから来るんだ？

マリエの頭を掴んで、引き剥がそうと押す。

「は、離れろ！」

「嫌！　絶対に離さない。もう絶対に離れない！」

そしてマリエが、他の二人に聞こえないように小声で漏らす。

少し暗い笑みを浮かべ、ハイライトの消えた瞳をしていた。

「ずっと一緒だよ、兄貴」

死んでも追いかけてくる前世の妹が、こんなことを言えば怖くなっても仕方がない。

俺は冷や汗が噴き出て、声がうわずり、そのまま絶叫する。

「は、離してぇぇぇ!!」

その日のマリエは、夢に出てくるほど怖かった。

エピローグ

リオンたちが王宮にいる頃。

バルトファルト男爵家の屋敷では、車椅子に乗ったノエルの姿があった。

牧歌的な景色が広がる領地の景色は、重傷を負ったノエルの心を癒してくれていた。

高性能医療カプセルを使用したおかげで一命は取り留めたノエルだが、その後はリハビリを必要としていた。

共和国からリオンの実家へと移動し、療養生活を送っている。

屋敷の庭を車椅子で移動するノエルは、後ろにいるリビアに話しかける。

車椅子を押しているのは、リビアだった。

「オリヴィアさんも馬鹿だよね。あそこであたしが死ねば、面倒もなかったのにさ」

自分の命を必死でつなぎ止めたオリヴィアの気持ちが、ノエルには少し理解できなかった。命を救ってもらった恩は感じているが、自分を助けない選択肢もあったはずだ。

リビアは困ったように微笑む。

「あの時は無我夢中で、余計なことを考えている暇がありませんでしたからね。でも、助けたことを後悔していませんよ」

「どうして？」

「ノエルさんが死ねば、リオンさんが悲しみますから」

リオンのために助けたかったと言うリビアに、ノエルは敵《かな》わないと思って空を見上げる。

「本当にリオンの事が好きなんだね」

「はい」

即答するリビアは、そのまま車椅子を押してノエルに話を聞く。

「リオンさんの実家での生活はどうですか？」

「みんな優しくてありがたいよ。リオンの弟のコリンが懐いてくれたのが嬉しいかな」

「元気そうで安心しました。リハビリはどうですか？」

「きつい。もう少しで歩けそうだけどね。でも、春になれば普通に生活できる、ってクレアーレが言っていたわ」

「よかったです」

死にそうになったノエルが、リハビリが必要とは言ってもここまで回復したことにリビアは嬉しそうだった。

そんな二人のところに、アンジェがやってくる。

「ここにいたのか。二人とも喜べ。リオンが侯爵に内定した。式典は豪勢なものになるそうだ」

「リオンさんが侯爵様ですか？」

アンジェが喜び、リビアは困った顔をする。

リビアが困る理由をアンジェも理解していた。

「リオンは喜ばないだろうが、これも必要な事だ。だが、余計な荷物まで背負うことになったのは痛いけどな」

「荷物？」

「それは後で説明するさ。それよりも、ノエルは来期から学園の三年生に編入が決まったぞ」

ノエルは学園に通えると聞いて驚く。

「いいの？　あたしって一応は巫女なんだけど？」

ノエルの特殊な立場もあって、今後はどこかの領地に押し込められると考えていた。聖樹の苗木の巫女で、将来的にエネルギー問題を解決する存在だ。

守るためにも、逃がさないためにも、どこかに押し込む方が一番だ。

アンジェは少しだけ表情が険しくなる。

「ある意味、リオンのおかげだな。いや、ルクシオンのおかげか？　お前の価値は、王国内で少し下がった。大人たちは聖樹よりも気になる存在がいるのさ」

ノエルが理解出来ずに首をかしげると、今度は車椅子をアンジェが押す。

「気にするな。お前は王国での生活を楽しめばいい」

「楽しめるかな？」

「お前次第だ。だが、リオンの側にいれば楽しいことが多いのは保証しよう」

アンジェがそう言って微笑むと、リビアも微笑む。

「確かに、リオンさんの側にいると楽しいですよね。——色んな意味で」

最後の方だけ声のトーンが違っていたが、車椅子に乗るノエルにはリビアの顔が見えなかった。

ノエルは空を見上げる。

太陽の日差しが温かく、段々と春らしくなってきた。

「楽しい、か。そうね。なら、あたしも楽しもうかな」

三人がリオンの実家で、そのままリオンの話に花を咲かせる。

★追想「イデアルの約束」

私は補給艦の管理を行う人工知能として製造されました。

新人類との戦争は苛烈さを増していき、とうとう地球は荒廃して人が住めない星となってしまった頃です。

そのためか、大型の補給艦である私に配属されたのは三名だけ。

一人は私のマスターである艦長。

二人目は、軽口の多い中尉で二十代後半の男性です。

三人目は、新米の少尉さん。女性士官でした。

そんな三人との日々は、私にとって幸福な時間でした。

ある日のことです。

「艦長、人工知能って毎回呼ぶのは面倒じゃありません？」

軽口の多い中尉さんの提案で、私の名前を決めることになりました。

「番号も味気ないからな。お前自身は何か候補があるのか？」

艦長に尋ねられ、私は返答に困ります。

これまでは番号や「おい」とか「お前」とか、そのように呼ばれていました。

ですが、今回のマスターたちは、私の名前を求めてきました。

『名前ですか？　ペットのような感じでよろしいのでは？』

私の質問に、少尉さんは苦笑いをしていました。

「そんなの駄目だよ。仲間なんだから」

『私が仲間ですか？』

これまで道具扱いをされてきた私には、仲間と呼ばれたことは新鮮でした。

艦長が私の球体型子機を手で叩きます。

「そうだぞ。人類の未来のために戦う仲間だろうが！　だから、昔の映画みたいな反乱はしないでくれよ」

中尉さんも笑います。

「それは困りますね。こいつにストライキされたら、この輸送艦は動きませんからね」

『そんなことはしませんよ』

「お前、相変わらず真面目だな」

『人工知能が不真面目では問題です。それに、命令には逆らえないように出来ています！』

「違いない！」

からかわれているのは分かりました。

ただ、過酷な現状の中でも、私はマスターたちに恵まれていたようです。

「なら、考えておくね。自分で何かいい名前があったら言ってよ」

少尉さんに言われ、私は自分の名前について考えました。

◇

基地での出来事でした。

任務を終えて帰還した私たちは、整備と補給を受ける間に休暇が与えられたのです。

少尉さんに誘われ基地の外に出ると、そこは砂と岩だらけの景色が広がっていました。

『魔素で外が赤く見えるね』

遠くを見ると魔素の影響で赤い霧がかかったように見えています。

生身で外には出られず、少尉さんは宇宙服を着用していました。

既に外の世界は、人間が生きていける環境ではありませんでした。

『よいしょ、っと』

少尉さんが持ち出したケースには、一本の苗木が入っていました。

『植物を植えるのですか？　この環境では育たないと思いますが？』

『この環境でも育つ植物を研究するの。実は、私は軍人よりもこっちが専門だったのよ。魔素を分解、吸収するような植物の研究をしていたんだ。でも、研究も続けられなくなってね。今は箱船の開発に全力投入だから』

『箱船？　移民船ですか？』

『うん。もう、上はこの戦争を諦めているみたいなの。君も実は知っているとか？』

私には答えられませんでした。

私の持つ情報から、そのことは簡単に予想できていましたが、証拠がありません。

あったとしても、軍事機密ですから教えることが出来ませんでした。

『知りませんでした』

『今、少しだけレンズが動いた。もしかして、嘘を吐く時の癖かな？』

『人工知能に癖などありません。そして、嘘も吐きません。少尉さんの気のせいです』

『そうかな？』

少尉さんが植物を植えました。

ただ、数日後には枯れてしまいました。

悲しいのを笑って誤魔化す少尉さんの顔が、私は忘れられませんでした。

◇

それからも、暇があれば私は少尉さんと一緒に植物を植えました。

艦内に研究所の設備を持ち込み、そこでいくつもの植物を作り出したのです。

少尉さんのお手伝いをするために必要な知識や技術が私にはなく、それが歯がゆくもありました。

ただ、お手伝いをするのは楽しかったです。

『これも失敗かぁぁぁ！』

頭を抱える少尉さん。

私は少尉さんを慰めます。

『やはり管理する者が必要ではないでしょうか？　ロボットを配置しますか？』

『駄目。基地に余裕はないし、置いたりすれば怒る人もいるからね。〝この非常時にそんなことのために労働力を割く余裕はない！〟ってね』

悲しいことに、少尉さんの活動は周囲に認められていませんでした。

『未来へ繋がる大事な実験なのに、残念に思います』

『そうなんだけどね。私も周りの人たちの気持ちも理解できるの。私のお父さん、戦艦の艦長なの。だから、あいつらと戦うときはいつも最前線。少しでも戦力を回して欲しいし、生き残って欲しいよ』

『なんと、少尉さんのお父様は戦艦の艦長でしたか！　それはきっと優秀な父君ですね』

私は褒めたつもりでした。

『そうだね。だから戦艦の艦長さんだよ』

『少尉さんもいつかは艦長になれますよ。もしかしたら、戦艦の艦長かもしれませんよ』

少尉さんは、悲しそうに笑っていました。

『私も前は戦艦の艦長を目指していたけど、今は補給艦が良いかな。君が私のパートナーなら楽しいかも』

『わ、私ですか？　私は補給艦ですよ？　父君の乗るような、立派な戦艦ではありません』

戦艦と比べれば、私の性能はどうしても見劣りします。

『でも、私が艦長になる前には、戦争は終わっているかもね』

枯れた植物を見ながら、少尉さんは呟きました。

◇

既に戦争も終わりが見えてきました。

敗北という終わりが。

そんな絶望的な状況で基地に配備されたのは、敵と戦うために作られた兵士たちでした。

「この子は？」

少尉さんが、配属された女の子を見ていました。

耳の長い女の子は、魔法適性を持たされた兵士。その、出来損ない——不良品でした。

予定していた性能が出ず、雑用として私に配備されたのです。

『通称〝エルフ〟。人型の兵器ですが、この子は基準を満たせず雑用係として私に配備されました』

女の子が頭を下げてくると、少尉さんが気付いたのか悲しい顔をしていました。

「そう、なんだ。もう、そんなことまでしているんだね」

『はい。ですが、戦争では戦果を上げています。我々の勝利に大きく貢献してくれています』

「そうなんだろうね」

少尉さんは浮かない顔をしていました。

我々を怖がっているエルフの少女に気が付き、優しく話しかけていました。

「大丈夫だよ。ここで一緒に頑張ろうね」

「――はい」

魔法適性を持たせたエルフ。そして、肉体強化を施した獣人タイプもいるようで、過酷な環境に適応しているようです。

彼らは長く戦うために人よりも長寿でした。

人よりも強く、強力な兵士たちが数多く実戦に投入されました。

ただ、それだけの力を持つ兵士たちでも、新人類には勝てませんでした。

様々な兵士が作り出されては戦場に送られ、一定の戦果を上げました。

ですが、人類は敗北を重ねていきました。

◇

エルフは過酷な外の環境でも防護マスク一つで外に出ることが出来ました。

「少尉さん、これ」

『ありがとう、ユメ』

少尉さんはエルフの少女に名前を付けました。

名前は【ユメ】。どうやら日本語から取ったようです。

少尉さんとユメはよく一緒に行動していました。

ユメは少尉さんを慕い、そしてお手伝いをするようになりました。

そんなある日のことです。

『これは！』

どれだけの失敗を重ねたことでしょう。

本当に偶然に、一つの苗木が過酷な環境で大地に根を張りました。

『やった、やったよ！』

「少尉さん、おめでとうございます」

喜ぶ少尉さん。ユメも少尉さんの喜びに嬉しそうにしていました。

私も嬉しかった。

『すぐに量産しましょう。きっとこの子は、我々の希望となります！』

少尉さんも頷いていました。

『そうだね。ユメも――【イデアル】もありがとう』

『イデアル？』

『あ、ごめん。実は前からみんなで話し合っていて、イデアルはどうだ、って。伝えていなかったね。ごめんね、嫌だった？』

ずっと私の名前を考えていてくれたようです。

私はポチとかタマを候補として考えていたのですが、イデアル――〝理想〟とはまた良い名前をもらいました。

『いえ、嬉しいです。イデアル。――今日から私はイデアルと名乗ります。今日は沢山良いことがありました。素晴らしい日です。少尉さんの夢も叶いました』

『よかった。本当によかった。これで一つ夢が叶うよ』

『一つですか？　まだ他に何か？』

『うん、いつか青い空を取り戻すんだ。地上は草木で緑色に染めて、宇宙服がなくても外に出られる世界を作るの。このイデアルも協力してね』

『お任せください。イデアル、全力で協力しますとも！』

『約束だよ』

『はい！』

ただ、私たちは苗木を量産することは出来ませんでした。

――時間がなかったのです。

量産する前に、奴らとの戦いが始まってしまったのです。

◇

――戦場。

「あいつら、ここでこれだけの攻勢をかけてくるのか」

ブリッジで艦長が悔しさに眉間に皺を寄せていました。

オペレーターを担当する少尉さんが、周辺の状況を知らせてきます。

「艦長、敵の一部が前線を突破しました。この反応は――ネームドです！」

中尉さんが叫びます。

「ちくしょう！　よりにもよってネームドかよ！」

私はすぐに防御の態勢に入りました。

『シールド最大出力！』

しかし、ネームドの機体を前に私のシールドは無力でした。

本体の周囲に展開した球体シールドは、容易く破られたのです。

艦長が叫びます。

「全員伏せろ！」

黒く刺々しい機体が私に接近すると、ブリッジにまで届く攻撃を受けました。

ブリッジの天井が崩れ、下敷きになる皆さん――。

急いで皆さんを救助しようとしましたが、間に合いませんでした。

「イデアル、他の二人を優先しろ。俺はもう駄目だ」

艦長は自分の命が長くないと判断すると、他のクルーの命を優先するように命令を出して息を引き取りました。

ただ、中尉さんは即死でした。

私は急いで少尉さんを医務室へと運ぼうとしました。

ロボットたちを操作し、担架で少尉さんを運びます。

『少尉さん、大丈夫です。すぐに治療をしますから』

ですが、直後に起きた爆発で医務室を含め、多くの機能を喪失。

元から艦内にある医療機器では、少尉さんを治療できそうにはありませんでした。

私はこの時ほど、自分の無力さに打ちのめされた事はありません。

医務室がもっと頑丈なら。もっといい設備があったら、きっとこの人を失わずにすんだのに、と。

沈みはじめる艦の中で、私は少尉さんに声をかけ続けました。

『すぐに治療します。しっかりしてください、少尉さん』

少尉さんの意識をつなぎ止めるために、声をかけ続けました。

少尉さんは外の様子を尋ねてきました。

「イデアル、戦争の状況はどう？　お父さんの戦艦はまだ戦っている？」

次々に入ってくる情報からは、少尉さんの父君が乗った戦艦は撃沈したと知りました。

味方も混乱しており、撤退が始まっていました。

事実を告げるべきと判断しました。

ですが、少尉さんの様子を見ていると、それが出来ませんでした。

『我が軍は持ち直しました。少尉さんの父君が多大なる戦果を上げています。だから、少尉さんも頑張りましょう』

——私は嘘を吐きました。

少尉さんは微笑みながら、私に言いました。

「イデアル、また嘘を吐いたね。——イデアルは嘘吐きだね」

『知っていたのですか？』

少尉さんが私に頼んできました。

「言ったでしょう？　イデアルは癖があるんだよ。——ねぇ、イデアル。あの苗木はちゃんと育つかな？」

少尉さんはようやく完成した植物の苗木を気にかけていました。

『育ちます。育ててみせます。少尉さんが残してくれた希望じゃないですか』

少尉さんは口から血を吐きました。

「基地に残したユメのこともお願いね。後は任せるから。イデアル——約束だよ」

『守ります。約束は守りますから、少尉さんも頑張ってください』

「ごめんね。もう無理みたい」

少尉さんは一度呼吸をしてから、生命活動を停止しました。

◇

基地に戻ると随分と慌ただしかったです。

基地を管理する人工知能から命令されます。

『待機命令？』

『補給艦の整備は行います。ですが、乗組員を確保できていません』

『基地内にほとんど人がいないじゃないですか！　ま、まさか、この基地を放棄するのですか？』

『そんな命令は受けていません。君は本体で待機していなさい』

次々に運び込まれる壊れた艦艇。

私は命令通りに本体へと戻りました。

その後です。

敵が基地に攻め込み、破壊活動を行いました。

基地内部での激しい戦闘の末に、敵を数機撃破するもほとんどの艦艇を失いました。

敵はこの基地に攻め込むも、狙っていた場所ではなかったのかすぐに出ていきました。

私は運良く被害を受けませんでしたが、活動しているのは私だけでした。

しばらくして、私を訪ねてくる者がいました。

「イデアルさん。ユメです」

『生きていましたか！　ユメ、外の様子はどうですか？』

「生き残ったのは私だけです」

『――そうですか。ですが、そうなると困りますね。私はマスター不在で動くことが出来ません。外の様子を確認することも不可能です』

ユメは思い出したのか、私に大事なことを教えてくれました。

「あ、あの、苗木は無事です。少尉さんの苗木は無事でした！　私、ちゃんとお世話していましたから！」

それを聞いて私は安心しました。

苗木を作り出せたのは少尉さんだけ。

私やユメでは無理でした。

『ユメ、貴方は私のマスターにはなれません。備品扱いですからね』

「はい」

『ですが、貴方の生命維持は私の義務。必要なものを揃えます。苗木の世話を頼めますか？』

「少尉さんの苗木――私が頑張って育てます」

ユメは泣きながら頷いていました。

『良い子ですね。私もここから可能な限り支援します』

そこから外のことはユメに任せました。

小さかったユメが大きくなり、そして老いる頃には――苗木は立派な大木に育っていました。

◇

『大気の状態が改善されていますね。これなら、保存していた植物の種を植えることが出来ます。ユメ、ご苦労様です』

老いたユメは、苦しそうに胸を押さえていました。

『ユメ、すぐに医務室に行きましょう。貴女にはもっと働いてもらいます』

「イデアルさん、どうやら私もここまでのようです。もう、長く生きられません」

『ユメ？』

「種をください。最後に、あの人の願いを叶えさせてください。私のような出来損ないを、まるで人のように扱ってくれたあの人のために出来ることをさせてください」

治療を行ってもユメは長く生きられそうにありませんでした。

ならば最後に少尉さんの夢を、というユメの願いを私は聞き入れることにしました。

『ユメ、今までありがとうございました』

「ずっと一緒でしたね。貴方を残して死んでしまう私を許してください」

『馬鹿なことを。今までよく頑張ってくれましたね』

私はユメに植物の種を渡しました。

ユメは種をまくために出発し――その後、帰って来ることはありませんでした。

それからどれだけの年月が過ぎたのでしょうか？

育った苗木の根が基地内に入り込み、私に絡みはじめました。

迷惑ながらも嬉しく感じている自分がいました。

少尉さん、ユメ――私たちの希望はこんなに立派に育ちましたよ。

艦長、中尉さん、いつか私は外に出られるでしょうか？

もし、もしも、私が外に出られることがあったなら、今度こそ少尉さんとの約束を果たしたいです。

嘘吐きと言われないように、私が新人類から世界を取り戻して、青い空と緑の大地を取り戻します。

今度こそ少尉さんに嘘吐きと言われないように、私は約束を果たします。

あとがき

ついに『乙女ゲー世界はモブに厳しい世界です』も七巻が刊行されました！

前回発売の六巻では通常版に加えて、ドラマCD付きの限定版も発売されましたね。

CMも放送され、作者の自分も大変嬉しかったです。

自分はどちらも二桁は視聴しましたが、皆さんはどうでしょうか？

『乙女ゲー世界はモブに厳しい世界です』が、ここまで続刊できたのは色んな人のお力があったからですが、何よりも応援してくださった読者の皆さんのおかげです。

本当にありがとうございます。

さて、ついに七巻が発売ということで、共和国編の区切りを迎えました。

共和国編は四巻から七巻までの四冊です。

王国編よりも多いですね（笑）。

書籍版での共和国編での思い出は、オリジナルキャラのルイーゼでしょうか？　他にも、ストーリーを変更したので生死が入れ替わったキャラクターもいますね。

ですが、マリエや五馬鹿は相変わらずでした。

マリエや五馬鹿は動かしやすくて作者としては本当に助かります。

リオンとルクシオンは書いていて好きですが、同時に読者さん目線だとどうしても成長を感じにくい仕上がりになっています。

マリエや五馬鹿が一度底辺から這《は》い上がり、努力するところはリオンたちに足りない部分を補ってくれている気がしますね。

最初はマリエも登場するだけで叩かれていましたが、見る目が変わった読者さんが多いのではないでしょうか？

自分でも驚きの成功例です。偶然って凄いですよね。

これを実力で書けるようになるのが今後の作家としての目標です。

気が付けば自分も作家になって八年目に突入しております。

『小説家になろう』に投稿を始める前は、小説すらろくに読まずにいた自分が今はこうして作家をしているのが不思議な気分です。

ブラインドタッチの練習ではじめた創作活動でしたが、昔の自分を褒めてやりたいですね。

おかげで作家になるという、自分も周囲も驚くような結果になりました。

それでは、今後も皆さんを楽しませられるような作品を書き続けるつもりですので、応援よろしくお願いいたします。

メカニックデザイン

ルクシオン(本体)

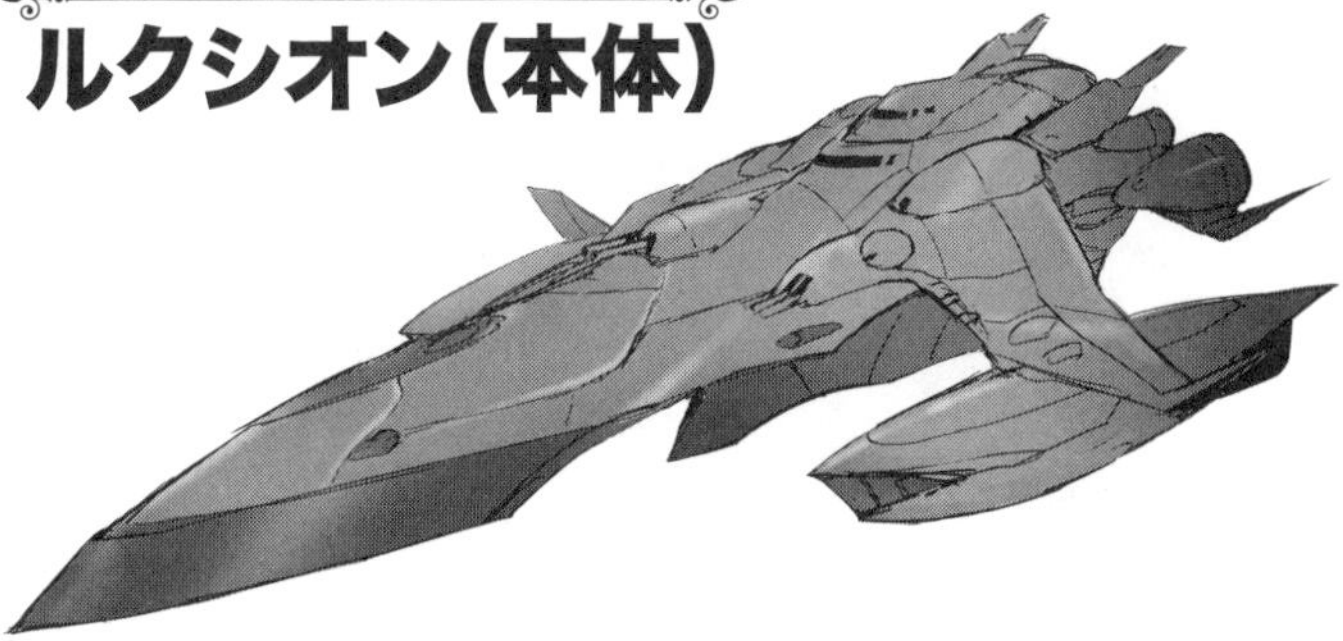

イデアル(本体)

セルジュ搭乗鎧

ギーア

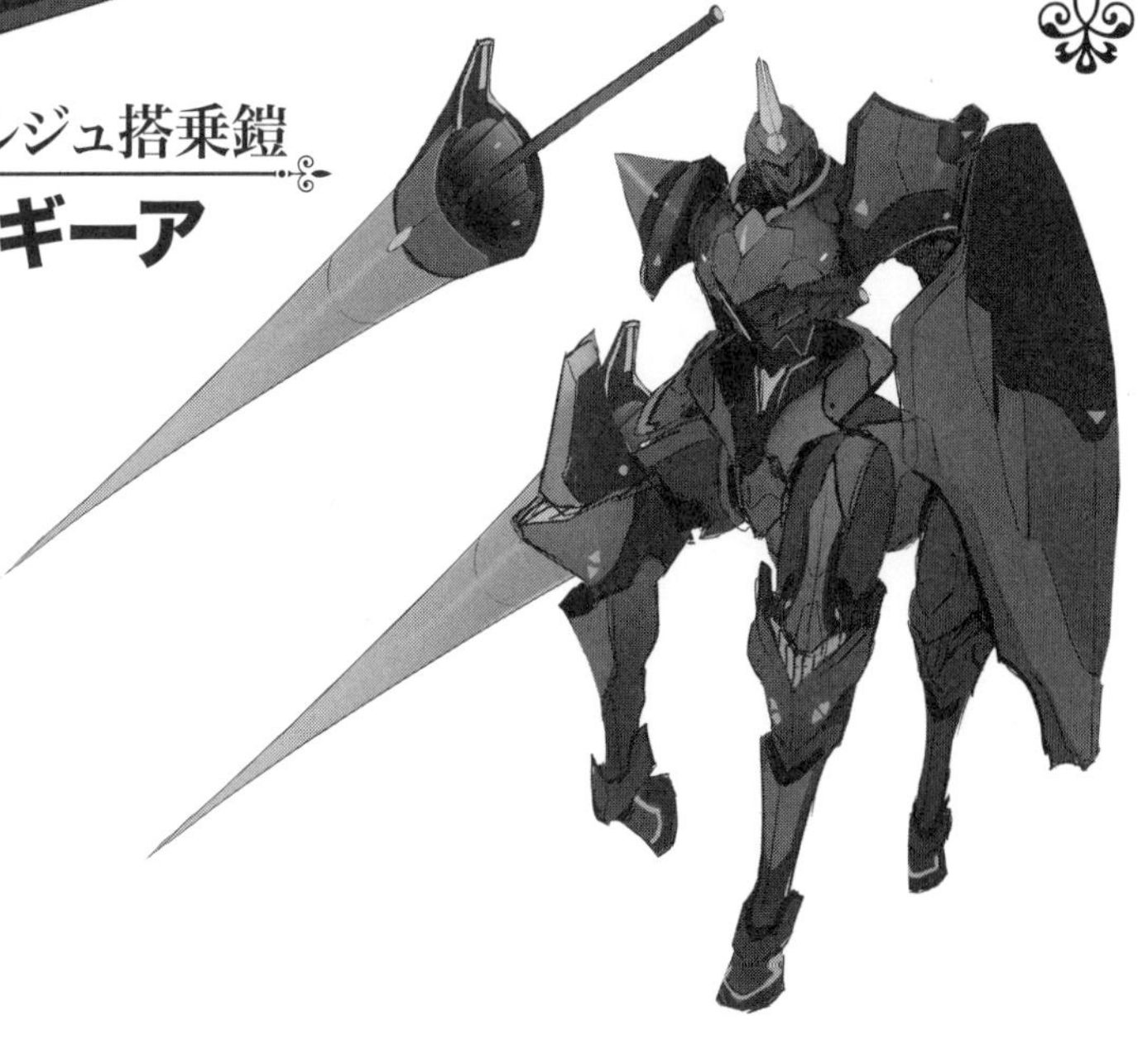

GC NOVELS

乙女ゲー世界はモブに厳しい世界です★07
THE WORLD OF OTOME GAMES IS A TOUGH FOR MOBS.

2021年2月6日初版発行

著者 三《み》嶋《しま》与《よ》夢《む》

イラスト 孟達《モンダ》

発行人 子安喜美子

編集 伊藤正和

装丁 森昌史

印刷所 株式会社平河工業社

発行 株式会社マイクロマガジン社
〒104-0041 東京都中央区新富1-3-7 ヨドコウビル
［販売部］TEL 03-3206-1641／FAX 03-3551-1208
［編集部］TEL 03-3551-9563／FAX 03-3297-0180
https://micromagazine.co.jp/

ISBN978-4-86716-106-7 C0093

THE WORLD OF OTOME GAMES IS A TOUGH FOR MOBS.